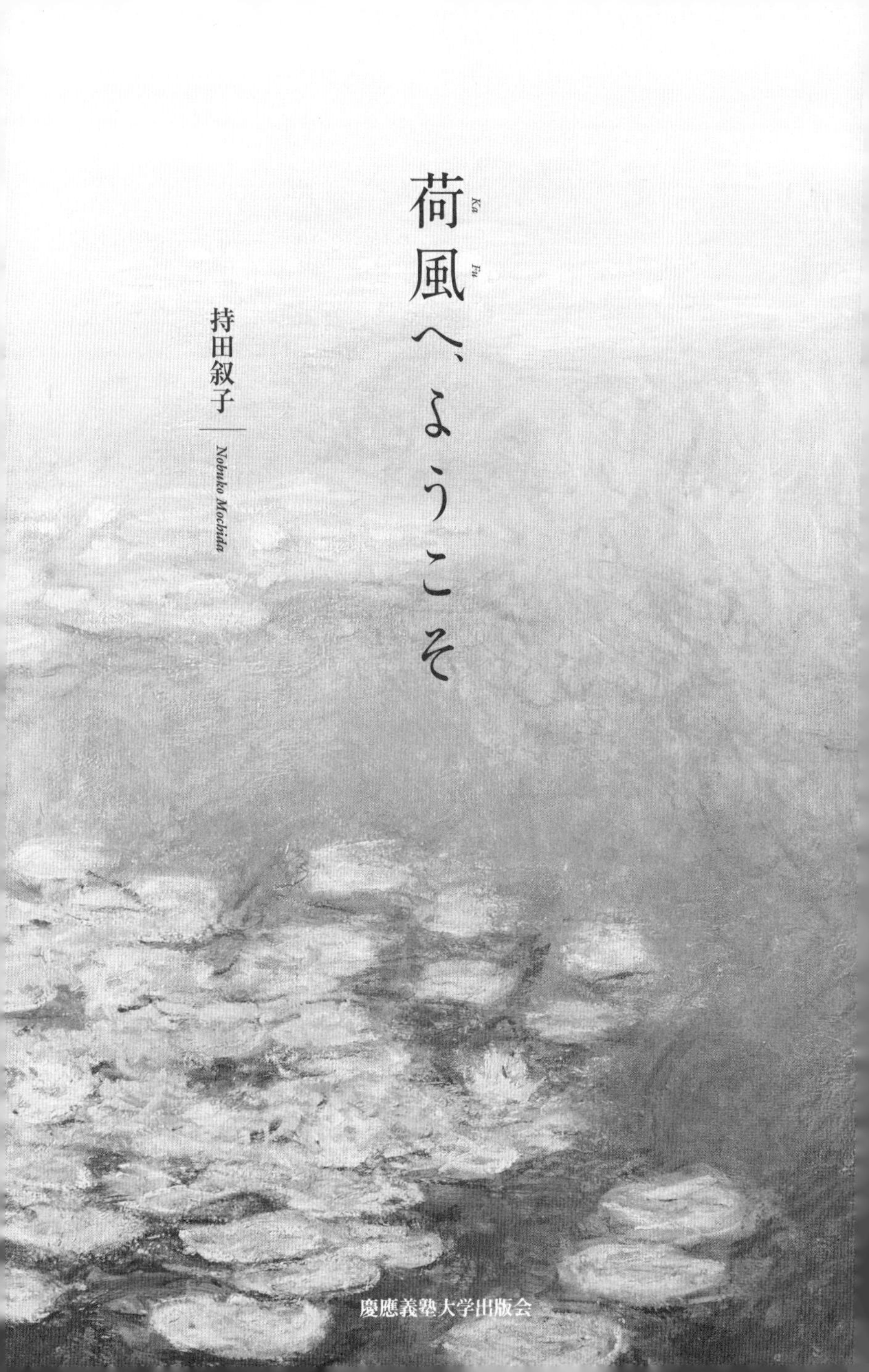

荷《Ka》風《Fu》へ、ようこそ

持田叙子

Nobuko Mochida

慶應義塾大学出版会

荷風の随筆「砂糖」で賞美される，クロード・モネの絵画《午餐》（1872年，オルセー美術館）
純白の卓布に斑をなす光線描写の妙にも，荷風は目を留めている。

● —— Photo RMN (Musée d'Orsay) / Hervé Lewandowski / amanaimages

『おもかげ』挿入写真より。大久保余丁町の永井邸と庭。芭蕉や蓮など中国種の植物が多い。
『三田文学』主幹の頃，荷風はここを文化サロンとし，秘蔵の浮世絵鑑賞会など行った。

目次

荷風へ、ようこそ

荷風へ、ようこそ。この頁を開いた方は、すべて〈荷風〉へのお客さま。

さあまずは今からおよそ九十年前。亡きお父さまから彼が譲り受け、その想い出を大切に深く愛し丹精した庭から、〈荷風〉へと入ってゆきましょう。

どうぞそのまま、ずいっと――そこの柴折戸《しおりど》を押して中へお入り下さい。大久保余丁町《よちょうまち》のこの樹の多い庭と古い家は、若き荷風が意気込んで理想的なシンプル・ライフを実践しようとした拠点でもある。天皇制国家の歯車として家長の支配する、上下関係厳しいイエでなく。樹々や花に彩れ生きる歓びに充《み》ちた、明るくフラットなイエを創《つく》ろうとした出発の地です。

あ、足元お気をつけて。雨あがりで苔が濡れています。緑のいい匂い、この大久保あたりはまだまだ田舎、静かでございましょう?

しかしちょっと変わった、エキゾティックな庭ですね。あそこにウチワのような大きな葉を広げているのは芭蕉でしょう、蓮や大明竹の鉢物もある。お父さま好みの中国種の植物が多いので、鬱蒼とジャングルみたい。少し手入れも行きとどいていないのかな、まあこれはこれで趣がありますけれど。

そして、お花がいっぱい、何て甘い香り……水仙、沈丁花《じんちょうげ》、連翹《れんぎょう》、春蘭、ヒヤシンス、桃の花、桜草、ふくらみかけた牡丹の蕾も可憐な。花壇の向うがやっと母屋ですね。

あ、あの二階の欄干《らんかん》にもたれてぼんやりしている人、あれ荷風じゃないですか。のん気だなあ。世間では先々月来チフスにつづいてペストが流行、日比谷で開かれた内閣弾劾国民大会には軍隊が出動して群衆に抜刀し、大問題に。たしかこの年の夏には、第一次世界大戦も始まりますのにね。

それにしても、何をながめているのかしら、夕映え、春の富士山、それとも軒にかかった蜘蛛の巣。ごいっしょに二階へ、行ってみましょうか――？

おうちを、楽しく

Kafū's Sweet Home

I

永井荷風というとまず、歩く人、というイメージが強い。何しろ散歩の達人。古所名蹟から横町裏通り、荒涼とした新開地まで縦横に歩きまわる姿は、『断腸亭日乗』やエッセイにもあざやかに刻み込まれている。

けれどそれに加えてもう一つ。私にとって荷風は、家の中の人、というイメージもけっこう強いのですね。しかも散歩の達人であると同じく荷風は、家の中でも達人。ただものではないのです。家の中の荷風の姿は、やはりきわだって意志的であり知的。つまりすぐれてスタイリッシュ。たとえば、家の中での或る日のこんな荷風のたたずまいには、思わず目が惹《ひ》かれてしまいます。

黄昏《たそがれ》長く暮れかぬる春の夕《ゆふべ》を見んとて、二階の欄干《らんかん》に立出候処《たちいでさふらふところ》、昨今の暖気《だんき》に早くも軒先《のきさき》に蚊柱《かばしら》立ち居り、夕風に組んづほぐれつ動き揺《ゆらめ》くさま面白く御座候《ござそろ》。軒端《のきば》にかゝる蜘蛛《くも》の巣は既《すで》に古き染模様《そめもやう》となりたれど、蚊柱《かばしら》を図案に致《いた》せしものは未《いま》だ多くは見受けぬ様《やう》なれば、何か一ト工風《くふう》致《いた》し雑誌の表紙意匠《いしやう》にでも致さば如何《いかゞ》かと例の如《ごと》く益《えき》なき事に心を費し申候《まをしそろ》。
四月一日

（『大窪だより』大正三、一九一四年）

この時荷風が暮らしていたのは、亡き父親から受け継いだ大久保余丁町《よちょうまち》の邸。広い庭と邸の手入れが大変で、四年後に売り払うわけですけれど。最後の方は園丁も寄りつかず、荷風自身「気味わるき」（エッセイ『夕立』）と恐れるほど荒れ果ててしまったらしい。けれど荷風はこの家をこまやかに愛している。事情が許せば、もうしばらく住みつづけていたかったのにちがいない。

広い邸の中でも特に荷風のお気に入りは、この二階の欄干あたり。ここはまさに彼が「益なき事に心を費」す場所であって。夏の日盛り、欄干によりかかって読書したり。庭の樹々の高い梢に小鳥が飛来するのを観察したり、壮麗な夕陽が近くの天神ノ森や空全体をすさまじく染め上げてゆくのを恍惚と眺めたり。

さて、今は春の黄昏。荷風はぼんやり蚊柱（たくさんの蚊が一かたまりになって飛んでいて柱のように見える）を見て、あれやこれやそのデザイン化に思いをこらしているわけです。きらきら揺れては崩れる蚊柱、そしてたそがれ色。なんとも繊細な――。私はそんな荷風の姿から、色々なことを考えさせられてしまいます。

まず。こういう風に無為にゆるやかに家の中で過ごす自身の姿を、他の男の作家たちは書いているかしら。書斎という、家の中の男性のとりでで懊悩したり勉強する姿は、森鷗外や夏目漱石も書いていると思うけれど。ここで荷風は勉強しているわけではありません。ぼんやり蚊柱を見つめているだけで。

大体こんな時間に、男の人が家に居るというのも珍しいのでしょうね。一般家庭だったら、そろそろ男たちが勤め先から帰り始め、奥さま方は夕食やお風呂のしたくで忙しいはず。子供たちも泣き叫び、騒がしい、最もせわしない時間なのではないでしょうか。

そんなにぎやかな家庭の様子もよいけれど、ひとりものの荷風の家も、それに負けないくらい魅力的。しだいに昏《くら》くなってきて、静かな家の中。自分一人だから、夕食の仕度なんかあるいはしなくてもいいわけで。一日のうちでもっとも神秘的な美しく儚《はかな》い時間に、荷風は思うさま身を浸しているわけです。

そしておそらく彼は、そんな時間を自分にもたらしてくれる瀟洒《しょうしゃ》な欄干をはじめさまざまな家のしつらいに、しみじみとした愛情を感じているに違いない。そういえば、家の軒先の蚊柱をデザイン化しようとする荷風の姿勢は、同じく身のまわりの草花や小鳥に発想を得、それを暮らしの中のデザインに活かそうとする英国の装飾芸術家、ウィリアム・モリスにちょっと似ていはしませんか。

住む家に詩情を求め、己が生活思想の精髄を家や家具に注ぎ込もうとする姿勢も、二人は共通している。そんな問題も含めて、家の中の荷風の姿にこれからしばらく寄り添ってゆきたいと思います。そのことによって、〈わが家〉をとても大切にした人、その独身主義を活用して楽しく幸せなイエを作ることを先駆的に追求したある意味マイホーム主義の人としての荷風、その他もろもろを浮き彫りにしたいと思うのです。

家の中ではいつもひとりぽっち、なのだけれど、荷風はそこであまりにも多彩な姿態・表情を見せてくれて私たちを飽きさせない。だらしなかったり、ちょっと子供っぽかったり。あるいは可憐、時として凜然《りんぜん》。では口開《くちあけ》に、バターのように溶けそうな、やわらかい荷風の夏姿をご紹介しましょう。

盆過ぎてよりは炎天の日盛り歩むに苦しければ講釈場《かうしやくば》へもおのづと足遠くなりて、我家《わがや》の二階の窓南向《みなみむき》の風入《いり》よきを幸《さいはひ》独棲《ひとりず》みの家の中《うち》はゞかることなければひろ〴〵と明け放ち唯午《ご》夢《む》をのみ貪るに今年の夏ばかり蟬の声聞かねば、寐覚《ねざめ》の手枕《たまくら》何となく異様の心地して、折々は遠く旅に在る如き思するもをかしかりけり。

（『築地草』大正五、一九一六年）

王朝風の美文にまどわされては、いけない。要するに昼下りの真白な時間、誰に遠慮もなく長い手足を投げ出してひたすらお昼寝中のオトコの姿が書かれているのだ。で、目覚めてしばしぼんやり——〈アレ、ここはどこだっけ？〉なんて思ってる。

この時荷風、三十七歳。いいのでしょうか。生き馬の目を抜く競争社会、外ではきっと、「黒い洋服を着た髭のある厳《いかめ》しい紳士」（『紅茶の後』序）たちが精力的に闊歩しているでしょうに。でもこのユルさやだらしなさは、現在の私たちの眉をひそめさせるようなものではない。むしろとても共感できる、やわらかな解放感。

たとえばこんな荷風の家の中と、田山花袋描くところの次のような家の中を比べてみたら、一も二もなく私たちは荷風の「我家《わがや》」を選ぶのではないでしょうか。

……漸く洋燈《ランプ》が光を放つた頃、其時分が一番侘しく一番暗かつた。生の荒涼から覚えた晩酌を母親はいつも遣《や》るので、難しい顔は既に赤くなつて居る。皮肉な我儘な道理も何も無い小言が、平生沈鬱な母親の口から迸るやうに出て、其矢面に主人《あるじ》と若い嫁とが立たなければならなかつた。（中略）田舎出の若い細君は飯も咽喉に通らぬといふ風で、勝手へ立つて行つて、顔を障子に押附けて泣くことなどもあつた。

（『生』明治四十一、一九〇八年）

陰惨な家だ。家族の中でいばったり、いばられたり。オヤへの絶対的服従という前代の儒教道徳は色濃く残りながら、けれど一方その代償として父祖が代々子に保証してきた安定的生活基盤はすでに崩壊している。かつては家郷の大きなイエで何とか収められてきた複雑な係累の共同生活は、新しい二十世紀においては何と、「主人《あるじ》」が独力で確保する狭い貸家で営まれなければならないのだ。

あるいは森鷗外の描くこんな家も、すさまじい。「昔の武家屋敷のような大きな開き門の、所々に簾《すだれ》のおろしてある窓のついた長い土塀《どべい》を囲《めぐ》らしてあった」（小堀杏奴『晩年の父』岩波文庫）団子坂の邸の中では、実はこんな複雑な翳《かげ》りや棘《とげ》をはらむ日々が展開していたのだ。はげしく姑を嫌う「奥さん」と、優しく老母に仕えたいと願うその夫「博士」（鷗外と妻のしげがモデル）との確執の日々——。

日に何遍となく繰り返される、印刷したやうな奥さんの詞でも、たま〳〵内にゐて、半日の間たて続《つづけ》に聞いてゐると、刺戟が加はつて来て、脳髄が負担に堪へなくなつて来る。（中略）かういふ時博士の黙つてゐるのが、奥さんには又不愉快でならぬ。奥さんが「何とか仰やいよ」と肉薄して来て、白く長い指が博士の手首に絡《から》んで来るのはかういふ時である。

（『半日』明治四十二、一九〇九年）

半日「内」に居ることは、まさに精神的拷問のようなものだ。「脳髄が……」云々の言葉は、特に迫真。博士は「奥さん」の精神に異常があるのではと疑っているし、いつか自分のそれも壊されるかもと恐れてもいるようだ。

『鷗外の遺産Ⅰ』（幻戯書房）には、妻のしげを「世界ヲ滅シ尽サナクテハ已マナイ魔王」（大正九年十一月十日、山田珠樹宛）とする鷗外の書簡が紹介されている。そういえば鷗外の作品には、静かにゆっくりと狂気に陥没してゆく人間を凝視するものが少なくない。そこには、家の中で日々「脳髄」を傷つけられているという自身の恐怖が深くからまっていたのか……？

花袋や鷗外のみならず。同時代の島崎藤村や国木田独歩が描く家もみな、ことさらに重く濁った色を塗り込める昏《くら》い油絵のようで、荷風にはとても耐えきれなかったのでしょう。コワくてたまらなかったのでは、こんな風景の中に飛び込むことが。既婚者たちのこんな家は、自分の身心を少しずつ潰してゆく重荷のよう。どうしてもっと自由で軽やかな、可憐な繭のようなイエをめざしてはならないのか。

そんな荷風の脳裏にまず浮かんだのが、日本文化における伝統的独身者――〈隠者〉の系譜と、彼らが結ぶ簡素な庵のイメージであったのは当然の帰結です。

でも。隠者というと、現世のモノに執着しない、もちろん栖《すみか》にも、という印象があるではありませんか。鴨長明は「程せばしといへども、夜臥す床あり、昼居る座あり。一身を宿すに不足なし」と、〈一間の庵〉に満足しているし。兼好はそれよりはずっと、住居に積極的だけれど、でも「仮の宿りとは思へど、」と自らに釘をさしている。

しかし荷風はちょっと違うのですね。過去の世界を憧憬する一方、彼はバリバリの近代の申し子。快適さや利便性、清潔を重視する人ですもの、どうして自分の住む家にこだわらないでいられましょう。

なかなかウルサイのですし、自分が住むならあんな家、こんな家、……と折にふれ楽しく夢想もしています。それにまた、彼のエッセイはよく読むと、一種の住居論であるものも多い。家の構造やスタイル、内部のインテリア、そこに住む人の匂い——も含めて、荷風は本当に〈家〉が好きな人なのだと思います。そんなことも追々考えるとして、そろそろ荷風の家の中へ戻りましょう。

これもやはり、夏の夕暮れ。荷風はヤブ蚊に刺されながら、アメリカでかつて出逢った懐かしい、けれどゆきずりの二人のフランス人のことを想い出している。ぼんやりと、縁側で。異郷で「淋しい孤独の生涯」を送った彼らの平静で強く淋しい生き方を、自分の身近に引き寄せながら。

自分は藪蚊《やぶか》の群《むれ》に包囲されながら、ぼんやり夏の夕《ゆふべ》の椽側《えんがは》に坐《すわ》つてゐる時、唯《たゞ》何と云《い》ふ事もなく懐《なつか》しく、異郷で見知つた彼の二人の異郷人の事を思返《おもひかへ》す。二人の年老いた人達は、ベルナール先生もマダム・デュトールも、決して自分のやうにどうする事も出来《でき》ない其《そ》の運命を愚痴《ぐち》らしく嘲《かこ》つてはゐなかつた。……

(『あの人達』明治四十四、一九一一年)

縁側とか外縁《ヴエランダ》とか、欄干とか……。今の私たちの徹底して機能的な狭い家がそぎ落した、こういうアソビ心のある場所が荷風は好きなんだなあ。周囲の自然とゆるやかに結び合うそんな場所で、荷風は幾重もの時間の層を自分のまわりに張りめぐらし、その中に沈んでは浮かび上っている……。

ではもう一葉、似たような情景を。こちらは麻布の偏奇館《へんきかん》。芝の増上寺から響いてくる鐘の音に包まれて、荷風は二階全体を柔らかな揺りかごのようにさえ感じている。そしてその音の醸《かも》すうっとりとした眠気の中で、死んでしまった友人とひそかに言葉を交し始めたり。

住みふるした麻布《あざぶ》の家《いへ》の二階には、どうかすると、鐘の声の聞えてくることがある。

鐘の声は遠過ぎもせず、また近すぎもしない。何か物を考へてゐる時でも、そのために妨《さまた》げ乱されるやうなことはない。そのまゝ考《かんがへ》に沈みながら、静《しづか》に聴いて居られる音色《ねいろ》である。又何《なに》事《ごと》をも考へず、つかれてぼんやりしてゐる時には、それがために猶更《なほさら》ぼんやり、夢でも見てゐるやうな心持《こころもち》になる。西洋の詩にいふ揺籃《えうらん》の歌のやうな、心持のいゝ柔《やはらか》な響である。（中略）死んだ友達の遺著《ゐちよ》など、あわてゝ取出《とりだ》し、夜のふけ渡るまで読み耽《ふ》けるのも、こんな時である。

（『鐘の声』昭和十一、一九三六年）

荷風は家の中で、人より数倍もこまやかで複雑な時間を生きている。ひとりのためのシェルターとしてのその中には、このように生と死が親しく重なる不思議な時間の渦が起流しているのだ。荷風の文学の一つの大切なテーマは、〈追憶〉。あらためて読みかえしてみると、彼の追憶の文章の非常に多くが、家の中での無為のたたずまい（前述のように欄干にもたれたり、縁側にすわったり。あるいは炬燵《こたつ》に当っていたり、ぼんやり紅茶を飲んだり……）の中から紡ぎ出されていることがわかる。

ひとり者、というと住いは単に寝る場所。住いを疎略にしているというか、ひとり者に〈家〉なんてあるのか？と思う人さえ多いのでは。ところが荷風にはあるのですね、しっかりと〈家〉が

――物理的にも、心理的にも。荷風の文学の基盤は一つ、〈家〉にあるといっても過言ではないと思います。

それが証拠に、〈追憶〉が家の中で紡ぎ出されているでしょう？　それから。荷風文学を時に痛烈に、時に軽妙に彩る独特の批判精神も、家の中といういわば〈ウチ〉から、社会という〈ソト〉へと発信されている場合が少なくない。

たとえばそうした例としてもっとも印象的なのが、『花火』（大正八、一九一九年）という随筆です。明治四十三年の大逆事件検挙を嚆矢としてしだいに首をもたげ、以降の日本近代を席巻する国家主義の支配性と暴力性を指摘する、荷風の文明批判として有名なもの。

というと、何か荷風が肩をいからせ大上段に議論しているようすを思い浮べますが、それどころか。ここで荷風は一心に、家事をしているのです！　前から気になってしかたなかった、押入の壁紙張りを。ちなみにこの時の家は、築地二丁目路地裏の粋な借家。昼ごはんをすませた荷風は、手ぬぐいでキリッと袖を結び、糊のついた刷毛を手に……。

> 午飯《ひるめし》をすますとわたしは昨日《きのふ》から張りかけた押入《おしいれ》の壁《かべ》を張つてしまはうと、手拭《てぬぐひ》で斜《なゝめ》に片袖を結び上げて刷毛《はけ》を取つた。
>
> 去年の暮押詰《くれおしつま》つて、然《しか》も雪のちらほら降り出した日であつた。この路次裏《ろじうら》の家に引越《ひきこ》した其《その》日《ひ》から押入の壁土《かべつち》のざら〳〵落ちるのが気になつてならなかつたが、いつか其《そ》の儘《まま》半年たつて

しまつたのだ。

刷毛を動かす荷風の耳にしきりに花火の音が響いてきて、否応なく「今日は東京市欧州戦争講和記念祭の当日」であることを思い出させられる。その音に誘われて荷風の脳裏に浮かんでくるのは、幼年時から今まで見聞きしてきた幾多の記念祭や暴動の、殺伐《さつばつ》と恐ろしい風景ばかりだ。そしてそんな時いかに官憲が、人民を踏みつけにふるまうことか。東京市民がいかに、日頃抑えこんでいる暗い劣情と差別意識を爆発させることか。

ゆえに皆が花火に浮かれて広場へと出払うこの休日、荷風は家を離れない。自分にとって大切なのは、ウチにおける日常の営みとばかり、淡々と刷毛をふるいつづけるのだ。だから一連の諷刺や批判は、もぐり込んだ押入から発信されたもの、と言える。『花火』のエンディングも、次のとおり。

花火は頻《しきり》に上《あが》つてゐる。わたしは刷毛を下に置いて煙草《たばこ》を一服しながら外を見た。夏の日は曇《くも》りながら午《ひる》のまゝに明るい。梅雨晴《つゆばれ》の静《しづか》な午後と秋の末の薄く曇つた夕方ほど物思ふによい時はあるまい……。

オトコの人が家事をしながら、強大な国家権力を批判する——そんなスタイル、当時皆無と思う。

なんて、女性の場合もあり得ない。とにかく家事の位置は当時とても低い。まちがってもそんな営みが、学問や文学上の思索と結びつけられることはないはずだ。だから荷風はこの分野では、ほんとうに先駆者。ちょっと分析させてください――刷毛を手にしての思考のスタイルは、荷風の批判精神にしなやかで地道な、生活者の視点をもたらしている。その結果『花火』は、批判文に生じがちの闘争性や攻撃性を稀有にのがれ、平穏と冷静のリズムを色濃くたたえ得ているのだ。ひとり暮らしのための家事は荷風の思想にナチュラルに溶けこみ、それを豊かにしなやかにしていると言えよう。

それにもう一つ。今度は家事史の側から言うとオドロキなのは、荷風が家事を義務や仕事ではなく、何か楽しい趣味のようなものに考え感じようとしている点。『花火』でも、「用のない退屈な折々糊仕事をする」のは好き、と言っているし。庭掃除も、荷風の手にかかれば楽しい所作に。こちらについては、エッセイ『草箒《くさぼうき》』（大正六、一九一七年）を参照下さい。「白日門を閉ぢて独《ひとり》閑庭に飛花落葉を掃ふ時の心ほど我ながらなつかしきはなし」――ほら、落葉掃きは〈しなければならないこと〉ではなくて、〈なつかしき〉ことなのです。

そして荷風は決して急いだりしない。時おり箒の手を休め、ぼんやりと樹々を仰いだり、紅葉のさまを手帳に記したり。こうなると仕事は、俄然アソビっぽくなってしまう。さっきの糊仕事も同じこと。

荷風は「日頃手習《てならひ》した紙片《かみきれ》やいつ書捨《かきす》てたとも知れぬ草稿《さうかう》のきれはし、また友達の文反古《ふみほご》なぞ」

（『花火』）を使って押入を張っているのですが、しょっちゅうそれらを悠長に読みふけってしまって。もちろんひとり暮らしだからできる、ヒマだからできる、と言われればそれまでですが。あるいは結局荷風の家事は、文人趣味の一環だとも。しかし荷風だって日記では、時々弱音もはいています。オトコではとても衣更《ころもが》えはできない、とか炊事の水が冷たくて、とか。

こうした荷風の特色は、やはり家事に関心の深かった当時として珍らしい男性・幸田露伴と比べてみると、よくわかる。次女の幸田文のエッセイ『こんなこと（あとみよそわか）』には、いかに彼女が父・露伴に厳しく家事一般を教え込まれたか、詳細に回想されている。

それによると、露伴は完全に家事を仕事ととらえていて。あるいは子供へのしつけの一環とも。十四歳の文さんは向嶋蝸牛庵の「いかめしい空気」の漂う父の居間に呼ばれて、まず掃除の伝授。和紙を剪《き》り、団子の串に鑢《やすり》をかけなどしてハタキを改造するところから始めるんですよ……大変。道具にも仕事ぶりにも、露伴はゆるみなく美意識と合理性を追求する。いわく。

「障子はまだ〳〵！」私はうろ〳〵する。「わからないか、ごみは上から落ちる、仰向け〳〵」。やつと天井の煤に気がつく。（中略）

煤の箒を縁側ではたいたら叱られた。「煤の箒で縁側の横腹をなぐる定跡《じやうせき》はない。さういふしぐさをしてゐる自分の姿を描いて見なさい、みつともない恰好だ。女はどんな時でも見よい方がいゝんだ。はたらいてゐる時に未熟な形をするやうなやつは、気どつたつて澄ましたつて見る人が見りや問題にやならん」

（『こんなこと』昭和二十三、一九四八年）

厳しい。これでは家事をしている間中、頭と身体の末端までフル回転させなければ。それこそ茶の湯の作法にも通ずる、露伴の美学なのだろうけれど。

対して荷風は、家事をむりやりにでも、自分の愛する無為なアソビの領域へひっぱり込もうとしていたと思う。そもそも彼は、主婦が負わされる義務としての家事の暗い雰囲気が大嫌いであって、隣家の奥さんのかけるハタキの音に彼女の不機嫌そうな表情まで勝手に想像して、ふるえ上っているほどだ（明治四十二、一九〇九年の小品『春のおとづれ』参照）。

自分の家にはまちがっても、そんな雰囲気を持ち込みたくなかったのに違いない。だから必須の家事も、ちょっと雅《みやび》なアソビにしてしまう、意地にでも。それどころか、前述のように自分の批評の視点のこやしにも。

最後につけ加えれば、『紅茶の後《あと》』所収の近世近代文化論『蟲干《むしぼし》』（明治四十四、一九一一年）もその題名通り、「毎年一度の蟲干」――つまりある種の家事への荷風の注目から端を発して絢爛と繰り広げられる論であることには、もうお気づきでした？

家の中の座敷や縁先につり下げられ並べられる「亡《なくな》つた人達の小袖《こそで》」や「年寄《としよ》つた母上の若い時分の長襦袢《ながじゆばん》」あるいは「古い蔵書や書画帖」の間をあれやこれやと巡りながら、荷風は明治初年の漢文の新奇な文体とそのはつらつとした進取の気風、その清新な文芸の母胎としての成熟した軽妙な江戸文芸へと、次々思いを馳せてゆく。

こうした徹底的に〈ウチ〉へと向かう視点から論ずることにより、荷風は確実に何かを壊している。たとえばそれは、いかめしく大上段に構えて初めて成り立つ文化論の粉砕なのだろうし、女性的な〈ウチ〉を一段低いものとしておとしめてきた男性原理への抵抗なのだろうし……。

もの慣れぬ男性の新鮮な眼で見直すことにより、荷風の家事は風変りなアソビの色を帯びて〈家〉のソフト面を充実させる。と同時にそれは既成概念を破る起爆剤としても機能しているのだ、荷風にとっては。

II

数年前、カナダ東部ナイアガラの滝にそう遠くないキングストンという地方都市（古風な小さな街。英国風の特徴ある石造りの建物がたくさん。荷風も『あめりか物語』の頃、近くに立ち寄っています）に滞在した時驚いたのは、みんな実に家やインテリアが好きなんだなあ、ということだった。

小さな街に本屋は一軒。けれどその大部を占めるのが、インテリア・建築コーナー。それのみか、数々の家を描いた画集も人気です。海辺に立つ緑の屋根のサマー・ハウス、大通りに面して窓いっぱいに燈火のきらめきをこぼす石造りの邸、花と芝生に囲まれた郊外のコテージ……。こんな画集の頁を繰りながら、人々は〈マイホーム〉への夢をかきたてられているに違いない。住み家に快適と詩情を求める情熱は、欧米の人の一つの特色であることを、その時確信したものでした。

で、そんなところ荷風も似ている、と思うのです。彼のエッセイの何と多くの頁が、住む家の構造や風情、内部のインテリアについて精緻に熱く語りつづけていることか。ちなみに今、その主なものについて作品名と概要を整理してみます。

○『夏の町』（明治四十三、一九一〇年）「熱帯風な日本の生活」が生み出した、夏の住居やインテリアの特色について一部述べる。「単白で色彩の乏しい」「白木造りの家屋や居室」は夏のまぶしい光に照らされて初めて、その明るく軽快な美質を発揮するということ、など。

○『海洋の旅』（明治四十四、一九一一年）横浜から四日間航海し、当時西洋人の訪れるエキゾティックなリゾート地として知られていた九州・島原の小浜《おばま》海岸に滞在した折の紀行文。投宿した「小さな木造りのホテル」の飾り気ない質素な「西洋室」はいたく荷風の気に入り、アメリカの大らかな田舎家の風情を思い出させる。と同時に荷風は、東京の帝国ホテルの「サムライ商会式」武張ったインテリア、日本旅館の俗臭紛々たるインテリアを鋭く批判する。

○『妾宅《しょうたく》』（明治四十五、一九一二年）小説、けれどしだいに住居・室内装飾論に傾く異風の作品。時代にうち捨てられたような古びた「薄暗い妾宅」の再評価から始まり、詩的トポスとしての〈便所〉論、はては「近世装飾美術の改革者ウイリアム・モオリス」にまで話が及ぶ。

○『大窪《おおくぼ》だより』（大正二〜三、一九一三〜一四年）　大久保余丁町の邸での生活を日録風に記す身辺記。大正三年四月二十一日が住居論。日本独特の「軒深き縁先」や座敷の薄暗い風情が失われ、室内の明るさばかり好まれる流行を嘆く。

○『矢はずぐさ』（大正五、一九一六年）　荷風独特の身辺記の一類。芸妓の頃から知り合った八重との、短く幸福な結婚生活を回想する。競争社会から逸脱し、スローに「家居《かきよ》の楽《たのしみ》」に生きることを宣言する内容はおのずと、「わが家」や庭へのこまやかな観察と思索につながる。新しい障子の潔い白さや糊の匂い、座敷の畳に映る庭樹や小鳥の夕影、柱や縁側の時代がかった飴色……荷風のまなざしは愛情深く、家や家具の隅々にまで注がれる。

○『築地草』（大正五、一九一六年）　前半は、仮住いしていた「築地一丁目のとある路次裏」にこまごまと立て込む種々の家を興味深く観察する、荷風の住宅ウォッチング。鰻屋の隣の閑静な庭師の家、硝子戸《がらすど》を大きくはめた仏師の家、路地奥の待合い妾宅の類、新築中の役者の家……。

○『築地がよひ』（大正六、一九一七年）　これも築地時代の身辺記。一丁目かいわいで荷風が特に愛していたのは、けい古に通っていた三味線の師匠の家。「家造《やづく》り清洒軽快、凝つて渋味ある事家具建具と相俟つて」とびきり幽雅である、と。ちなみに「清洒軽快」とは、荷風の最高のほめ言葉。古きよき都会の住いのお手本といえる。

○『書かでもの記』（大正七、一九一八年）　荷風が文学者としてスタートを切った十九、二十歳の頃の回想記。師と仰ぐ広津柳浪の住んでいた「格子造の平家」の感じのよさ、が文章の一つの柱に。荷風は実にあざやかに師の家のたたずまいを記憶している。いかめしい門構えなしに低く垣をめぐらせた広い庭、ゆったりと家でくつろぐ柳浪の様子も、荷風は懐かしい人柄のあらわれとして深く心に留めている。

○『立秋所見』（大正七、一九一八年）　家の中で多くを過ごす人・荷風の視点からとらえる季節感の微妙な推移。ほんと、家の中にいる人でなければこのファジーな変化はわかりません——「日《ひ》盛《ざかり》の暑さはもとより昨日に変らねど吹く風にあやしき力こもりて、掛物《かけもの》の軸床《ちくとこ》の間《ま》の壁を打ち、煙草盆《たばこぼん》の灰飛び散り、」とか。

○『隠居のこごと』（大正十一、一九二二年）　家にひきこもる偏屈老人の視点から、世情風俗の種々相をなで斬りにするのが前半。後半は史伝についての論。前半の一部が住居論で、最近流行の和洋折衷住宅の無趣味や、官庁学校など公的建築物の殺風景を嘲《あざけ》る。

そして荷風が熱心に説くのは、住居と植樹の密接な関係。住いを快適かつ魅力的に仕上げるのは、周囲の樹木との調和であるととなえる。このあたり、やはり同時期に住居における植樹の重要性を主張し、新興住宅地・砧村（現在の世田谷区・成城）でそれを実践した民俗学者・柳田国男と相通ずるものを想わせる。そういえば、衣食住に関わる幼少年時の記憶を核に、近代生活史を叙述する荷風の論のある種の手法は、民俗学の一面に通底するのではないか。

○『井戸の水』（昭和十、一九三五年刊行の随筆集『冬の蠅』への書きおろし）　文明開化の清新の気風みなぎる明治初期は、幼年時代の幸福な記憶ともからみつき、おそらく荷風のもっとも愛する時代だ。小石川の生家も含め、その時期の山の手の中流階層の家の独特の美と風趣を分析する。特色的なのは、荷風の思索がここで座敷や玄関ではなく、水まわりや勝手口、裏庭や物干場などいわば家のウラの面――生活の場所をひたすら巡ること。すぐれた近代生活史の趣のある一篇だ。
○『亜米利加の思出』（昭和二十、一九四五年）敗戦後、アメリカへの関心高まる中で、昔の留学時代の思い出を問われての回答。荷風は、アメリカの真髄は地方都市にあると明言している。特にその「菜園や花壇」に囲まれた大らかなコテージ・ハウスのたたずまいを賞揚しながら。花咲き乱れる前庭、低い生垣、ポストマンがのどかに自転車を走らせて――古きよきアメリカの田舎のこうした風景は、荷風の住居論の一つの理想であることが推される。

……こんなに一気に列挙してしまって、目まぐるしいですね、すみません。これらの中で重要なものについては、後の章で触れてゆきます。さて、エッセイの次に見てゆきたいのは、荷風の小説の中の家のたたずまいなのです。

荷風の小説はもちろん、作品ごとに独自のテーマを持っているのだけれど、それらのほとんどに常に変わらず奏でられているのは、〈家〉への深い関心と愛情であろう。注意深く小説の頁を繰ってみると、そこには魅力的な家の数々がさり気なく立っているのだ。荷風の小説を、静謐な家の画集として読んでみるのも面白いと思う。

で、そのように読んでゆきたいのですが、まずこんな頁を広げてみましょう。『つゆのあとさき』

（昭和六、一九三一年）より。

麦門冬《りゆうのひげ》に縁《ふち》を取つた門内の小径《こみち》を中にして片側には梅、栗《くり》、柿《かき》、棗《なつめ》などの果樹が鬱然《うつぜん》と生茂《おひしげ》り、片側には孟宗竹《まうそうちく》が林をなしてゐる間から、其《そ》の筍《たけのこ》が勢よく伸びて真青《まつさを》な若竹になりかけ、古い竹の枝から細《こまか》い葉がひら〳〵絶間《たえま》なく飛び散つてゐる。

静かに門を開けると、そこには魅力的な小径が。樹々の梢から洩れる初夏の光がビロードのような苔の上にきらきらとこぼれて、門内は涼しい別世界のようだ。

『つゆのあとさき』のヒロインの一人・清岡鶴子《きよおかつるこ》がこれから訪ねようとしているのは、義父の熈《あきら》の隠宅。そもそもここは幕府の本草学者であった熈の父・玄斎の隠居所で、「今日《こんにち》庭内に繁茂《はんも》してゐる草木《さうもく》は皆玄斎《げんさい》が遺愛《ゐあい》の形見である」という、ゆかりの地なのだ。さて、小径も尽きて鶴子がしとやかに日傘をたたむ「古びた平家」の玄関先の様子は——。

家《うち》はさながら古寺の庫裏《くり》かと思はれる程いかにも堅牢《けんらう》に見える。然《しか》し其《そ》の太い柱と土台には根《ね》継《つぎ》をした痕《あと》があつて、屋根の瓦《かはら》は苔で青く染められてゐる。玄関側の高い窓が明放《あけはな》しになつてゐたが、寂《せき》とした家の内からは何の物音も聞えない。窓の下から黄楊《つげ》とドウダンとを植交《うゑまじ》へた生垣《いけがき》が立つてゐて、庭の方を遮《さへぎ》つてゐるが、さし込む日の光に芍薬《しやくやく》の花の紅白入り乱れて咲き揃《そろ》つたのが一際引立《きはひきた》つて見えながら、こゝも亦寂《またせき》としてゐて、花鋏《はなばさみ》の音も箒《はうき》の音もしない。唯勝手口《たゞかつてぐち》につゞく軒先《のきさき》の葡萄棚《ぶだうだな》に、今がその花の咲く頃と見えて、虻《あぶ》の羣《む》れあつまつて唸《うな》る声が独《ひと》り夏の日の永いことを知らせてゐるばかりである。

いつ訪ねても、何も変りはしない静けさと穏やかさ、平凡で明るいたたずまい。心中に夫との葛藤を抱えよりどころない鶴子は、ここに来ると本当にほっとしているのではないか。

そして「どなたぢや。」なんてつぶやいて出迎えてくれる「真白な眉毛の上まで老眼鏡を釣《つる》し上げた主人の熈《あきら》」の雰囲気は気さくでジェントル、『すみだ川』の松風庵蘿月のさばけた優しい人柄にも重なりながら、それをもっと知的に品良くした感じ。東京の街で切ったはったの売文稼業に身をやつし、カフェーの女給や芸者とその場しのぎに遊び騒ぐ脂ぎった息子の進よりはよっぽど、語学文学の教養豊かな清楚な鶴子とお似合いなのだ。夏樹さやぐ彼の「村荘」はそうした熈の人柄と完全に一体化し、ネオン輝く不夜城・東京の二十世紀を無言で相対化している。

のっけから、荷風の一番の理想の家を出してしまいました。ところで小説中の設定は、郊外・世田谷の豪徳寺《ごうとくじ》近くということになっているけれど、熈の住いの原点は明らかに、エッセイ『井戸の水』で賞揚されるような小石川の生家や余丁町の家を核とする、明治初期山の手中流階層の家でしょう。そうした家の懐かしい特色として荷風が深く心に留める「生垣」や「葡萄棚」のアイテムも、しっかりちりばめてありますもの。熈の家はそれを縮小化し、郊外の老人用「隠宅」としてアレンジしたものといえる。このあたりで、老人用住居への荷風の深い関心について、一言。

隠逸の生活を志向する荷風は当然、世間からのがれて住むひっそりと小さな家への関心が深い。けれど基本的に都会が好きな人なので、兼好や長明のように山のほとりに庵を結ぶ、ような栖《すみか》は無理。ということで若い頃から、都会の老人の隠居所あるいは妾宅（こんな言葉も、今や死語ですね。これもやはり世間をはばかる〈妾〉が住むのですから、奥まった所にある小さな可憐な家であることが必要）に一つターゲットをしぼり、色々見て歩いてもいます。

たとえば『大窪だより』大正三年一月四日の項には、七十八歳の「根岸に住めるさる隠居《いんきょ》」を訪ね、終日「昔の話いろ〳〵と」聞いたことが記してある。かいわいで一きわ古びたその家のようすも、荷風には好ましく。


三島神社《みしまじんじゃ》のほとりも追々《おひ〳〵》に新しき家たち、竹の垣根も板塀《いたべい》となりて大分閑雅《だいぶかんが》の趣を失ひ申候《まをしそろ》。然《しか》るところ一たび隠居が家の古びたる潜戸《くゞりど》をあくれば、生垣越《いけがきこ》しに眺むる庭のさま去年の秋草も枯れたるまゝに刈取《かりと》らず、古池の水濁《にご》りて石燈籠《いしどうろう》の傾きたる、さては此処彼処《ここかしこ》に立つ老木《おいき》の梅の蕾《つぼみ》猶《なほ》堅くして、幹《みき》の苔のみ色濃き有様《ありさま》、いかにも世をのがれし人の住家《すみか》と存《ぞんじ》申候《まをしそろ》、

若い頃（当時三十五歳）から着々と、荷風が老いへの準備を始めていたこともよくわかる。故実を知る、だけが目的ではなくて、理想的老人に会って老いのイメージ・トレーニングもしていたの

ではないでしょうか。『井戸の水』で回想されているように、実際に自分もこんな隠居所に住むべく市中の貸家を探訪したのも、この頃のこと。でもこちらは不首尾に。

いくつも訪ねたうち印象的な二軒について荷風は思い出しているけれど、結局いずれも幽霊屋敷だったのです。一軒は浅草河岸沿いの「土蔵つきの二階建」。あわや借りようとしたのですが、土蔵の湿気に不吉な感じがして、とりやめ。もう一軒は、築地あたりの路地奥の二階家。表通りの騒音も届かぬかわり、「日も当らなければ風通しもなさそうな」古寺のごとき家。はたしてここは幽霊の出る家だったという。

かつては「下町の到る処」(『井戸の水』)に見られたこうした奥まって陰鬱な妾宅や隠居所の雰囲気がダイレクトに結晶されているのが、その名もズバリ『妾宅』(明治四十五年)に描き込まれる、「上《あが》り框《かまち》の二畳を入れて僅か四間《よま》ほどしかない古びた借家」でしょう。

荷風はここで、西欧文化の模倣に忙しい世間の風潮に対抗し、ことさらにこの小家のいじけたような寒々しい風情、無教養の江戸趣味的室内装飾を「日本文化の誇り」として賞揚するけれど。

少しの冷えにも腸痛の起こる荷風にとって、実際にこんな「隙漏《すきも》る寒い川風」が吹き通る家に住むのは無理のはず。現にこうした類いの家の陰気と湿気に恐れをなし、内心「不気味」に思ったことが、先ほどの『井戸の水』にも洩らされている。その意味で、『妾宅』の家は過激すぎる。明らかに荷風の思考が、ひとり先走っている感じだ。

だから、ブーメランのように戻りますが、荷風が実際住みうる理想の家の一つは、やはり生家へのノスタルジーを織りまぜた熙の隠宅あたりでしょう。この種の家の系譜は、すでに初期小説『狐』(明治四十二、一九〇九年)、『花瓶《はないけ》』(大正五、一九一六年)、『うぐひす』(同上)、『父の恩』(大正八、一九一九年)などにも微妙なヴァリエーションを奏でながら連綿とつづられていたものです。その一つの集大成が、いとも清雅な熙の家なのだろうし、戦後出版された『浮沈《うきしずみ》』(昭和二十一、一九四六年)において晩夏の薔薇の香りとともに描き込まれる「小日向《こびなた》水道町の屋敷」なのだと思う。

「坂の中途に在つて、その庭の高い木の梢は他の屋敷の植込よりも更に高く聳えて」いるそこは、『浮沈』のヒロイン・さだ子が二十一歳の秋までを、王子さまにお城に連れて行かれたシンデレラのように幸福に過した婚家先。夫の早逝以降、よるべなく都会に漂うさだ子は、悲しい時いつも心の宝石箱にしまった至福のその家を想い出す。茶の間に飾られていた英国のオルゴール時計はじめ「昔から其家に伝つた西洋と日本との古びたさまぐ〵な道具や置物」まで、まざまざと。

ところで、今までのように見てゆくと、荷風の心を占めていた〈家〉の主流は、生家の記憶を核とする和風建築という印象が強いけれど、実は今一つ屈折があって。この点こそ近代人としての荷風の面目躍如するところなのですが、彼は洋風建築への関心もかなり深い。このことは、下町の妾宅隠居所を志向しながらも、結局はシンプルな英国風の洋館、麻布・偏奇館を〈わが家〉とさだめて腰を落着けた姿勢からも、もちろん推察できるけれど。

たとえば先の『浮沈』にも、その傾向は端的にあらわれている。実はこの作品の一方には、前述の「小日向水道町の屋敷」に劣らず存在感のある家がたたずんでいて。それは「曾て日本好きの米国人が建てた」「英国風の古い煉瓦づくり」の洋館。この家の主《あるじ》が荷風の分身的な個性的人物で、かつて巴里《パリ》に留学し、今は「全く世間から隠れて余生を送らうと決心」している趣味人という設定だ。荷風は、偶然ここを訪れたさだ子の眼を通して、この家の主の生活ぶりを「西洋の映画」のよう、と感嘆させている。

曾《かつ》て日本好きの米国人が建てた家だと云ふことで、ラフワエルの主人《あるじ》が買い取つてからでも既に十年近くになる。蔦《つた》を這《は》はせた土塀《どべい》の際《きは》には、樫《かし》や椎《しひ》の木が深く植込んであるが、家屋の周囲《まはり》から庭一面平《たひらか》な芝生で、ところ〲に設けた花壇には、芍薬と薔薇とが咲き乱れてゐる。

（中略）

さだ子は小間使の服装と、忍冬《にんどう》の花の匂ひわたる玄関先の様子に、何やら西洋の映画でも見るやうな心持になつたが、それは内《なか》へ入つて応接間から外縁《ヴエランダ》、食堂の飾付を見るにつけてますく激しくなつた。

外縁には真白な鸚鵡がとまりの木の上から人の来る足音を知つて、頻にカムイン〱と英語をつかつてゐる。

たしかに戦後の荷風は西洋映画にかなり夢中なので。さだ子の心中独白をすなおに受けとれば、ああ、ここは新しもの好きでもある荷風がアメリカ映画の洒落たワン・シーンをいち早くその小説にはめ込み、読者サーヴィスしているのかな、と思ってしまうところ。

けれどいえいえ、忍冬の花匂うこの洋館への荷風の想いは、そんなに根の浅いものではありません。『あめりか物語』の愛読者である方はもうお気づきのはず、この家は荷風の永遠の少女・ロザリンの住む「広い芝生《ローン》と花園を囲んだ垣根」（『六月の夜の夢』）のスタットン・アイランドの英国風別荘の面影を彷彿させることに。

あるいはロザリンを恋う「自分」が下宿していた、「ハニーサツクルの蔓草《つるくさ》咲き匂ふ縁側」のある田舎家の雰囲気を偲ばせることに。ハニーサックルとは忍冬《にんどう》、別名すいかずらの花のこと。欧米人はこの花を、玄関やベランダ、垣根に這わせることを好みます。つまり〈ホーム〉の象徴のような花。ウィリアム・モリスがこの花を愛し、壁紙や更紗木綿のデザイン・パターンにとり入れたのは有名な話です。

そしてさらに思い出されるのは、前述『井戸の水』において、小石川や余丁町の家のイメージにしだいに融け合う形でそれらの家と同じように、樹々と井戸を擁するアメリカの田舎家の格好がみずみずしく回想されていたことである。

……それ等《ら》の井戸は皆ポンプで水を汲《く》む。ポンプの周囲《まはり》には石を敷き、更にひろ〴〵と芝を植ゑ、時には花壇の作られてある処《ところ》もあつた。芝地には大抵林檎《りんご》か桜の木のやうな果樹が繁つてゐて家の戸口や窗《まど》には香《かんば》しい蔓草《つるくさ》の纏《まつ》はつた処《ところ》もあつた。

其名《そのな》をロザリンと呼ばれた可憐なるかの乙女が、夏の一夜、わたくしの為《ため》に柔なランプの火《ほ》
影《かげ》にピアノを弾《だん》じ、
　浮世の夢は見果てたり――
Life's dream is over――
といふ歌を唱《うた》つたのも、其《その》庭にポンプの井戸があり、垣には桜の大木が繁つてゐる村荘の客間
であつた。

　何とも平和で穏やかな。道ゆく人の視線を誘ってふっとそこへ入りこませたくなる魅惑的な村の家。ロザリンの住むのは東部ですから、ニューイングランドとして英国文化の根強い所。この「村荘」とはどんな家だったのかしら。ヴィクトリア朝風のわらぶき屋根のコテージ？　それとも石材でどっしりと建てた、煙突と切妻屋根《きりづまやね》の特徴的なコテージ？

　ともあれこうした文章を読むと、家で楽しく暮らすという荷風の思想には、アメリカの生活文化の刺激の深く喰い込んでいることが察せられる。荷風、というと全的にフランス文化と結びつけられる傾向があるけれど。少なくとも住居思想に関しては、フランスよりアメリカの（さらに言えば、アメリカ文化を経由しての英国の）影響が絶大なのだ。パリやリヨンの住居の思い出についてなんて、管見の限り荷風は全然口にしていませんもの。

　ということで、次の最終節では荷風とウィリアム・モリスとを並べて一考してみます。そして再

び荷風のマイホーム主義に触れて、まとめを。

この節では、荷風の小説を〈家の画集〉として読んでみる、なんて大口たたいて結局、ほんの数頁しか見られませんでした、ごめんなさい。でもこの他にも本当に、大小さまざまの家が描き込まれています。粋な柴折戸を持つ待合いや、西京瓦輝く破風造《はふづくり》の邸。単身者向けの貧寒なワンルーム・アパート、トタン葺《ぶき》の平屋根の路地の貸家(その屋根の上に、「毎日掃出す塵ほこりに糸屑や紙屑もまざつてゐる」と、荷風の眼はこまかい!)。

そうした家々の外観や内部の仔細に、荷風は時代を疾走する新しい要素や、逆に滅びゆくものなど種々の時間の層を観察している。人間、のみでなく家屋に強烈な関心を抱くのが、風俗小説家としての荷風の特色。お好きでしたら、後はさまざまの家、荷風の作品の中から探してみて下さい。

III

前述の荷風の住居・インテリア論の中で今、特に注目したいのは、明治四十五(一九一二)年発表の『妾宅』だ。これは小品ながら、なかなかに複雑な問題や仕掛けの重層する作品だと思う。まず荷風はこれが〈小説〉ではなく〈随筆〉である点にこだわるけれど。たしかに。〈随筆〉というジャンルに荷風が期した軽やかさや話題の多様、あいまいと漠然、それゆえの純粋な知性の表出が思いきり活用され、とても自由で豊かな感じ。

始まりは情痴小説の趣、そのうちに〈妾宅〉という日本独特の伝統的小家屋をテクストとしての、日本人の住いに関する一種のフィールド・ワークの形をとってゆきます。

その意味でこれは、一八七七年来日した、いわゆるお雇い外国人のモースが、その民族学者としての視点で当時の日本の中流家庭の住居とその生活の特質を分析する著作『日本人の住まい』（一八八六年、原題は *Japanese Homes and Their Surroundings*（斎藤正二・藤本周一訳、八坂書房、参照）に部分的に酷以する。

特に縁側のはずれに位置し、意匠をこらした杉戸や鱗葺《こけらぶき》の屋根、植込み、手水鉢など備える日本の〈便所〉の芸術性を手ばなしで賞美する点などは、荷風とこのアメリカ人民族学者はそっくり。そしてそんな住居文化論を展開しつつ荷風はさらに——時代の潮流にとり残されて佇《たたず》むこの古ぼけて退嬰的な「薄暗い妾宅」の内部から一気に、当時最高にエッジな、と同時にいささか危険なウィリアム・モリスの思想紹介へと離陸する。

まさに随筆という自由な領域ならではの至芸、最終第九章から一部引いておきます。『妾宅』第八章は例のトイレット讃美論で、便所周辺の手水鉢《ちょうずばち》、掛手拭《かけてぬぐい》、目隠しの柴垣《しばがき》、金魚の鉢、風鈴などのインテリアが庭の趣と相まって醸す「家庭の幽雅」を荷風はさんざん讃歎したのち、「日常の生活に藝術味《げいじゅつみ》を加へて生存の楽しさを深重《しんちょう》ならしむる事」の重要性を説き、モリスに言及する。

一体唯《た》だ何といふ考へもなしに、文学美術を其《そ》の弊害《へいがい》からのみ観察して、宛《さな》ら十悪《あく》七罪《ざい》の一ツのやうに思ひなしてゐる連中は、日常の生活に藝術味《げいじゆつみ》を加へて生存の楽しさを深重《しんちよう》ならしむる事をば、好《よ》からぬ行《おこなひ》とするのが例であるが、何《な》にもそれほどまでに用心して恐れ慄《おのゝ》く必要はあるまい。（中略）健全なるジヨン・ラスキンが理想の流れを汲《く》んだ近世装飾美術の改革者ウイリアム・モオリスと云《い》ふ英吉利人《イギリスじん》は、現代の装飾《さうしよく》及《および》工藝《こうげい》美《び》術《じゆつ》の堕落《だらく》に対して常に、趣味《しゆみ》Goût と贅沢《ぜいたく》 Luxe とを混同し、また美《び》 Beauté と富貴《ふうき》 Richesse とを同一視せざらん事を説き、趣味を以《もつ》て贅沢に代《か》へよと叫んでる。モオリスは其《そ》の主義として藝術《げいじゆつ》の専門的偏狭《へんけふ》を憎み飽《あ》くまで其《そ》の一般的鑑賞と実用とを欲した為《た》めに、時には却つて極端過激《きよくたんくわげき》なる議論をしてゐるが、然《しか》し其《そ》の言《い》ふ処《ところ》は、敢《あへ》て英国のみならず、殊《こと》にわが日本の社会なぞに対《たい》しては此《こ》の上もない教訓として聴《き》かれべきものが尠《すくな》くない。

まだつづきますが、ちょっと切ります。管見の限り、荷風のモリスへの言及はこの作品しかない。あ、でも同時期の書簡にモリスの仕事への追慕らしき内容は出てきます（後述）。

フランス文化礼讃者のはずの荷風と英国のモリス、という取り合せは意外なようですが。しかし考えてみると荷風の側には、モリスを敬し惹《ひ》かれる要素はたっぷりある。まず、モノとしての書物を愛し、伝統的手仕事を愛し、自らを一工芸家として芸術に邁進した姿勢。

ちょうどこの時期荷風はコツコツ手を動かす浮世絵師や工芸家の有りように惹かれ、無心に刺繍する職人のように作品を書きたいと言っている。ちなみにモリスは、伝統的英国刺繍の再生も行った。自ら刺繍し、古風な手機で織った。機械による大量生産への抗《あらが》いでもある。
『妾宅』発表の同年十月一日、心を許した出版社主・籾山仁三郎あての手紙にはこのようにある。

此れよりは昔の町絵師や戯作者の如き態度にて人のよろこぶものを需めに応じてコツ〲と念入りに親切に書いて行くつもりに候。西洋にても中世紀の宗教画をかきし美術家の如き態度こそ却て慕しく存じ中候。

直接名こそ出てきませんが、ここは明らかにモリスを意識している。モリスが中世ゴシック建築を愛した英国の美学者・ラスキンの影響を受け、大量生産システムの中で奴隷化することなく、ひたすら神へ捧げるために手を動かした中世の教会美術及びその職人を至純の芸術として再評価したのは有名な話ですから。

さて、これらのことからまず指摘できるのは、『妾宅』のころ荷風が傾倒していた江戸浮世絵師の再評価とその職人的姿勢への同調には、ウィリアム・モリスが一つ関わっているということだ。

それに荷風の唱え実践した〈生活の芸術化〉というテーマにも、モリスの影が見えてきそう。特に荷風の編み出し工夫した〈わが家〉の生活思想には深く、モリスが関わっていると思うのです。そしてそこには、明治末年から大正期にかけての社会主義運動との浅からぬ交叉も読みとれるのではないか、と。

少し急ぎすぎました、まず前哨としてモリスの全体像を確認しなければ。そして彼のどこにどう、荷風がタッチしているのかを。

ウィリアム・モリスとは、まるでヴィクトリア朝のレオナルド・ダ・ヴィンチのような人だ。一八三四年ロンドンの富裕な中流階層に生まれ、大きな恒産を継いだ。詩人、美術工芸家、社会主義者。詩人としては、中世のロマンスに想を得た詩作やファンタジーが多い。

美術家としての活動は多彩だけれど、何といってもラスキンから受け継いだアーツ&クラフツ運動の推進者として著名だ。この運動は、美術と工芸の境をとり払い、両者を生活にかかわる芸術として活性化することをめざすもので、後に日本の民芸運動にも大きな影響を。その運動の核には、熱心な社会主義者としてのモリスの思想がある。一八八三年、英国で唯一の社会主義団体である民主連盟に加入し、労働者に直接呼びかける街頭演説も行っている。

彼の晩年の小説『ユートピアだより』(一八九〇年、原題 *News from Nowhere*) は、社会主義が円熟し、人々が生存競争から離脱して、生産に誇りと楽しみを見出す英国の未来社会を描くもの、つまりモリスの芸術と社会主義の理想の蜜月SF小説。

ほんの大ざっぱな押えですが。このあたりで『妾宅』の記述をふり返りましょう。あそこで明らかに荷風がまず触れているのは、美術家としてアーツ&クラフツ運動の渦中にいるモリスの姿です。伝統的日本家屋内の種々のインテリア……虫籠《むしかご》だの手水鉢《ちょうずばち》、風鈴、雪洞《ぼんぼり》……への言及からモリスに突入する文脈にしたがえば。荷風が注視しているのは、室内装飾家としてのモリスの様相であることが了解される。

これは実は、当時の日本においては非常に先鋭な紹介内容です。小野二郎『装飾芸術――ウィリアム・モリスとその周辺』（青土社）および、多田稔『ウィリアム・モリスのヴィジョン』（五島茂・飯塚一郎訳『ユートピアだより』解説、中公クラシックス）によれば――。

日本におけるモリス受容は、明治二十年代なかばから少し見られるだけで。しかもそれは、詩人・社会主義者としてのモリス紹介に限定されている。たとえば社会主義方面は、明治二十五年に堺利彦が『国民之友』誌を皮切りに、『労働新聞』や『平民新聞』などでモリスを紹介した。堺による *News from Nowhere* の抄訳『理想郷』が、明治三十七年一月〜四月の『平民新聞』に連載され、同年単行本化されている（『堺利彦全集』第三巻解説、中央公論社、参照）。

一方、装飾芸術家としてのモリスはほとんど知られていなかった。その姿を初めて日本に紹介したのは、一九〇八年にイギリスに留学し、モリス製作・発案の家や内部の家具、壁紙、ステンドグラス、織物などを見て感動した工芸家の富本憲吉だそうです。小野氏によれば、富本のモリス紹介の嚆矢は明治四十五（一九一二）年二・三月『美術新報』（画報社）に発表された『ウィリアム・モリスの話（上・下）』という記事。何とこれ、『妾宅』発表とほぼ同時ですよ……！

『妾宅』は、前半五章までが同年二月発行の『朱欒《ざぼん》』、後半が五月発行『三田文学』掲載ですもの。英国留学の新進美術家にひけをとらない、荷風の先鋭なアンテナがわかりますでしょう？　明らかに荷風は前々からモリスに浅からぬ関心を抱いている。荷風の好みが簡素な英国田園式住宅に一貫していることを思い合せると、何らかのモリス体験がアメリカ留学時代にあったのではないかなあ。

当時のアメリカは宗主国・イギリスでモリスの提唱したシンプルな近代住宅、その温かい田園風のインテリアをいち早く受け入れているはずですから（一九〇五年には、モリスの流れを汲んで住宅改良をめざす雑誌 *House and Garden* も米国で創刊されている）。それはさておき、ちょっと富本憲吉のモリス紹介の様相ものぞいておきましょう。

『ウィリアム・モリスの話』で富本が特に注目しているのは、「家具壁紙等一般にわたる住宅室内装飾に現はしたモリスの非凡な技術」と、独特のコラボレーション・システム（モリス事務所の設立など）。そしてモリスの深く愛した家、レッド　ハウスとケルムスコット　マナーについて。

そう、モリスにとって〈家〉とは人生を楽しむための拠点であり、そこに住む人自身でさえある。だから大切な新婚の住まい、レッド　ハウスは自分でデザインし、親友の建築家に託して。田舎家の伝統を活かした赤煉瓦作り、古風な井戸屋と芝生の庭――内部の家具やカーテン、タイルの類いまで全て自分たちの仲間で手作りしてしまったのです。

これが、従来の重々しく居丈高《いたけだか》なヴィクトリア朝住居と訣別して淡泊と簡潔をめざす近代住宅のお手本となったわけですし、日常芸術をこころざすアーツ&クラフツ運動の発祥ともなったわけで。そして後に移り住んだケルムスコット　マナーは――。

モリスの終生の至福のホーム。テムズ河の岸辺に立つこの古風な石造りの家は、彼の小説『ユートピアだより』にも実に印象的に描かれます。テムズ河を舟でゆくうちにいつのまにか未来社会に迷い込んだ「わたくし」は——つまり『ユートピアだより』とはある意味、河の流れに魅入られた人の物語。静かに流れる水流の描写、多いです。こんなあたりも実に、『すみだ川』や『ローン河のほとり』の作者である荷風好み。きっと原文で読んでいますよ。ちなみに、『妾宅』で珍々先生の住む家も河沿いですし。——最終部ある岸辺に上陸し、魅惑的な小径に導かれて樹々と花園に囲まれた古風な石造りの邸にたどり着く。

それはまるで、自分を長い間待ってくれていたような、幸福感あふれる家。「バラは互いにさかく巻くようにかさなり」、鳩やつぐみが鳴きかわし、邸のドアも窓も初夏のかぐわしい大気に開かれて。「わたくし」を案内してくれた美しい未来女性・エレンは、邸の苔むした壁をなでながら、うっとりと叫ぶのだ——。

この大地、いろんな季節、天候、それに大地にかかわりあるすべてのもの（中略）ちょうどこの邸がそうして生まれたように、わたしはこういったものをなんて愛しているんでしょう！

（中公クラシックスより）

みずみずしく、官能的でさえある〈家〉への愛。モリスは別の文章で、ケルムスコット　マナーについてこうも言っている——「他の人たちが彼らの恋人たちや子供たちを通じて人類を愛するように、私はその家のあの小さな空間を通じて、地球を愛するのだ」（クリスチーン・ポールソン著、小野悦子訳『ウィリアム・モリス』美術出版社、参照）。

モリスの〈家〉は、周囲の自然となごやかに結び合い、それ自身大地の産物としていきいきと呼吸している。こんな新鮮な家は、さぞ富本憲吉や荷風を驚かせたでしょう、そしてその目を開かせたでしょう――そうか、生きる楽しさとはたとえば、こんなところから始まるんだ。窓から漂う薔薇の香り、小鳥の声。庭の草花からデザインした植物模様のカーテン、すわり心地いい椅子、シンプルで感じのよい食器。そんな風に感動した後、富本は、専門家らしくモリスの染色や織りの技術を紹介・分析しますが、さて荷風の場合は。

もちろん富本同様、彼の関心は装飾芸術家としてのモリスに向けられているのですが。と同時に荷風は、富本が（たぶん）避けている要素にも微妙に触れている。モリスの室内装飾ひいては〈家〉への情熱は、その社会主義思想と緊密に結びついているわけですが、そのあたりを実に微妙に。荷風はモリスの唱える「生存の楽しさ」や「日常芸術」を紹介しているわけだけれど、それが社会における貧富の問題にタッチすることを隠さない。具体的には。

特権階級に属する贅沢・富貴から芸術をひき離し、誰にでも可能な〈趣味〉という感性と芸術を融合させようとするモリスの考えや、「金持も貧乏人もつまりは同じ」、皆が同じく生存の楽しさを求め、趣味ある美しい家に住むべきとする彼の視点について特筆しているのだ。

そうしたモリスの「主義」は特に「極端過激なる」点もあるけれど、「わが日本の社会なぞに対しては此《こ》の上もない教訓として聴かれべき」（『妾宅』）とする結びはそんな意味で、ずい分カラシが利いている。モリスの唱える〈生活の小芸術〉が社会改良運動の一環でもあることを、荷風は決して素通りしていないと思うのだけれど、深読みかしら……？

しかし。再び『妾宅』発表の時期にこだわります。明治四十五年。といえばその前々年には大逆事件が起こっているのだ。そして後にエッセイ『花火』でも洩らすように、幸徳秋水以下十二名の社会主義者が死刑に処せられたこの国家の暴力的抑圧に対して何も発言できなかったことは、荷風に大きな無力感を与え作者としての姿勢を深く考えさせたわけで。

大逆事件以後、厳しい検閲で社会主義者としてのモリス研究は抹殺されてゆくのです。このことは、堺利彦訳『理想郷』明治三十七年初版「はしがき」が社会主義を大いに提唱・説明するのに比べ、大正九年版の同書で堺が「『危険』な箇所を大ぶん多く削除した」と断っている点にもあざやかにうかがえる。

その渦中に、あえてモリス！　やはり色々荷風の思惑《おもわく》が気になります。それに、荷風の数々の住居・インテリア論を並べてみますと、彼が「家居《かきょ》の楽しさ」を熱心に説き、落葉の障子に当る音や「旧知の友」のように古びた家具に感動しつつ〈わが家〉に関心を集中させるのは、特に明治四十年代から大正期にかけてなのですね、本章第二節をご参照下さい。

これは、大正モダニズムにおける住宅改良運動とほぼ歩を同じくしている。しかも住宅改良運動の一つの発端がやはりモリスにあることを想う時——荷風の〈家〉への志向が、当時の社会主義思想との交叉を内包している可能性は、充分想像できます。その程度の深浅は、今の私にはまだ測りかねるのですが。

その問題について、もう少し説明を。このあたりしばらく、田中修司氏の労作『西村伊作の楽しき住家《じゅうか》――大正デモクラシーの住《すま》い』（はる書房）のお力を借ります。

つまり住宅改良運動の中心的推進者であり英国のコテージ・スタイルを簡素な近代住宅に盛んにとり入れた建築家・西村伊作は、モリスに強く傾倒した人だった。大逆事件に連座した叔父の大石誠之助の啓発によって。

田中氏は、『理想郷』の訳者堺利彦が明治三十七（一九〇四）年新宮在住の大石を訪ねていることに注目、この頃から叔父を介して西村はモリスを知り初めたのでないかと推している。それに西村は、『ウィリアム・モリスの話』を発表した頃の富本憲吉とも親しかった。富本といっしょに、モリス事務所をまねたような共同創作も試みている。西村の長女・石田アヤ氏によれば、家にはモリスに関する文献が多数あったという。

モリスへの心酔は、西村伊作の設計した英国民家風の家々のデザインにも充分うかがわれますが。一方彼が出版した何冊かの住宅改良啓蒙書の題名を見るだけでも、モリスの影響は明らかです。『西村伊作の楽しき住家』五十八頁より、大正期の西村の著作を四冊だけ挙げておきます。

『楽しき住家』（大正八、一九一九年、警醒社）、『田園小住家』（大正十、一九二一年、警醒社）、

『生活を芸術として』（大正十一、一九二二年、民文社）、『装飾の遠慮』（大正十一、一九二二年、文化生活研究会）

モリスの田園志向、淡泊でナチュラルな室内装飾の理想、生活そのものの芸術化。そして何より全ての人に、人生のベースとして「健康にして美しい住宅」が必要なのであり、その時初めて労働も「楽しみ」となると説いたモリスの思想の活かされていることが、すぐ読みとれます。

日本における社会主義思想はそもそもその出発点から、〈家庭《ホーム》〉という概念の啓蒙、ひいては生活・住宅改良運動の側面を有していて。堺利彦は明治三十年代、人生の楽しく和やかな拠点の形成を教唆する〈家庭〉シリーズの啓蒙書を次々出版しています。『家庭の和楽』とか『家庭の新風味』とか……。

大逆事件を嚆矢として社会主義の弾圧されてゆく中で、かろうじてサバイバルしたのは〈家庭《ホーム》〉の価値を説くこうした穏健な方面なのでしょう。だから西村伊作の展開した住宅改良運動は、その一つのヴァリエーションとして位置づけられる。

〈家族〉や〈家庭〉は人生の中でもっとも大切なもの。それらの容れ物としての〈家〉はだから、よく工夫して美しく居心地よいものを。けれど質素に――どこから見ても、文句のつけようのない理念です。けれど田中氏も指摘するように、それはまず従来の家父長制の破壊であるはず。

家の中では家族は平等。この信念に立って西村伊作は、家長及び来客を過重にして座敷を立派にした武家風住宅の伝統に抗い、皆でくつろぐ居間を家の中心にします。そして個的生活に価値をおくことにより、ソトでの競争――立身出世主義や軍国全体主義も朧化してゆく。彼の住宅改良運動は、〈家〉から発火して静かに、けれど深沈と社会に進行する革命なのです。そしてその〈家〉革命の一端に、荷風もかかわっていると思うのですね。

西村伊作はヒット作となった『楽しき住家』（大正八、一九一九年）で、「住宅は楽しい生活の起点」であり、「自分と家族のための城郭」であると宣言しています。こんなあたり、荷風の小説『うぐひす』（大正五、一九一六年）で、自分の住む古い邸と庭を偏愛する小林老人がつぶやく、「狭しと雖《いえど》もわが家《や》は城郭です」という言葉を思い出してしまいます。

〈城郭〉の位相はずい分違うのだろうけれど。小林老人の場合は極度に閉鎖的であり保身的であり、「わが家」のソトの世界への敵意に満ちている……。でも、侵略的に蔓延する国家主義に抗い、自由の拠点としての〈わが家〉の自治を守ろうとする必死の気迫は、双方相通ずるものがある。それは内部からの深い革命であり、また、寒々しく冷え込む時代の中で静かにウチへと閉じてゆく自衛行為でもありましょう。

明治末年からひたすら家にひきこもる荷風の姿勢は、隠者的退嬰的老人的という枠組みでとらえられることが少なくないけれど。一方、このように時代の先端に接している面もあるのです。と同時にやはり、荷風の〈わが家〉は孤立しているんだなあ、という感も深い。何しろシングルの家ですから。

単身者のための一戸建てなんて、管見の限り西村伊作は設計していませんもの。家庭主義を標榜した西村の脳中の〈家庭〉や〈家〉の概念の中には、ひとり者のことは全く計算に入っていなかったのではないかなあ。自分で設計した「白い柵に野バラが絡み、芝生のまわりにデイジーの花の咲きみだれるイギリス風の家」（西村クワ『光のなかの少女たち――西村伊作の娘が語る昭和史』中央公論社）に彼は、妻と九人の子どもと暮らしていたのです。

モリスは、テムズ河沿いの愛するケルムスコット　ハウスに、妻と二人の娘との家庭生活を営んでいたし。ちなみに堺利彦は、その著書『家庭の新風味』（明治三十四、一九〇一年）の最後で「どこまでも結婚を非とする男女があるが、それらは此書の関する所ではない」と結んでいます。つまり〈家〉や〈家庭〉を啓蒙する堺の視野からはばっさりと、独身者は切り捨てられているのですね。まあ、時代的に当然かもしれませんが。

そういう意味でひとり、なのに家に居る時間の豊饒や家事の醍醐味、〈わが家〉の楽しさありがたさを謳《うた》う荷風は、時代の中でほんとうに孤独。けれどその分まっすぐに、単身者の多い現在の私たちの生活の実感に届く面を持っていると思うのです。

むしろひとりだからって投げ出さず。家の中で色々工夫し孤独の時間を重層的に生きる（やせ我慢もかなり入っていると思いますよ、もちろん演技の部分も）荷風の姿勢には、刺激され教えられることも多い。

この頃しみじみ好きですねえ、家の中のあれこれにまろやかな思いを寄せる、荷風の文章を読むのが。ではどれが特に好き？　と言われると迷ってしまうくらい。

たとえばあれも、かなり好き。父から譲り受けた余丁町の邸での日々を綴る『矢はずぐさ』の中の冬の章。「初冬の山の手ほどわが家《や》の庭なつかしく思はるる折はなし」と、落葉も散り尽して土の香薫る庭の晴朗の風情を賞揚した後、荷風はしだいにまなざしを家の内へと転じ。押入れから出されたもろもろの冬家具、桐の火桶《ひおけ》、炉《ろ》、置炬達《おきごたつ》、枕屏風《まくらびょうぶ》などに眼を留め、嬉しくそっと呼びかけるのだ。

夏の中仕舞ひ込みたる押入の塵に大分光沢《つや》うせながら然も見馴れたる昔のまゝの形して去年在りける同じき処に置据ゑられたる宛《さなが》ら旧知の友に逢ふが如し。君もすこやかなりしが、我も亦《また》幸に余生を保ちぬと言葉もかけたき心地なり。

荷風にとって、使い込んだ家具はもう、単なるモノではないのです。それは「わが家」の歴史をともに作ってゆく、大切な友だちのような存在。これぞまさに、モリス唱える家具や室内装飾品などの〈日常芸術〉との、荷風流のつきあい方でありましょう。

あるいは深夜の書斎で、幼い頃小石川の生家で聴こえていたさまざまの物音を思い出すこんなくだりも忘れがたい。

わたくしは今でも折々《をりく》、冬の夜ふけ、机に凭《よ》つて孤坐《こざ》してゐる時、むかし耳にきゝ馴れた掛《かけ》障子《しやうじ》の動く音、井戸《ゐど》車《ぐるま》の軋《きし》る響、または机の上のランプが地虫《ぢむし》の鳴くやうに火の燃《もえ》る音を立てた事などを憶《おも》ひ起す。

（『井戸の水』昭和九、一九三四年）

それにあれもいいし、家に居て夜半の雨だれを聴いていると、本当にどうしてというわけもなく突然「独居の境涯」が胸痛いほど楽しく感じられて、という『夏ごろも』の中の文章も。

……という風に色々浮かび上るのですが、やはり来青閣《らいせいかく》や小石川のような宏壮な古いお家ですと、私としては関心深い一方びくつく面もあって。荷風の〝おうち〟の中でもっとも親しみやすいのは、麻布のごくシンプルなイギリス風の洋館・偏奇館なのです。

荷風にとっても、移り住んだいくつかの家の中で真の〈わが家〉とは、ゼロから自分で選んだここだったのではないでしょうか。そうした思いは『断腸亭日乗』でもさまざまに吐露されていますが、エッセイ『写況雑記（落葉）』（大正十一、一九二二年）の中のこんな言葉は特に印象的。

わたしは今住んでゐる麻布の地を愛してゐる。それはわが家《いへ》の近隣坂と崖ばかりなので樹木と雑草とを見ることが多い故《ゆゑ》である。

まさに、“I Love”ですね。住む地と家への、堂々たる愛の宣言。

ですから最後に。或る秋の夜ふけの偏奇館に荷風といっしょに入ってゆき、彼のスウィート・ホームを味わって拙稿の綴じ目にしたいと思います。『写況雑記（夜帰る）』（大正十、一九二一年）というエッセイより。暗がりに目をこらせば――さ、荷風です。観劇の帰りみたい。迎えてくれるのは、ぽつんと真暗な家。けれど荷風は、「わが家」に帰る穏やかな安堵感に充たされて。

> 電車もとうになくなつてしまつた夜深《よふけ》の町を歩いて、わが住む家《いへ》の門を明け、闇の中《うち》に立つてゐるわが家の屋根と庭の樹とを見上げる時、わたしはいつもながら一種なつかしいやうな穏かな心持《こゝろもち》になる。

門を開け、郵便箱をしらべ、ドアの鍵を開けて「人気《ひとげ》のない家の内」へと入る。「手さぐりに居間の戸をあけ」明りを点して書斎へと。いつもくり返される同じこと、のはずなのに、荷風はその随所に小さな歓びや感動を見出している。ポストに入っていた友人の手紙……嬉しい！　待ちきれないで月や星の光にかざして立ったまま読んでしまう。と、庭から流れてくる淡い花の香り、雨で湿った土や草の儚い香気。昼間には気づかなかったその「有るか無しかの匂ひ」が、外から帰ってきた自分をふんわり包んでくれるみたい。とりわけ懐かしいのは、勉強して何もかもそのままに出てきた自分の書斎だ。

机の上には開かれたまゝの書物、書きかけた草稿、投げ出されたまゝの筆やパイプ。長椅子の上には既に過去となつた其《そ》の日の半日《はんにち》午睡《ごすゐ》の夢をやどさせた羽根布団。汚れた敷物の上には脱ぎすてたなりの上靴。破れた屏風の書画。これ等《ら》の凡《すべ》て取散《とりち》らされた室内の光景——

ふしぎな感じ。ごちゃごちゃに散らかった部屋を、そこに保たれている自分の体温を、荷風はいかにも幸せそうにぼうっと眺めている。これがたぶん、彼の〝孤独〟の最もよいエッセンスなのでしょうね。

荷風は世捨て人、とかよく言われますが。やや語弊がある。彼は何て貪欲に、日々を楽しく存分に生きる工夫を重ねているのでしょう。雨に濡れた花の香気も「銀の絲《いと》のやうに」部屋に流れる月光も、ソファの下の蟋蟀《こおろぎ》の鳴き声も——視覚聴覚嗅覚すべての感覚を全開にしなければキャッチできない小さな幸せ。と同時に、今日からすぐにでも私たちにまねできそうなスウィート・ホームであることが魅力的です。ポストに手を入れて——嬉しい手紙があるかしら。甘いやわらかい香り——あ、隣の家の金木犀。とりあえずこんなところから、始めてみますか……。

荷風と、ティー・ブレイク

荷風って、けっこうブリティッシュなのです。だって明治四十四、一九一一年に刊行された最初の随筆集の題名が、「紅茶の後《あと》」ではありませんか。のみならず。所収作品二十五篇はほとんど一九一〇、一九一一年の『三田文学』に発表。うち十九篇は発表時より「紅茶の後」と題されていた（全集第七巻後記参照）。荷風にとって大切な、大切なネーミングであったことがわかります。つまり、"after the tea time"。

この名は二つの意味で、読む人の意表をついたに違いない。すなわち一つには、après avoir pris du café（珈琲の後）ではなく、あえて紅茶、にしたこと。数年前フランスから帰国したばかりの荷風ですもの、その人の初のエッセイ集、みんな当然フランス仕立てを期待しているでしょう、そこに軽く肩すかしを喰わせて。

たしかに実生活上荷風はリプトン紅茶（懐かしの青罐は明治三十九年に我が国に輸入、販売される）を愛飲していたけれど、管見の限りそのことは『断腸亭日乗』と小説『女中のはなし』に記されるくらい。公的には、エッセイ『砂糖』（大正十、一九二一年）に「英国風の紅茶よりも仏蘭西風の珈琲《コーヒー》を喜」ぶと述べられるように、彼はフランス帰りにふさわしい珈琲愛好者なのです。ちなみにこの『砂糖』には、仏蘭西で覚えた甘い珈琲とショコラへの愛が縷々《るる》語られます。さてあらためて。なぜ紅茶、なのかなあ。

それともう一つ。この風変りな題名の後に掲げられる序文が、そうとう問題。お洒落ですてきな文章なのだけれど（今読むと）、当時の文芸書の序文としては、力ぬけすぎなのではないですか。

これを読んで、バカにされたような気がした文学者も少なくないと思う。まあ、そこも、荷風のねらいでありましょう。まず、このスノッブさを見よ……！

「紅茶《こうちゃ》の後《あと》」とは静《しづか》な日の昼過ぎ、紙よりも薄い支那焼《しなやき》の器《うつは》に味《あぢは》ふ暖国《だんごく》の茶の一杯に、いさゝかのコニヤツク酒をまぜ、或《あるひ》はまた檸檬《シトロン》の実の一《ひと》そぎを浮べさせて、殊更《ことさら》に刺激の薫《かほ》りを強くし、まどろみ勝ちなる心を呼び覚《さま》して、とりとめも無き事を書くといふ意味である。

『序』の一節。ボーン・チャイナのカップも紅茶も、コニャックもレモンも当時ハイカラで贅沢なものだ。そもそもレモンがわが国の文学に登場したのは、このあたりが初めてなのでは？　ちなみに梶井基次郎『檸檬《レモン》』は大正十四、一九二五年の作です。それに『序』ののっけから「古い戯作《げさく》の序文」に自分の文章を重ねたり、書く自己のいとなみを徒然草風に「とりとめも無き事」としてしまったり、書きはじめから書く内容の権威をしゃぼん玉のようにつぶしてしまう独特のスタイルが、もうそろそろ始まっていることにも気づかせられる。

そしてその姿勢は、次の段落でさらに激化する。この随筆集の内容が多く「過去の追憶」であることをことわった上で荷風は、時たまは「時事に激して議論めいた事を書いた」文章もあることを言い、しかし「それは初めから無法無責任の空論たることを承知して貰《もら》はねばならぬ」と言ってのけてしまうのだ。

自分の「所論」に権威や信用を与えることになんか全く興味ない、ただそれが「夏の朝風に刺青《ほりもの》を吹かせ、日本橋の真中《まんなか》で喧嘩する」「魚河岸《うをがし》の阿兄《あにい》」のようにカッコイイか、かつ見物人を楽しませているかどうかだけが気がかりサ、と。そして荷風はこう結ぶ、喧嘩（と荷風は言っていますが、つまり議論ですね）とは「決して相手を無二無三に傷《きずつ》け害する事のみを必要としない」と。

こういう考え方は、後年ですが、『偏奇館漫録《へんきかんまんろく》』（大正九、一九二〇年）に記される次のような言葉にも通底します。

今日《こんにち》わが文壇に批評の見るべきものなし。悪罵《あくば》にあらずんば阿諛《あゆ》のみ車夫馬丁《しやふばてい》の喧嘩《けんくわ》に非《あら》ざればば宗匠《そうしやう》の御世辞《おせじ》に類するもののみ。

あと、論文とか批評文の、上から人を見くだすような偉そうで無表情な文体も嫌だったんでしょ。たとえば論文の主な文体――〈デアル〉調について荷風は、こんな憤激を洩している。これも少し後のものですが。

このであるといふ文体についてはわたしは今日《こんにち》猶《なほ》古人《こじん》の文を読み返した後《あと》なぞ殊《こと》に不快の感を禁じ得ないのデアル。わたしはどうかしてこの野卑乱雑《やひらんざつ》なデアルの文体を排棄《はいき》しやうと思ひながら多年《たねん》の陋習《ろうしふ》遂《つひ》に改むるによしもなく空《むな》しく紅葉《こうえふ》一葉《えふ》の如《ごと》き文才なきを歎《たん》じてゐる次第であるノデアル。

（『雨瀟瀟』大正十、一九二一年）

わざと頻々と〈デアル〉調を使っての、「野卑乱雑な」デアル文体への批判。特に最後のしつこさには笑えます。

ともあれふわん、と漂う午後の紅茶の湯気の中にはこのように、新しい批評への荷風の先鋭な志や意気込みがかいま見えているのは明らかです。つまりそれは第一には、相手をののしり完膚なきまでに倒すという、マッチョな闘争型批評スタイルへの抗《あらが》いなのでしょうね（このスタイル、しかし案外長くつづいてしまったのでは。男性主導の日本近代の批評の一つの主流ですよね）。

倒せば偉い、というナギ払い型批評ではなく。もっとアソビのある軽やかでやわらかい。自分の所論を優位に置くことを目的とするのではない、楽しい芸を尽した批評の可能性を荷風は求めて。その象徴がまさに、生活の中の楽しいお茶の時間、たわいないおしゃべりや私たちをつかの間歓ばせては消えてゆくレモンや紅茶の香気の儚さ、やわらかさなのでしょう。

さてでは荷風の志やこころみをとりあえず、随筆集『紅茶の後』から読みとってみましょう。まず目次を見ますとですね、……

わあ、そこには何て豊富で多様な文章が並んでいるのでしょう。『紅茶の後』は、『三田文学』発行元の籾山《もみやま》書店から刊行された胡蝶本、荷風好みの可憐な本なのですが、収められている諸篇は小体ながら内容も文体も色々。対話体の演劇論あり、散文詩仕立ての浮世絵評あり、紀行文あり音曲論あり十八世紀デカダンス論、江戸建築考、世相批判、小説的追憶談……。

そして〈随筆集〉という枠組は、潺々《せんせん》と湧き出て溢れそうなそれらの発想や思索、感性の流れをしっかりと受けとめている。実に懐《ふところ》の深い器なのです。エッセイ、というと自己の日常生活を淡々と述べる軽い読みもの、なんて考えていた自分の単純と浅学に今さら赤面のいたりです。

考えてみれば〈随筆〉とは、英国においてはベーコン、フランスにおいてはモンテーニュなど一代の碩学が、己が学識と思索・情念を自由自在に述べうる絢爛たる綴れ織りとして深く愛したジャンルであったのだ。

アカデミックな論考も辛口の批判も、人生への所見も季節へのみずみずしい美意識も、硬軟自在、すべて悠然と受け入れて綽々《しゃくしゃく》たる余裕。荷風はそんな自由で多彩な器としての〈随筆〉の伝統にのっとって、『三田文学』を舞台に新しい批評を展開しようともくろんでいたのでしょう。

そしてそんなこころみに、自分の代りに荷風を慶応義塾大学に送り込んだ上田敏も、深い理解と共感のエールを送っていた。

荷風が慶応義塾大学教授および『三田文学』主幹に就任する直前、明治四十三、一九一〇年一月に発表した、これも私小説の恰好の中に英国ダンディズムやロココ朝風俗、江戸文化への識見を随所に滴らせる独特のクロスオーバー的作品『見果てぬ夢』に対し、上田敏は京都からこんな手紙を発している（一節のみ引用。ちなみにこの書簡は、荷風の『書かでもの記』の中に掲げられているもの）。

> 文藝に型や主義は要《い》らず縦横に書きまくるが可《よ》しと考ふる小生《せうせい》は貴兄《きけい》の作物《さくぶつ》が鳥の歌ふ如く自然に流れでるのを羨《うらや》ましく思居候《おもひをりさふらふ》今後種々の方面へ筆を向けて、あとから追付《おひつ》かむとする評論家の息をはずませてやり給《たま》へと遥かに囑望仕候《つかまつりさふらふ》

これで見るかぎり上田敏は『見果てぬ夢』のような作品を、一種の「評論」であると考えているわけで。そしてそんな意味で、荷風の今後の新鮮な評論活動に大いに期待している。

「鳥の歌ふ如く自然に」——綺麗。上田敏の、学術文芸表現の自由への希求が切なくあらわれているような気さえします。そんな風に自在な鳥に見立てられている荷風ですが、実際どんな風に空を飛びまわっているのか、その飛行術をできるだけ具体的に見てみましょう。まず一つ、『怠倦《たいけん》』（『三田文学』明治四十三、一九一〇年六月）を拝見。

これも、題名からして脱力的な。冒頭、自身の最近の境遇をかえりみ、「小説家」や「大学教授」

となって公の場で活動することにいちじるしい「不安と不快」を感じ、市隠の放浪者であったこれまでを懐かしんでいる。のっけから、やる気のなさ満々。

この脱力姿勢から荷風が立ち向かってゆくのは、しゃにむに前進し争闘して己が勝利の獲得に人生の全てを賭ける、「奪闘《ふんとう》努力《どりょく》」「建国《けんこく》武勇《ぶゆう》」の時代と群衆に対して。

その一直線のがむしゃらに対して徒労感を覚え、距離を置きつつ軽く嘲る。「人心《じんしん》の廃頽衰微《はいたいすゐび》」はこれもまた当然の人智の進化の一様相なのであり、かつそれこそは爛漫たる文明の極点に咲く花、弱肉強食思想の対極に位置するデカダンス思想の母胎なのであることを説く……というと理路単純ですが、荷風の筆はあちこちで薄くなったり濃くなったり、わき道にそれて曲折したり。まず、所見を述べる前にこんな風に自らを読者の前に折りかがませ、泣きべそかいてみせる。

もと〱自分は己《おの》れを信ずる事のできぬ者である。自分は今までに一度だつて世間に対して厚《あつ》面《かま》しく何事をも主張したり教へたりした事はない。自分は唯《たゞ》訴へたばかりだ。泣いたばかりだ。

ことさらに自分を弱くみすぼらしい立場に置いてから、さて物言いはじめるこの姿勢は、以降ずっと続きさらにさまざまの磨きがかかる荷風スタイル。これには色々な効果が。

まずここでは、「狂犬のやうに吠《ほ》え」自説を力ずくで押し通そうとする当時ありがちの論者の群れに、ズキン、と皮肉の一矢を。それから身をもって、弱さの価値を体現してみせるポーズでもあろうし。これから示す己が所見に、冷静と客観性をもたらす効果も大きいでしょう。

何しろ自己卑下とは、おびただしい知性を要する自己客観化でもあるのだから。後は淡々とした筆致でヨーロッパのデカダンスと江戸のデカダンス文化の共通と相違点を考証してゆくのだけれど。しかし荷風も江戸ッ子、最初に低く折りかがませた身体を、後半にキッともたげて一瞬、あざやかな意地を開陳する、いわく——、

学才に富み、智識豊かに、趣味高く、礼儀を喜び、人生の経験深く、喜怒哀楽《きどあいらく》の夢のかぎりを味《あぢは》ひ尽したものは、自然《おのづ》と何事《なにごと》に対しても争闘する勇気が乏しくなる。争闘を恐れると云ふよりは寧《むし》ろ、争闘の結果の甚《はなは》だつまらない事を予測するからである。予測しまいと思つても豊富緻密《ちみつ》なる経験から自然と先《さ》きが見え透《す》いて仕舞《しま》ふからである。


歌舞伎でいえば華やかな見得、の場面ですね。弱々しく訴え、けれど聞いてもらうことさえあきらめ、美しく疲労し衰えてゆくデカダンスの花に慰めを見出す消極的な「自分」はここでにわかに凛然と、円熟した哲学者の相貌を見せる。智恵と学識ありしたがって人生を楽しむ術知る者は、アホらしくって競争なんかやってられますかいな、と。

で、この見得で終ってしまうと自分がカッコよくなりすぎてしまうので（たぶん）、最後に荷風はもう一つ屈折します。まさに競争と進化の大国・アメリカの象徴ルーズヴェルト大統領を手玉に

とって……。
先《さき》の大統領ルーズヴェルトは青年の鑑《かゞみ》とすべき意志の英雄であらう。然《しか》し自分の眼にはこの英雄を崇拝するに、其《そ》の頸《くび》の余りに太く、其の指の余りに不格恰《ぶかつかう》なるを奈何《いかん》にせん……。

はい、これで終り。それまでの視点がここでクルッと変わっているのにお気づきでしょうか？ルーズヴェルトを評するに、高慢な芸者がオトコ客を値ぶみするような視線。偉いのかもしれないけど、あまりイイ男ではないね、野暮で不格恰なんでないかい、あたしの好みじゃないよ、と——。どんな評言よりあっけなく、堂々たる英雄のルーズヴェルト大統領はひっくり返されてしまう、そしてもちろん彼の象徴する大国アメリカもあっけなく。

自身をすばやく芸者に重ね、社会の底辺に位置するその弱者の視線、あるいはこのように男権社会から逸脱した異なる価値観を有する視線から、社会の最たる権威に足払いを喰わせる手法は、この後の荷風のエッセイにもよく出てくる大切な要素です。レトリックとしての〈芸者〉というか……。

この問題については稿を別にゆっくり考えたいのですが、今は似たパターンをもう一つだけご紹介しておきますね。これは足払い、というより自分の弱く頼りない立場を〈芸者〉に同化させている例。こんな風に急に女性になったりしてしまうんですもの、書き手としての荷風の変わり身のすばやさときたら。

『紅茶の後』ではありません、もっと後年の『書かでもの記』（大正七、一九一八年）より。二十二歳の荷風が初めて、門下となるためドキドキして福地桜痴《ふくちおうち》の家を訪ねた時の叙述です。「破笠子《はりふし》」なる人物にともなわれ、「一段下りて僅に膝を敷居の上に置き」かしこまる初々しい荷風——。


われは今夕図《こんせきはか》らず拝顔《はいがん》の望《のぞみ》を達し面目此上《めんもくこのうへ》なき旨申《むねまをし》述《の》ぶる中《うち》にも万一先生よりわが学歴その他の事につきて親しく問はるゝことあらば何と答へんかなぞ宛《さなが》ら警察署へ鑑札《かんさつ》受けに行きし藝《げい》者《しや》の如く独《ひと》り胸のみ痛めけるが、

つまり天下の福地桜痴に初めて拝眉《はいび》を得、内心ドキドキの若き日の自分を、おびえつつ警官の質問を受ける芸者にたとえて。おごそかな入門のシーンがどこか崩れてしまってオカシイ、しかも自虐的。ね、こんな〈芸者〉や〈花柳界〉の使い方が荷風にはあるんです。

ところでこの辺でサラッと『紅茶の後』二十五篇の全体像を見ておきますか。各題名と概要をかんたんに書き出してみます。

①『「三田文学」の発刊』……主幹としての、『三田文学』の広告。とはいえ一筋縄ではありません。〈売らんかな〉精神が横行してついに文芸の世界をまで侵食する世相を批判し、わざと御《お》

白粉《しろい》の俗なキャッチフレーズをもじって『三田文学』を〝広告〟する皮肉屋さんの荷風。
②『有楽座にて』……有楽座での和洋折衷の演奏のこころみへの評言。試みはちょっと見当はずれ、江戸音曲は古俗がよさで、「新しいものを産み出」す特質はないとする。
③『立見《たちみ》』……右に同じ主旨。遊廓と同じく歌舞伎は旧習こそ生命であると説く。
④『片恋』……北原白秋の詩『片恋』の俗謡の情調と繊細な色感を評価する。
⑤『五月《ごがつ》』……まず艶やかな初夏の自然描写、そのみずみずしさに対ししだいに老いてゆく人間の感性の限界を嘆く。
⑥『怠倦《たいけん》』……既述。
⑦『鋳掛松《いかけまつ》』……新聞などで時代遅れとされる評に対抗し、江戸三絃《さんげん》の情調と形式美を一致させる黙阿弥《もくあみ》の白浪物《しらなみもの》を礼讃する。その際、古色蒼然たる黙阿弥翁の存在を、フランスの現代劇作家やイタリア十六世紀の職人的芸術など、うんとヨーロピアンな要素に比肩するのが、荷風の戦略である。
⑧『霊廟《れいびょう》』……詩人のレニエが十八世紀の旧苑ヴェルサイユを謳《うた》う詩のイメージを芝の徳川霊《れい》廟《びょう》に重ね、過去の東洋芸術の粋と神秘に学ぶべきを提唱する。
⑨『「冷笑」につきて』……荷風にしては珍らしい、自身の作品への自註。『冷笑』を享楽主義一辺倒のお貴族小説と評されたことが、よほど頭にきたんでしょう。享楽主義とは実は、現代日本への屈曲した批判であり、未来の生活への真摯な模索なのであると開陳する。

⑩『九月』……高等学校入試に落ちた、ミジメな残暑の季節の回想。その時父親は自分を人生の落伍者であるごとく恫喝《どうかつ》したけれど、なぁに人間ほどほどでも生きてゆけるものサ……。
⑪『流竄《るざん》の楽土《らくど》』……文芸院設立など、官が芸術を管理しようとする風潮に対し、社会からおとしめられ流竄をなめるゆえに自由放恣の華を咲かせた江戸芸術を羨視する。独特の屈折した批判が、文章をいきいきと彩る。
⑫『絶望なるかな』……劇作家としての荷風の一つの本懐が、フランスで盛んな〈新社会劇〉の分野の着手にあったことがうかがわれる。とりわけ「中村春雨氏の如く真の意味ある社会劇を草して」みたいと吐露する箇所は注目される。ちなみに、中村春雨と荷風は、広津柳浪が出入りを許した、数少ない門下どうしとして知り合っていた。しかし「脚本の検閲《けんえつ》を掌《つかさど》る警視庁」のあるため、社会劇の上演は無理と推断――「絶望なるかな」！
⑬『希望』……社会主義出版物の相つぐ発売禁止への、批判。それなら新しい思想は外国語で書くより他ない、発禁が激化すればかえって我が国は国語脱出、一気にインターナショナルな国家になれるはず、と毒々しい希望でオチをつける。
⑭『歌舞伎座の桟敷《さじき》にて』……二人の友人の対話による、ハコとしての歌舞伎座評。
⑮『或る劇場の運動場にて』……対話体。旧態依然の演目にはもう見切りをつけ、劇場の古風な情調だけ楽しもうとあきらめる二人の男。
⑯『自由劇場の帰り』……対話体。明治四十三年十二月、自由劇場第三回試演として有楽座で演

じられた、ゴーリキー作・小山内薫訳『夜の宿』に感動し、西欧作家の底力に脱帽する。

⑰『新年』……宴会や芝居見物でにぎわう新年の風景を皮肉に見まわした後、どっさりと寄贈された文芸雑誌を一覧――それぞれが何の主張も思想も無く中途半端な商品として作られていることを批判し、文学者たるもの商業主義とは断固離別すべきを説く、劇界もしかり、と。

⑱『浮世絵』……散文詩風の浮世絵礼讃。

⑲『芝居小景』……散文詩風の江戸の劇場・音曲礼讃。

⑳『銀座界隈』……銀座見聞記であると同時に、荷風独特の風俗文化小史。「天下堂の三階」から表層的なハイカラと旧習の混然する銀座を概観し、さて金春横丁を散策して明治初年の趣を懐かしむ。荷風の大切な居場所、カフェーの話題も。

㉑『あの人達』……ニューヨークで行き逢った二人のフランス人の追懐記。異国で異邦人として死ぬであろう彼らに、日本の中の異邦人としての自身を重ねる。

㉒『蟲干《むしぼし》』……余丁町《よちょうまち》の家での虫干に寄せ、江戸文芸論が華麗に展開される。

㉓『海洋の旅』……旅行嫌いの荷風の数少ない紀行文。当時アジア在住欧米人のリゾート地であったエキゾティックな長崎辺の海岸の風光の中で、あたかも外国人のように日本の風景をながめる荷風の視線が印象的である。

㉔『楽器』……書斎にそっと置かれる古びた三味線と尺八への、ほのぼのとした情愛の溢れるエッセイ。

㉕『日本の庭』……架空の庭について細密に述べ、時に謳《うた》う不思議な詩文。

大まかに言えばあれなのですよ、やはりつれづれなるままに軽く書き流された随筆なんて無いのです、これらの中には。硬質な漢文調、アカデミックな考証調、戯作者めいた読者へのごあいさつ、自負と自虐とが入り組みもつれた糸のような文章、抒情的な麗筆、さっぱりとおしゃれな詩筆——さまざまの文体、筆のタッチが組み合わされ工夫され。もちろん内容も多様ですが、諸篇に貫流するのは、批評への強い意志だと思う。

それに『紅茶の後』が便利なのは、ここには当時荷風の抱いていた文学上の計画や本懐が惜しみなく開陳され（そしてまじめな彼は、そうした計画を他作品でも次々と実行している）、これ以降ほぼ中期までの荷風の文学的指標が鳥瞰できる恰好のガイド・ブックとなっていることです。

たとえば②③⑦⑭⑮⑲あたりの文章は、江戸音曲および演劇考でしょう。帰朝者の荷風に期待されていたのはおそらく、西欧のオペラ音楽舞踊の紹介と奨励。紹介はするけれど、日本の風土にそれを移植するは愚の骨頂、との意志表示もかねて荷風はむしろジャーナリズムから打ち捨てられた江戸芸能に没入する。このひろがりで講釈論（『築地草』）、芸人論（『芸人読本』）なども次々と。

あるいはそれと重なるかもしれないけれど、⑥⑧⑪⑱は華麗なる十八世紀芸術論。フランス・ロココ芸術に比肩する洗練されたデカダンス文化として、浮世絵・室内装飾・川柳狂歌などの江戸芸術に新鮮かつインターナショナルな照明を当てる。この分野、アンリ・ド・レニエや詩人学者・ゴンクール兄弟の影響大です。ある時期、美術史家をめざしていたかもしれない荷風の姿が浮き上ってくる。この一つの集大成が、もちろん『江戸藝術論』です。

しかし『紅茶の後』に見られるのは、風雅デカダンスな荷風ばかりではない。時に諧謔や毒舌を駆使し、時に若々しい直球で、次々に発売禁止処分を発する国家の検閲への批判と抵抗を述べる姿もあります。

考えてみれば、彼が『三田文学』主幹に就任していた六年間は、原稿検閲との闘いでもあったわけですものね。書く自分の周囲にひしひしと押し寄せる圧迫を痛いほど実感していたはずで、同時期の社会劇『わくら葉《は》』『暴君《ぼうくん》』や、やや後の小説『散柳 窓夕栄《ちるやなぎまどのゆうばえ》』のテーマもそのこと。

⑩㉑は追懐記、これはもう荷風お得意の分野。そして⑳㉒などは風俗文化小史とでも名づければよいでしょうか。散策の途次のなにげない風俗観察に、正史が無視してきた生活の小さな歴史を考証するのは、荷風独特の史論ともいえる。私はこれをひそかに〝荷風民俗学〟と名づけております。このもっとも複雑で洗練された一つの形が、「作《さく》後《ご》贅言《ぜいげん》」をともなう『濹東《ぼくとう》綺譚《きだん》』でしょう。

そして㉔㉕などの詩情にじむ身辺記もよいものですよね、これも時に生活小史ですけれど。身辺の小さな存在への愛情を、荷風ほど大切にした人はいない。後年の『几辺《きへん》の記《き》』などもその精華。

……と、このように概観してみましたが、やや無理もある。何しろクロスオーバーを愛する荷風ゆえ、一つの作品にこれらの要素が文体を変化させつつ全て入れ込まれていたり（『妾宅』とか『冷笑』はまさにそういう作品ですよね、『濹東綺譚』も）。ある要素が表看板になっているけれど、実は他の要素が隠しテーマだったりするものですから。

そんな複雑にもつれた糸の綾を一気にほどこうとするのは、とうてい無理。いずれ少しずつゆっくりと。今回はまず初心にもどり、荷風の自由な飛行術を具体的に見ることに専心いたします。

それならば。もっとも〈紅茶の後〉というテーマにふさわしい作品として私が気になるのは前述の『怠倦』そして『蟲干』『楽器』『日本の庭』なので、残る三篇、ルーペを取り出してじっくり見ちゃっていいですか？

この三篇に共通するのは、毒がないこと。比較的淡泊で清洒《せいしゃ》、詩的な筆でつづられている点。ワタクシ、荷風の自虐や揶揄《やゆ》、諧謔と嘲笑、時にシモネタエロネタで彩られる屈曲した毒舌も大好きなのですが、ティータイムのなごやかな気分には、似合わないでしょう？ そのすてきな毒の味わいは、別の機会に楽しんで舌にのせることにします。

さて、『蟲干』。荷風の一つの特色であるアカデミックな考証的文体で終始しています――「似て非《ひ》なる漢文の著述は時代と共に全く断滅《だんめつ》してしまつた如く、吾々の時代の『新しき文章』も果《はた》して幾何《いくばく》の生命を有するものであらう」とか。後に批難する〈である〉調も結構使っているし！

そしてこの文体はどこか、銀座の街の史的転変を述べる『濹東綺譚』の付記「作後贅言」を想わせます。ただし、史的考証の中に自身の艶めいた色々の私的時間をもささやき入れてゆく「作後贅言」にくらべれば、筆致に変化球は無し。『蟲干』は若い荷風に似つかわしく、ひたすら直球の考証調です。この明快な論理的な文体が荷風の骨であって、そこに多種多様のわき道横道的口舌がつる草のようにからみつき、独自のまばゆくデコラティヴな文章が形成されてゆくのだということが、かえってあざやかにわかります。それに彼の一つの本質が、史家なのであることもよくわかる。

一口で言えばこれは、江戸文明の粋を蔵しつつ一方無邪気な進取の気風で西洋文化をすなおにまじめに輸入した、明治初年文芸史の恰好。しかしそこは、荷風。しかつめらしく書斎でそれを述べるのでなく、広い家の座敷の縁先に干された色とりどりの衣裳の合間を、ひらひらと飛びまわるような姿で思考してゆくのが可愛いし、軽やかなのだ。

冒頭――「毎年一度の蟲干《むしぼし》の日ほど、なつかしいものはない。家中《うちぢゆう》で一番広い客座敷の椽《えん》先《さき》には、亡《なく》なつた人達の小袖《こそで》や、年寄つた母上の若い時分の長襦袢《ながじゆばん》などが、幾枚となくつり下げられ、……」。

そしてほら、その畳の上には明治初年頃出版の草双紙や錦絵、漢文体の雑書が曝《さら》され。母上の若い頃の可憐な紗《しや》の帷子《かたびら》が風に揺れている縁先あたりには、女子供の読む明治初年の草双紙類。料理屋や名妓の姿を描いた絵本なども広げられて。いわゆる、立派な本を荷風はここで問題にしない。いかにも家庭で愛され読まれてきた「雑書」ばかりに目を通す、しかも気軽な「拾ひ読み」の体で。で、その姿勢から種々の考証や批判が繰り出される。

まず『東京新繁昌記《とうきようしんはんじようき》』や『柳橋新誌《りゆうきようしんし》』など明治初年の文人のこころみた、正統の漢文の崩しについて。世相の激変にあわせ、古典的文章に新しい生命を吹き込んだそのラディカリズムを荷風は大いに賞揚し、特に「不真面目《ふまじめ》極《きはま》る問題」（稿者注。男女に関する、オトナのお話……）をわざと格調高い漢文で粛粛と論ずる『東京新繁昌記』のユーモアに喝采を送っている。

これ、荷風が自身の著作にもとり入れてゆく手法ですよね。例の「作後贅言」の冒頭など、まさにそう――「向島寺島町《むかうじまてらじままち》に在る遊里の見聞記《けんもんき》をつくつて、わたくしは之《これ》を濹東綺譚《ぼくとうきだん》と命名した。濹の字は林述斎《はやしじゆつさい》が墨田川《すみだがは》を言現《いひあらは》すために濫《みだり》に作つたもので、……（後略）」。

これを読んでいるとまるで風雅の地に遊ぶ文人みたいですが、要するに溝《どぶ》の臭《におい》とヤブ蚊が名物の私娼街・玉の井の探険記でしょ。こういう錯覚の仕掛けで読者はますます煙に巻かれ、文章のラビラントへと連れ込まれるのです。

さて、『蟲干』はこの他にも黙阿弥の劇作や流行の毒婦伝などについて、フランス象徴詩派のデカダンス芸術などと比較しながらその特色を論じてゆくのですが。全体に通底するのは、明治四十四年当時よりもっと開放的で明朗、進取の気風に富んでいた明治初年へのオマージュです。このはつらつたる文明開化の時代が荷風のもっとも愛する過去であることは、『銀座界隈』や『井戸の水』などにもうかがわれる。

そしてそのオマージュをばねとして、いきなりこんな批判の矢が鋭角に放たれるのだ――（稿者注。たった四十年前の文明開化の自由な空気をかえりみて）「吾々《われ〳〵》は殊《こと》にミリタリズムの暴圧の下《もと》に委縮しつゝある思想界の現状に鑑《かんが》みて、転《うた》た夢の如き感がある」。

おお、古風な俳諧歳時記的虫干の行事から、こんな鋭い矢が飛んでこようとは。しかし次の瞬間、荷風は気負って矢を放った自らを羞《は》じらうごとく、こう結ぶ。これは荷風生来の羞恥であると同時に、厳しい検閲の経験から編み出された自己防衛策かもしれない。

自分はなにも現時《げんじ》の社会に対して経世家的憤慨《けいせいかてきふんがい》を漏《もら》さうとするのではない。（中略）黙つて退いて、象牙《ざうげ》の塔に身を隠し、自分一個の空想と憧憬《どうけい》とが導いて行く好き勝手な夢の国に、自分の心を逍遥《せうえう》させるまでの事である。

今までほのめかされていた本音が、ようやく出てきた感じ。これこそ、『紅茶の後』の一つの趣意ですね。だからこそ荷風は大家のヒマなお坊ちゃんとして虫干の蔵書をブラブラ拾い読みし、毎日のたわいないティータイムを深く愛してみせるのだ。

つづく『楽器』や『日本の庭』にも、その趣意は濃厚に連続している。ゆえにそれらに漂う詩情には、正面から論ずることを断念した自身への愚弄《ぐろう》と嘲笑の醸《かも》し出す、一種の苦味がある。茴香《ういきよう》のようなその苦味、私は好きですけれどね。ほら、使いようによってお料理を複雑に美味しくするでしょう。荷風自身もひそかに、洗練されたその苦味に誇りをもっていたに違いない。

では次は『楽器』を。綺麗ですよ、これは。「楽器は恋人の絵姿にも等《ひと》しい。黙つてゐても絵姿はこがれるものゝ心を慰める」という酔うような艶麗なつぶやきで始まり、荷風ならではのおしゃれな和洋折衷も。日光に透けるレースのカーテン、薔薇をさしたカットグラスの飾られるピアノ、その鍵盤にそっと触れる優しい人の指先をイメージし、つづいて「波斯織《ぺるしや》りの敷物の上に繍《ぬひ》模様のある柔かい上靴《うはぐつ》の足を踏みのばし、絹の小枕《クッサン》数知れず積みのせた長椅子の上に半身を横《よこた》へつゝ」佳人が、マンドリンの音にもの憂げに耳を傾けるワットーの画のような風景を浮上させます。

そしてそれらのヨーロピアンなイメージをそっと、「古びた我が書斎の床《とこ》の間に」埃《ほこり》にまみれたまま置かれている一挺《ちょう》の三味線と尺八の存在へとからませてゆく。そして後は、今は弾くことのない古びたそれらをめぐっての、青春の四つのエピソードが追想されてゆくのだ。「此《こ》れ等《ら》の楽器の歴史を唯《た》だたわいもなく語りたいのだ」という語り手の愛着のメロディに乗せて。

思うのですけれど、荷風は室内風景を描くのが好きな人だし、そこに置かれてあるこうしたモノへの愛着の深い人ですよね。藤村や花袋など同時代の作家を見まわしても、こんなに部屋や家、インテリアの風情をいとしげに描く人はいないと思う。そもそも日本家屋に〝部屋〟なる個的空間のないことが原因なのでしょうけれど。しかし荷風はエッセイでも小説でもこだわりますね、縁先だの二階の欄干といった家の中の小さなコージー・コーナー、あるいは書斎や寝室を描くことに。

これは明らかに、西欧近代小説の影響。たとえばゾラがその諸作品で、どんなにさまざまの部屋の描写に気を配ることか。その最たる例は、ルーゴン＝マッカール叢書中の『獲物の分け前』。何しろ主人公の館の詳細な見取図まで書いているし、特にレースや大理石でしつらえたヒロインの化粧室や小サロンの細密な描写は圧倒的です。やわらかく白く薔薇色のそのイメージは、女性の身体性の象徴でもある。

あるいはアナトール・フランスの小説『シルヴェストル・ボナールの罪』の主舞台、老独身学者の煖炉のある書斎も、とても居心地よさそう。荷風の深く印象するボードレールの象徴詩『二重の部屋』も、たそがれの光あふれる夢幻的な部屋の変幻をうたうものだし。

アンリ・ド・レニエはもちろん、古雅な館やロココ朝の部屋を描く腕は抜群。そうした住環境の情趣はそこで展開される人間の心理や恋愛模様にさまざまの暗示や象徴を与えるわけで。荷風はそんなところを大切にしたかったのでしょうね。

レニエの『ヴェニス物語』のアンティーク談にならって、骨董店や外国で手に入れた置物や筆洗など愛用の文房具について縷々《るる》語る後年のエッセイ『几辺の記』なども、この流れの作品だと思います。

と同時に家の中とか、そこに置いて愛用されている家具楽器文具など小さなモノたちへのこだわりは、特に荷風においては、前述のミリタリズムなど同時代を圧しつつある強大で居丈高な権力への抗《あらが》いでもあることに再度注目したい。ということで最後は、とても奇妙なエッセイ『日本の庭』にルーペを当ててましょう。

II

荷風の庭好きについては、すでに拙作『朝寝の荷風』(人文書院)所収の小文「小径、花園、荷風」で触れたことがあるのですけれど。でも、こんな風変りな庭があることには気づかなかった。

まるで不思議の国のアリス、みたいなのです。

まず、門がある――「蔦《つた》のからんだ柴折門《しをりもん》は蟲《むし》の喰《く》つた其《そ》の扉を閉してゐる」。何か禁断の庭の風情。居眠りしてはいるものの、そこには番人がいるのですから。オスカー・ワイルドの童話『わがままな巨人』の、誰も入ることのできない閉ざされた美しい庭をも、ちょっと想わせます。けれど語り手は「構はず扉を押して這入るがいゝ」と勧めます、と同時にこんな警告を発して。

然《しか》し柴折門は非常に小さく低いのだから、シルクハットなどを冠《かぶ》つた奴は殊更《ことさら》注意して、折れるやうに背を曲げねばならぬ。

歩く為《た》めの庭ではない。四阿屋《あづまや》の中に小さくなつて、坐《すわ》りながら見るための庭だ。（中略）

然《しか》し山もある、池もある、森もある、叢《くさむら》もある。

そんな不思議な。しかしルーペで仔細にのぞき込めば、たしかにそこには森あり井戸あり古びた狐の祠《ほこら》もあり。虫がいて鳥が飛んで花が咲いて……文章は次はそのあずま屋で自分が記す「花鳥日記」という体裁で、梅・桜・牡丹・桃・鶯などの動植物が一つ一つの散文詩仕立て、荷風腕によりをかけての華麗な和洋折衷スタイルでうたわれてゆくのですが。最後はこのように閉じられます――「とにかく、あまり長く四阿屋に坐つてゐたので足が痛くてならぬ。汚くて厭だが、柴折戸《しをりど》をくゞつて、すこし外の世界を歩いて見やう」。

ルーペを離すと、細密な小さな庭はふうっと遠のき、もとの世界へと戻るよう。この不思議な庭が、前述『蟲干』で吐露されていた、荷風の「夢の国」の一つの寓意であることは明らかです。で、私が注目したいのは、荷風の「空想と憧憬とが導いて行く好き勝手な夢の国」がこのように小さな世界、ミニアチュールへの志向を強く有していることです。これは日常のささやかなたわいないものを大切にする『紅茶の後』全体に流れる一つの方向性であるし、徐々に浮世絵を主とする江戸芸術へと荷風を没入させるきっかけでもあると思うので。そしてそこには一つ、荷風の敬する同時代の作家、夏目漱石の動向などもからんでいるのではないか、と。

菫《すみれ》程な小さき人に生れたし　　漱石

そういえば『冷笑』は漱石の推挙を受け、奮起して荷風は逗子の別荘にこもり、一ヶ月前から準備おこたりなく『東京朝日新聞』に連載したのだった。「文士の生活」（大正三、一九一四年、『大阪朝日新聞』）という文章で荷風は、こんなことを書いている。

「懐《ふところ》手《で》で小さくなつて暮したい」——夏目さんは夏目らしい事を云《い》ふ。私も夏目さんと同感である、私は引込《ひっこ》み思案《じあん》である、世の中に出て、大きくなつて騒《さわ》ぎ廻《まは》る事などは嫌ひだから、（中略）静かな処《ところ》で小さく暮すのが、私に一番適当して居るやうに思はれる。

騒がしい〈世間〉が外にあって、自身は垣や塀で一重へだてられた小さな別世界としての庭に引き込んでいるという図式は、前述の『日本の庭』にもっとも象徴的だが、『地獄の花』(明治三十五、一九〇二年)、『見果てぬ夢』(明治四十三、一九一〇年)、『父の恩』(大正二~八、一九一三~九年)、『花瓶《はないけ》』(大正五、一九一六年)、『うぐひす』(同上)の中期小説群にも看取される。

考えてみればそうした世界観や作家としての発信位置は、小動物や小鳥、南画を身辺で愛し、〈硝子戸《がらすど》の内〉に籠居して書いた夏目漱石と通底する部分があるのかもしれない。

荷風が森鷗外と並ぶ唯一の人として漱石を重視し敬慕していたことは、その文章中にたびたびうかがわれる。たとえば先端的西欧文学の紹介記『文芸読むがまゝ』(大正元、一九一二年)においては、文中絶讃するアンリ・ド・レニエに匹敵する作家として漱石と鷗外を挙げ、次のように述べる。

> レニエーの小説に現はれし哀愁を帯びたる滑稽趣味は、夏目先生と森先生の小説に於《おい》ても同じく此《こ》れを味ひ得べし。老錬なる作家の円熟したる観察と穏健なる筆致の赴く処は皆それ此の如きか。

同年発表の戯曲『わくら葉《は》』の冒頭近くにも、主人公の文学青年が鷗外の『即興詩人』と漱石『それから』を愛読する姿が描かれている。

また、エッセイ『炉辺にて』（大正三、一九一四年）においては、鷗外・漱石・秋声の活躍するかぎり日本の文壇は大丈夫、と太鼓判を押した上で、特に鷗外・漱石の作品は「仮名遣ひや、細《こま》かい漢字の使ひ方までも、すつかり正しいのである時は字引《じびき》のやうなつもりで繰返してゐる時も度々《たび〴〵》である」とその文章の端正にオマージュを捧げる。察するに勉強家の荷風は小説修行として、鷗外や漱石の文章をお手本に筆写することも、しばしばだったのではないでしょうか。

それはさておき先刻のミニアチュールの世界への志向についての話に戻りますと。たとえば漱石の『文鳥』（明治四十一、一九〇八年）などは、まさにそうした小世界を主題とする。可憐な文鳥の挙動の細密な描写を通して漱石は、俗な世間と隔絶する浄らかで静かな世界に没入してみせるのだ。

これなどは、おそらく荷風、大へんに好きだったでしょう。小説『うぐひす』にも書かれていますが、彼の趣味の一つは小鳥を飼うことですもの。『文鳥』も読むうちに、ルーペを取ったり外されたりするような不思議な遠近感が、読み手にめまいを起こさせる、荷風の『日本の庭』のように。時おり、籠の中の文鳥を一心に見つめる「自分」の視点が、その微小な世界へ入り込んでしまうような錯覚を文面に溢れさせる。

> 文鳥はつと嘴《くちばし》を餌壺《ゑつぼ》の真中《まんなか》に落した。さうして二三度左右に振つた。（中略）文鳥は嘴を上げた。咽喉《のど》の所で微《かすか》な音がする。又嘴を粟《あは》の真中に落す。又微《またかすか》な音がする。（中略）菫程《すみれほど》な小さい人が、黄金《こがね》の槌《つち》で瑪瑙《めなう》の碁石《ごいし》でもつゞけ様《ざま》に敲《たゝ》いて居る様な気がする。

そうした別世界に入ってしまいたい、「菫程な小さい人」になってしまいたい、という欲望は漱石の夢幻的エッセイ『暖かい夢』（明治四十二、一九〇九年、『永日小品』所収）にも突出している。ロンドンに居づらくて彷徨する「自分」は寒風を避けるため、とある玄妙な建物に迷い込む。中には大きな穴があり、見おろすとその穴の中には「絵にかいた様な小さな人」の群れがうごめく。覗き込むうちにそれはしだいに暖かく柔らかな光の海となり、「自分」を恍惚とした夢幻郷へと誘うのだ。

あるいは『草枕』（明治三十九、一九〇六年）なども。単純化していえば、画家が自身の思い描く理想の絵の中の小世界に入りこみ、そこを旅する物語といってよい。ある時は徒然草風の人生訓、ある時は芸術論、ある時は艶めいた小説。そしてその中に帰朝者らしく、ターナー、シェリー、ワーズワース、オスカー・ワイルド加えて俳句漢詩などをまき散らすクロスオーバー的な『草枕』は、そんな自由な形式においても荷風を勇気づけたであろう。

そうした志向は漱石において、絶対的静謐としての死への潜在的憧憬ともつながっているのだろうけれど。荷風の特に共感するのは、漱石のエッセイが豊かにはらむ夢幻的発想。そしてひそやかな私的小世界から発信される、構えない軽やかで孤独な境涯なのだと思います。たとえば『硝子戸の中』（大正四、一九一五年）の次の姿勢のような。

硝子戸《がらすど》の中《なか》から外を見渡すと、霜除《しもよけ》をした芭蕉だの、赤い実の結《な》つた梅もどきの枝だの、無遠慮に直立した電信柱だのがすぐ眼に着くが、其他《ほか》に是《これ》と云つて数へ立てる程のものは殆んど視線に入つて来ない。書斎にゐる私の眼界《がんかい》は極めて単調でさうして又極めて狭いのである。（中略）然し私の頭は時々動く。気分も多少は変る。いくら狭い世界の中でも狭いなりに事件が起つて来る。それから小さい私と広い世の中とを隔離してゐる此硝子戸《このがらすど》の中へ、時々人が入つて来る。

「狭い」とか「単調」とか「小さい」とか——。下手をすればマイナスととらえられかねない要素ではありませんか、特に大きく強いのがいいことだ、みたいな富国強兵的社会では。だから明らかにその風潮への抗い、ですよね、漱石や荷風がその小さく狭い世界からことさらに奏でる淡々とした身辺の季節の移ろいや、なにげない出来事やモノへの愛情は。昨日見たお芝居だったり、幼時の想い出、家庭の年中行事、飼犬や猫、小鳥、夢の話……。

ちなみに、『三田文学』所載作品への相次ぐ発売禁止処分の責任をとり（と、一応公言している）、『三田文学』主幹および慶応義塾大学教授を辞任した後、荷風は、親友の井上啞々や籾山書店主・籾山仁三郎などと共に『文明』という雑誌を始めます。それこそ売れようが売れまいがお構いなし。パトロンに遠慮する必要もなく、自分の理想をとことん追求した小さな雑誌です。一年を無事におえた『文明一周年の辞』（『文明』大正六、一九一七年三月）で荷風はこのように言っている。

この小雑誌元より酒前茶後一時の坐興に生ぜしもの、更に風雲の気あるなし。

『紅茶の後』の精神と直結しますね、そしてやや謎めいていた『紅茶の後』の題名も、これを読むとそのゆえんがよく了解できる。やはり、あれなのでしょう? 香り高いお茶をすすって、親しい人達と愉しい面白い話に軽く打ち興じる。そんな話題はしゃぼん玉のよう。取り立ててどうということもないのだけれど、天下国家の趨勢とは全く関係ないのだけれど、そうした快さの堆積が人生を形成しているのだし、そんな小さな狭い世界を主張する文芸があってもよい。

『文明』においてはそういう意味で、荷風はじめ同人たちは小説や文学論のみならず。絵や骨董、古着古裂類の話、釣の話、流行中の小間物髪型など、ほんとどーでもいい小さな話題や趣味的話題に腕をふるいます。こんな形もまた、『紅茶の後』の包含していた一つの要素なのでしょうね。

ですから、そんな小話題を集めた小雑誌（荷風は自分の理想の雑誌が可憐な小型版であることにも、大へんなこだわりを持っている。後続の雑誌『花月』も小型）としての『文明』の精神が、『紅茶の後』に通底することを見ても明らかなように。随筆集『紅茶の後』は一つ、小さな世界を特徴的に志向している。

そしてたとえばその志向は別方面においては、一九一〇年代『三田文学』を中心に荷風が乗り出す浮世絵研究の動機となっているのだと思います。荷風が浮世絵を愛するのは、なぜか。もちろんさまざまな理由がありましょう。しかしあえて乱暴に言えば、それがまさしく荷風の愛する、身辺の小さく軽やかなものだから（そういえば『楽器』で愛撫される三味線や尺八も、軽く小さく持ち運べるものですよね）。大壁画や展覧会場の油絵の大作のように〈芸術〉としていばらずに、家の中でおとなしく愛玩されてきた可憐なものだから。

『浮世絵の鑑賞』（大正三、一九一四年、『江戸藝術論』所収）第四章で荷風はこんな風に言っていますもの、軒先が空の光をさえぎり障子の紙を透かして陰影をなす日本家屋の室内の特色を指摘した後、――

> かゝる居室《きよしつ》に適応すべき美術は、先《ま》づその形小《かたちせう》ならざる可《べか》らず、その質は軽からざる可《べか》らず。然《しか》るに現代の新しき製作品中、余《よ》は不幸にして未《いま》だ西洋の miniature《ミニアチユウル》または銅版画《どうはんぐわ》に類すべきものあるを見ず。

日本の室にふさわしいミニアチュールは現代の芸術にはなく、過去の浮世絵にしか無い、と言っているのです。『衰退期の浮世絵』（大正三、一九一四年、『江戸藝術論』所収）では、為永春水《ためながしゅんすい》の小説『梅暦』や『辰巳の園』の細密な挿絵の「玩具の如き」「繊巧」な風情に驚嘆しておりますしね。そんなひそかな可憐なミニアチュールの世界に惹《ひ》き込まれる自身の愉悦も、荷風は『浮世絵の鑑賞』の中でそっと吐露しています。

蟲《むし》の音《ね》次第《しだい》に消え行く郊外の侘住居《わびずまゐ》に、倦《う》みつかれたる昼下《ひるさが》り、尋ね来《きた》る友もなきまゝ、独《ひと》り窃《ひそか》に浮世絵取出《とりいだ》して眺《なが》むれば、嗚呼《ああ》、春章写楽豊国《しゆんしやうしやらくとよくに》は江戸盛時《せいじ》の演劇を眼前《がんぜん》に髣髴《はうふつ》たらしめ、歌麿栄之《うたまろえいし》は不夜城《ふやじやう》の歓楽に人を誘《いざな》ひ、北斎広重《ほくさいひろしげ》は閑雅《かんが》なる市中の風景に遊ばしむ。聊《いさゝ》か以《もつ》て自《みづか》ら慰むる処《ところ》なからずや。

まさに清雅な孤独と怠倦の友、ミニアチュール。これを読んで、小さな繊細な世界へのあこがれは、やはり荷風と漱石は似ているなあ、と思いました。漱石はこんな風にうっとりと、画中の小世界へ惹き込まれていたのです。

小供のとき家に五六十幅《ぷく》の画があつた。ある時は床の間の前で、ある時は蔵の中で、又ある時は虫干《むしぼし》の折に、余は交《かは》るぐ〳〵それを見た。さうして懸物《かけもの》の前に独り蹲踞《うづく》まつて、黙然と時を過すのを楽《たのしみ》とした。（中略）或時《あるとき》、青くて丸い山を向ふに控えた、又的皪《てきれき》と春に照る梅を庭に植へた、又柴門《さいもん》の真前《まんまへ》を流れる小河を、垣に沿ふて緩く繞《めぐ》らした、家を見て——無論画絹《ゑぎぬ》の上に——何《ど》うか生涯に一遍で好いから斯《こ》んな所に住んで見たいと、傍《そば》にゐる友人に語つた。

（『思ひ出す事など』第二十四章、明治四十四、一九一一年）

『日本の庭』に少し、似ていますね。こうした資質の人が、特に軽くて小さい（形式的には、）随筆というジャンルを愛する傾向があるのではないかしら。特に漱石と荷風の場合は。〈強大〉を楯に蔓延《まんえん》する国家主義への抵抗としても、小さな可憐なものを愛する姿勢を選んでいるのだろうけれど。二人がともに親しむ東洋の小芸術、浮世絵や南画、俳句、漢詩などの精神にもぴったり即応しますしね。

けれどもちろん西欧にも、ミニアチュールへの独特の愛好の系譜はある。実は荷風の『紅茶の後』には、二つほどイメージの下敷きがあると思うのです（もっと沢山あるかもしれません。浅学の私がわかる範囲では、二つ……）。

一つは、荷風の私淑する（西欧の作家中、もっとももといってよい）フランスの詩人作家、アンリ・ド・レニエの小説の中の紅茶茶碗、あるいはティータイムの風景。

たとえば堀口大學が訳した艶美な恋愛小説『燃え上る青春』（一九〇六年発表。大學訳は大正十三、一九二四年、新潮社。序を荷風が書いた）の恋の発端は、パリのリュウ・ド・セエヌ街のとある骨董店に飾ってあった「支那茶碗」（おそらく、ロココ朝にシノワズリーとして愛好されたボーン・チャイナ）。母の誕生プレゼントにその茶碗を買ったアンドレ青年は、それが機縁でやはり「支那美術」に通暁しアンティーク店巡りをしていた人妻、ド・ナンセル夫人に出逢う。

彼と彼女は、ロワール河沿いの別荘で美しい一夏を燃えるように過して。そして破局。物語のはじまりの支那茶碗に描かれた細密な風景画のイメージは、後に恋に疲れたアンドレをこんな夢想にふけらせる――おそらくこの先自分は独身で、世界のさい果て、たとえば支那の黄河の岸辺の家に棲み老いてゆくかもしれぬ。そんな時、異国の家の中で午後のお茶を飲みながら自分は、懐かしい父母や友人、とりわけナンセル夫人との恋を遠く追想するだろう。

……家の軒には鐘が吊してあり、窓からは稲田が見え遠くに漆塗の寺の壁が見える。彼は召使を呼ぶ為めに、側の銅鑼を鳴らすであらう、すると召使はお茶と煙草又は阿片の煙管を彼の為めに進めるであらう。すると夢の中に、過去の記憶が浮び出て来るであらう。小さく、遠く、ミニアチュウルの絵のやうに。

（『堀口大學全集』補巻一、小沢書店）

昼下がりの一時をとりとめない追想についやすこの〈支那茶碗〉のイメージはあきらかに、荷風の謳う「静《しづか》な日の昼過ぎ、紙よりも薄い支那焼《しなやき》の器《うつは》に味《あぢは》ふ暖国《だんごく》の茶の一杯」に優しく重なっているような気がします。

それと。もう一つの下敷きは、英国エッセイ文学の珠玉として著名な、チャールズ・ラムの『エリア随筆集』（正篇一八二三年、続篇一八三三年出版）なのだと思います。英文学に詳しい上田敏から早くに教唆されていただろうし。上田敏の親友で、英文学研究の泰斗・平田禿木はつとに『エリア随筆集』（正・続）を絶讃し、明治四十五年よりその翻訳に着手している。ラムの繊細かつ玄妙な文章を訳す難しさゆえに、その刊行は昭和二年になってしまったけれど（ちなみに禿木は、荷風の『見果てぬ夢』の支持者です）。

しかしいずれにしてもエッセイを書くことをこころざす者、必読の書ですものね。特に荷風は、アメリカの大学では英文学を専攻していましたゆえ、必ず早くに読んでいたに相違ない。

さてラムの『エリア随筆集』は、もちろん単なる身辺記などではない。荷風好みの追憶談も多いのですが、たとえば「豚のロースト談義」なんて、さまざまの技を尽してあって抱腹絶倒です。いつから人間が肉を焼いて食べる術を覚えたか、という人類学的話柄から始まるエッセイで。ラムは「さる中国の写本によると」とか「『易経』の第二章の中で」とかおごそかに説きはじめるのですが、ウソウソ、ウソばっかり。或る火遊び好きの不良少年が家に放火し、いっしょに焼死した豚をふと食べたところあんまり美味しくて。その噂はたちまち北京の町にひろがり、皆が焼き豚を作るため「家を焼く風習」が大流行、ついに焙器《あぶりき》が発明された、と「写本は結論を下している」。

こんなもっともらしいホラ話で笑わせてくれた後、ラムは筆を駆使して「狐色の、よく注意して、ほどよく焼けた」豚のローストの風味に詩的オマージュを捧げるのです。愉しくて、美味しいエッセイ。

おっと、横道に入りすぎました。こんな一篇も荷風は大いに楽しんだろうけれど、『紅茶の後』との関連で注目すべきは、「古陶器」（一八二三年発表。『エリア随筆集』続篇に所収）という一篇なのです。これこそまさに、昼下がりのティータイムが主題。支那茶碗に描かれたミニアチュールの世界から始まって、ふっと現実に話が移り、最後はふたたび画中の小世界に吸い込まれてゆく、そんな不思議な遠近法の働くエッセイです。禿木もこれを「随筆集前後二巻中の白眉」(『易経と澀春茶』昭和十三年発表。南雲堂『平田禿木選集　第二巻』所収)として賞揚している。

まず。ラムの等身らしき「私」は、最近入手したアンティークの支那茶碗の可愛らしい小さな絵について、目を細めるようにして話しはじめる。それは、支那の貴族の静かな庭の風景。小川のそばでお茶を飲む御婦人もいれば、川に浮かぶ「小さな豆のような舟に、上品に気どった足つきで乗ろうとしている」御婦人もいる。「私」は真底、陶器に描かれるこうした細密画に惚れこんでいるのだ――。

遠近法以前の世界の中に、男女のつもりで、まわりに大地もなければ空もなく、宙に浮かんで漂っている、あの小さな、画法を無視した、藍染めの異形の人物のある――陶器茶碗というものを、(中略)今になって、どうして嫌いになったりしよう?

(山内義雄訳『エリア随筆抄』みすず書房)

で、その小世界から目を離すと。「私」は今そのカップで、従姉とお茶を飲んでいるところなのですね。老境の従姉は、「私」とともに過した楽しかった若い昔の小さな出来事の色々を、懐かしくおしゃべりしながらお茶をすする。もう一度あんなに楽しく笑えたらね――。しかし。もうそんな爽やかにみずみずしい魂は私たちには戻ってこないのだ、と優しく従姉をさとした「私」は、気分を変えるように彼女の注意を茶碗へと向けて朗らかにささやく。

ところで、まあ、ちょっとごらんなさい。あの陽気な小さな中国の給仕人が、あの真青な亭《ちん》のなかの、あのきれいな間抜け顔の、なかばマドンナ風の小柄な婦人の頭上に、寝台の天蓋にもなりそうな、大きな傘をさしかけているところを。

これで終りです。お茶を飲む自分たちがいて、その茶碗の中にもお茶を楽しむ小さな人たちがいる。入れ子細工のような奇妙な遠近感にひっぱられて、昔と今、夢と現実が複雑に交錯します。でも結局すべてはとりとめのないこと。日々のいつものティータイムの、いつもの支那茶碗にまつわる感慨でしかない。明るく清澄な別世界での可憐な人々。くらべて日々生きることが重荷でなくもない自分たち、お茶の時間はせめてもの気晴らし。しかしそんなこともあんなことも皆、お茶のよい香りの湯気とともに消えてしまえば、それでよし。

ね、何となく荷風の『紅茶の後』の雰囲気を想わせますでしょう? 可憐なミニアチュールの世界への好みといい。私は荷風のエッセイを読む時いつも、これに類するような玄妙な遠近法を感じます、過去と現在、のみならず色々な私的時間の中へと連れ込まれてしまうような。短い文章なのにそんなラビラントをはらむところが凄い、と思っているのですが、一つにはラム流なのかもしれませんね。エッセイで磨いたそんな腕前は、後には荷風独特の史話・史論の領域にも生かされてゆくわけですよね。

というとことで、拙稿のはじまりの湯気うずまく紅茶のシーンから、何とかふたたびティータイムへと戻ってまいりました。もちろんラムの「古陶器」のなめらかで微妙な起結には、とうてい及ぶはずもありません。でもそろそろ、随筆集『紅茶の後』の頁を閉じてもよろしいでしょうか?

ちょうど四時。

春の日暮れも薄寒く、熱いお茶のいただきたい時間になりました……。

紙よ紙、我《われ》は汝《なんじ》を愛す

Papier, papier, comme je vous aime !

――Maison de papier《メイゾン ド パピエー》「紙の家」に住んで畳の上に夏は昆蟲類《こんちうるゐ》と同棲する日本の生活全体が、何よりの雅致《がち》になつて仕舞《しま》ふ――

（『妾宅』）

今は個人情報漏洩を恐れて、使用した紙の多くは単なる消費材としてシュレッダーで切り刻まれてしまうけれど。またそれが頓着なくできるのは、大量の紙に記された文字が無表情で画一的な機械字であり、年月がたつにつれインクが劣化する惜しげないものとして可能なのであろうけれど。少し昔の日本人がいかに紙をいとおしみ己が人生の伴侶として愛蔵したか、についてはたとえば。今からおよそ百五十年前、安政二年生まれの一人の老女の端正で可憐な想い出話に、その雰囲気をうかがうことができる。

代々蘭学を業とする桂川家に生まれたお嬢さま、今泉みねの少女時代の回想記『名ごりの夢』。父の桂川甫周は幕末期の御奥医師であり、蘭日辞書を編纂した当時最高の知識人である。といって、固苦しい家では全くなく。明るく開放的な桂川家の毎日も面白いし、ぶらぶら遊びにやって来る成島柳北や柳河春三、福沢諭吉などの洗練された知的サークルへの少女の観察も卓抜な『名ごりの夢』なのだ。

八十三歳の老女によるこのあざやかな回想が可能であったのは、彼女が大人達からもらった手紙だの画だの、父の手帳や短冊の類をたいへん丁寧にしまっておいたからだ。何しろ彼女は広告文や薬の処方箋まで取ってあるのですから。時に春霞のようにおぼろめく彼女の記憶を助けるのは、そんな紙たちで――この特色については、東洋文庫版『名ごりの夢』の解説で金子光晴が、「歳月といっしょに、とうのむかしに飛びちったはずの香気や、いのちが、紙魚《しみ》の住家からいきづき、ほのぼのと匂ってくるのはゆかしいものだ」と美しいオマージュを捧げている。

たしかに読んでいて時おり、ありありと。品の良い老女が震える指で一枚一枚の紙片の皺を伸ばしながら膝にひろげる、居ずまい正しい姿が浮かんでくる。とりわけ私にとって印象的なのは、彼女が語ってくれる七歳の頃の「もたれ袋」のエピソードだ。早逝した母に代わって一人娘の彼女に慈愛を注いだ、優しい父の甫周が心遣《こころや》りに作っていたものなのだけれど。方々からいただいたお菓子やおすしなどの名物、そんなものの「箱のはりがみや包みがみ、口上がきや広告文等ていねいにのこして」貼りまぜた、いわば紙で作ったキルトのような袋なのですね。

もたれ袋、一名「別後之情」。なんて気が利いたウィット、美味しく珍しい色々の風味を懐かしみ、せめて別れた（食べちゃった）後もそれらを偲びうるよすがとして……という意味で。落がんや月の雫、八ツ橋、栄太楼の蒸菓子、雪の梅、宵の月、浜千鳥、都鳥、宇治の春――現在もある名菓、おそらく幕府瓦解と同時に消えた名菓など、色々です。

八十三歳のみねさんはいいかげん黄ばんでよれよれのもたれ袋を膝に抱き、江戸前のしゃれたお菓子の口上文句など読みながら、幼い頃のおやつの風味と父に守られた少女時代の幸福の味わいを、ふたたび口の中で蕩《とろか》している。

……寿しやの名ばかりあげても、（中略）美濃屋作兵衛、中村屋伝蔵など、字ばかり見ても昔なつかしくおもわれます。隅田川梅の花漬、桜の花漬、御膳しそまき、柚の花、翁飴《おきなあめ》に薄氷、塩味饅頭、荒粉饅頭、雪三盆《さんぼん》や延喜撰《えんぎせん》などさまざまの名が、どれもどれも日本紙にやわらかな文字もおもしろく、そのまた意匠といい色どりと言い、いかにもあっさりと風雅な感じでございます。

きっと高齢のみねさんの周囲にはもう、彼女の子ども時代を知る人など一人もいないに相違ない。親兄弟縁戚、幼なじみ達の死と同時に、その人の世界から幼少時代はほぼ剝奪される。しかし、恐るるなかれ。ここに懐かしき友がいる。プルーストにならえば。みねさんの場合、紅茶に浸したプティット・マドレエヌの代りとなるのは、彼女の至福の時間をやさしく包む、薄く黄ばんだ花びらのような種々のパピエーなのですね。

——なんて長々しい前置き。しかし乱暴に紙を消費してかえりみない私たちが忘れ果てていることうした感覚こそ、永井荷風に直結するものであり。また、彼の創作の核心に深くからみつくものなのだ。荷風が自身の作品をまず、何ととらえていたか。まずそれは、小説とか戯曲エッセイである前に紙、なのである。

愛用のちびた筆に墨をふくませて下ろす、と……やわらかい穂先は、これもまたやわらかい雪のような紙にそっと着地する。その感覚を指先に感じながら、独りしんしんと書き進める荷風の目の前には、雪の野原のごとき紙面が無限にひろがっていて。

まだ誰の足跡も無い純白の雪面をさくさくと踏んでゆくような、書く快楽について荷風は、小説『歓楽』（明治四十二、一九〇九年）の中で次のように明かしている。たとえば、雨の音のみ響く静かな夜……（文中に「雨の音」のリフレイン四回）……書斎にランプの光の輪が穏やかにひろがり、机上に種々の文房具が懐かしく鎮座する。

ランプの火は緑地《みどりぢ》の羅紗《らしや》を敷《し》いた机の上に穏《おだやか》な光を投げてゐる。愛読の書物の金文字《きんもんじ》がきらく〱輝く。野に積《つも》つた雪のやう、平《たひらか》に皺《しは》一つない幾帖《いくぜう》かの原稿紙の面《おもて》に、小さな唐獅子《からじし》の文《ぶん》鎮《ちん》が鮮《あざやか》な影を描いてゐる。硯《すゞり》の黒い四角なほとりに、二三本の優しい筆が、細く黄《きいろ》い竹の軸《ぢく》と、まだ汚れない白い毛の先を不揃《ふぞろ》ひに並べてゐる。

この小説の語り手「私《わたし》」は、荷風の境遇に敬愛する森鷗外のイメージをも重ねたような、成熟した思索者で。特にこのあたりの語り手像は、ほぼ荷風の等身大です。大好きなさみしく儚い雨滴の音、そのリフレインに誘われて過去の想い出が次々と、複雑な空模様の色合いのように浮かび上り——「優しい筆」は「私」を、楽しく孤独な書く営みへと没入させるのだ。かくて『雨の音』なる小説が書き始められる。

さまぐ〵に浮《うか》び出《い》でた過去の感想は、溜《たま》り水の面《おもて》に反映する空の色の如く、私が心の鏡に澄渡《すみわた》つて静止した。世の中に筆取る人しか知らない、味《あぢは》へない、覗《うかゞ》へない、尊厳静粛《そんげんせいしゆく》な唯一の瞬間である。雨の音、雨の音、私は直《すぐ》と其《そ》のまゝ筆を取つて、手頸《てくび》が触《さは》ると其《そ》の平《たひら》かなふわりとした感覚の、云《い》ふに云《い》はれず快い白紙《はくし》の上に、墨《すみ》の色も濃く、『雨《あめ》の音《おと》』と大きく三字、表題を書き記した。

書くことのプレッシャーを深刻に述べる作家は、少なくない。けれどこんな風に、「云ふに云はれず快い白紙」にふわり、と抱きとめられる快感を明かす人は、まずいないと思う。

ちなみに。この「幾帖かの原稿紙」とは、そんじょそこらの大量生産のつるっとした紙とは違います。実際、荷風は執筆用の原稿紙を自己製作していたのだ。もちろん、日本紙。半紙を二つ切りにしたもので。一時は「自分で作つた十行二十字詰の型の版木を紙屋へ預けて置いて刷らせ」（「文士の生活」大正三、一九一四年）ていたし、一時は「われ自らバレンを持ちて板木にて摺《す》りて」（『矢はずぐさ』大正五、一九一六年）いた。

そういえば『断腸亭日乗』にも時おり、原稿用紙の罫《けい》の染料とするため庭のくちなしの実を、火鉢でコトコトと煮る荷風の姿が記されていますね。

また、原稿紙に限らずとも。大逆事件を点描するかの有名なエッセイ『花火』（大正八、一九一九年）には、「手拭で斜に片袖を結び上げ」刷毛を手に楽しげに古手紙や反古の類で壁を張る（時々古手紙を読みふけりながら……）姿も描かれている。真底、好きなのですよ、紙をいじるのが。

このように――。荷風は自身の作品をまず、感覚的に雪のようにやわらかい紙の集積ととらえていたのだし。そのイメージを逆手にとり、そこから物語を発進させたり中断させたり自在に操作してもいる。つまり荷風には、風に舞い散り雨に湿る儚い紙の特質をプロットにいかした、パピエーの物語がけっこうあるのです。

また、荷風の著書の装幀は、紙の芸術を意識して自身がプロデュースしたものが多い。そして総合的にも彼は日本文化を、紙の文化ととらえているので。こうした多角的なパピエー愛から一つ、荷風文学の特質に迫ることができるのではないでしょうか。

では、さっそく。荷風文学の中に蝶のように舞い散らばる、種々のパピエーをつかまえる散歩に出かけてまいります。

I

ひらひら、……あ、最初につかめたのはこの小説です。まさに雨とパピエーの物語――『雨瀟《あめしょう》瀟《しょう》』。大正十、一九二一年の作品です。いったい荷風は雨が好きですから、全作品の中に雨の物語は少なくないと思うのだけれど。この小説は荷風好みのイントロ、季節の変わり目に急に冷え、一重の薄ものでは肌寒くなって羽織なんぞ着るちょうどその頃云々、という感じで始まります。

つづいて離婚以来ひとりで暮らす「わたし」の孤独の境涯に関しいささか触れた後、物語はすぐにおびただしい雨の音の中に読者を包む。雨、雨、雨……そして気がつけば、家の中の種々のパピエーが雨にしめり陰鬱な匂いを放ち始めているのだ。

> 忘れもせぬ或年《あるとし》……矢張《やはり》二百二十日の頃《か》であつた。夜半《やはん》滝のやうな大雨《だいう》の屋根を打つ音にふと目を覚《さま》すとどこやら家の内に雨漏《あまもり》の滴り落《おち》るやうな響を聞き寝就《ねつか》れぬまゝ起きて手燭《てしよく》に火を点じた。（中略）人気《ひとげ》のない家の内は古寺《ふるでら》の如く障子《しやうじ》襖《ふすま》や壁《かべ》畳《たゝみ》から湧く湿気《しつき》が一際《ひときは》鋭く鼻を撲《う》つ。隙漏《すきも》る風に手燭《てしよく》の火の揺れる時怪物のやうなわが影は蛐蜒《なめくじ》の匐《は》ふ畳の上から蠑螈《ゐもり》のへばり付いた壁の上に蠢《うごめ》いてゐる。わたしは寝衣《ねまき》の袖に手燭《てしよく》の火をかばひながら廊下のすみ〴〵座敷々々《ざしき〴〵》の押入《おしいれ》まで残る隈《くま》なく見廻つたが雨の漏《も》る様子はなかつた。

残暑も過ぎた、二百十日、二十日の台風の頃のことで。そういえば夏目漱石に、『二百十日』（明治三十九、一九〇六年）なる雨の小説があるけれど。あれは阿蘇山の噴火を背景に、日本近代社会のすべての偽善に戦いを挑む青年の怒りの気勢が秋の嵐に同化して爆発するがごとき、すさまじい大雨なのだった。地を叩きつける雨脚に草原の青草はいっせいになびき、火山灰も降りしきり——。

濛々と天地を鎖《とざ》す秋雨を突き抜いて、百里の底から沸き騰《のぼ》る濃いものが渦を捲き、渦を捲いて、幾百噸《とん》の量とも知れず立ち上がる。其《その》幾百噸の烟りの一分子が悉《ことごと》く震動して爆発するかと思はるゝ程の音が、遠い遠い奥の方から、濃いものと共に頭の上へ躍り上がつて来る。

（『二百十日』）

並べてみると、あらためて。同じ秋の大雨といいながら、漱石の感じる雨と荷風の雨はかなり異なる。荷風の雨はしとしとと陰鬱な趣だ。そして漱石の人間が己れの身心を激しく雨に曝し、青草のように打たれるがままに打たれるに比し、荷風のものがたる「わたし」は、あくまで守りの姿勢。彼は家の中に籠居し、雨の湿気に侵されるパピエーを守る、紙守りなのだ。押入や壁紙・障子襖・書籍のみならず、四方の壁に掛かる書画の類にいたるまで、彼が雨漏りや湿気から守らねばならぬパピエーは実におびただしい。やはり雨と紙の関係への注目が、まず荷風の特色といえましょうね。紙守りとしての「わたし」の存在感は、『雨瀟瀟』のたとえばこんなところにも。或る年のやはり二百十日、雨つづきの日々の中で「わたし」の過敏な神経は先鋭に湿気を感じ、警戒する。

物の湿《しめ》ることは雨の降る最中よりも却《かへつ》て甚《はなはだ》しく机の上はいつも物書く時手をつくあたりの取分《とりわ》け湿《しめ》つて露を吹き筆の軸《ぢく》も煙管《きせる》の羅宇《らう》もべたべた粘《ねば》り障子《しやうじ》の紙はたるんで隙漏《すきも》る風に剝《はが》れはせぬかと思はれた。

ここで湿気にたるんだ障子紙にじろり、と鋭い視線が注がれているのは要注意と思います。なぜならば。鉄と石の国としての欧米より帰朝した荷風がまず実感したのは、〈紙の家〉――メイゾン・ド・パピエーとしての日本の居住空間の特異であり、それを象徴する第一のアイテムが障子紙なのですから。

フランスから帰国して五ヶ月後、雑誌『新潮』明治四十一、一九〇八年十二月号において「帰朝後の感想」を問われた荷風は、その中でこのように述べている。

日本の家屋の住居に不便な事は、西洋に行かない人でも已《すで》に知つて居る事故、今更取立てゝ云ふ程でもあるまい。今度新しく感じた事は、光線の取り方だ。四方四面に障子や窓があつて、其《そ》れが明け放してあるから、光線は遠慮なく四方八方から這入《はい》つて来る。陰陽の濃淡と云ふものが少しも感じられないから、机に凭《もた》れても、自然と沈思する事などが出来なくなる。

(『帰郷雑感』)

否定的です、この段階ではメイゾン・ド・パピエーに対して。部屋の四方に張られる障子紙を全的に日光を透かすものとしてとらえ、その均一的光線の平板に不平を鳴らしている(しかしこの見解は、後に変節します)。比べて西洋の「窓掛」を、光線をやわらげ屈折させ部屋に「神秘夢幻」の雰囲気をもたらすアイテムとして絶讃しておりまして。

こうした論調は、ほぼ同時期の小説『帰朝者の日記』（明治四十二、一九〇九年）にも通底する。冒頭、「鉄と石ばかりの紐育《ニューヨーク》」から帰朝してほどない主人公「自分」は久しぶりの日本の冬の寒さに音をあげ、「また今日も風か。何といふ寒い風だらう」と暗くつぶやきつつ、「外を吹く寒風は畳のすき間、障子の隙間《すきま》、到る処から這入《はい》つて来る」日本の「不完全な住居」を批判する。

この貧寒な空間を生活のベースとせざるをえないならば、雄渾な思想など培《つちか》われようもないのだ、と。まあでもこの後、室の障子に射す冬至の日ざしに心なごみ、「いかにも軟《やはらか》く穏《おだやか》に輝いてゐる」柚子のような黄色い光を浴びてほっとくつろぐ場面などもあるのですが。

欧米から帰国した荷風は、このように。あらためて異様なものを見るようなまなざしで、紙の張りめぐらされた日本の住居空間を観察する。具体的には——帰朝直後の彼の作品のそここで、冬の風に寒々しく揺すぶられる障子紙の音が鳴り響き始めるのだ。その例としてはまず、追憶の記『狐』（明治四十二、一九〇九年）があげられましょう。

何しろこの小説のはじまりの言葉は、「小庭を走る落葉の響、障子をゆする風の音」なのですから。それらの音に誘われて「私《わたし》」は、三十年前の幼少期のある陰惨な冬を回想する。回想の中の古く広い屋敷にはいつも、冬の木枯しに「がたん〳〵と、戸、障子、欄間の張紙が動く」音が鳴っている。そのかすかな木と紙の響きは幼い子どもの不安感をそそり、小さな世界にやがて起こる悲劇を予感させるのだ。

この種の音は『すみだ川』（明治四十二、一九〇九年）においても、「折々勝手口の破障子《やぶれしょうじ》から座敷の中まで吹き込んでくる風が、」として不吉に響いているし、『妾宅』（明治四十五、一九一二年）でも珍々先生《ちんちんせんせい》の好んで棲む薄暗く湿った借家の貧相の象徴として鳴り渡る。

表の河岸《かし》通りには日暮《ひく》れにつれて吹起《ふきおこ》る空《から》ツ風の音が聞え出すと、妾宅《せふたく》の障子はどれが動くとも知れず、ガタリ〳〵と妙に気力の抜けた陰気な音を響かす。その度々《たびたび》に寒さはゾク〴〵襟元《えりもと》へ浸《し》み入る。

でも『妾宅』では、その貧寒と陰気をこそ「先祖代々日本人の送り過ごして来た日本の家《うち》の冬の心持《こころもち》」、すなわち江戸芸術の母胎としてとらえようとする開き直りが生じている。と同時にもともと紙に愛着の深い荷風は、障子紙の半透明の美学に気づき、いわば家の中にアソビ心をもたらす私的スクリーンのようなこのパピエーと楽しく戯れ始めてもいるのだ。

あ。雨とパピエーの物語『雨瀟瀟』に分け入ったばかりのところなのに、他の作品の中にとんだ長居を。しかしもう少々お許し下さい、秋雨にそぼ濡れるあの紙で作った繭《まゆ》のような家の中にも関係あることだし、何より荷風の展開する障子の美学は面白い。それは時に住人を優しくやわらかく包んでくれるシェルターであるし、時に庭と家屋をゆるやかに連接する要《かなめ》であり、時に……。えい、面倒くさい、いくつか具体的にご紹介しますね。

そういえばお気づきでしょうか、随筆集『紅茶の後』の巻頭文、隠居的生活から一転、編集長として広い世間に乗り出す悲壮な決意を開陳する『「三田文学」の発刊』（明治四十三、一九一〇年）の背景にもまず、障子紙がやわらかく温かな光を放っていることに。

春の日光を一面に受けた書斎の障子を閉切《しめき》つて、机にもたれて、烟草《たばこ》を呑《の》んで、その青い烟《けむり》の渦巻《うづま》くさまを眺めてゐた――単調なる、平和なる、倦怠《けんたい》し易《やす》い、然《しか》し忘れられぬ程《ほど》味《あぢは》ひのある我が夢想の生活の午後《ひるすぎ》に、自分は突然黒い洋服を着て濃い髯《ひげ》のある厳《いかめ》しい顔立《かほだち》の紳士の訪問を受けた。

春の光を吸ってふくふくと温かな白紙はここで、穏やかな夢想の生活を守ってくれる繭のようなシェルターです。その中に漂うラファエル前派的青い煙のうずまき紋様も、このしなやかな夢の城にふさわしい。荷風、日光を濾過《ろか》し微妙なリュミエールを部屋に投げかける紙の特質に明らかに開眼した模様です。

同年発表の小説『見果てぬ夢』の中にも、このようにある。こちらは逆に、室内の燈火の色が障子紙を透かして秋の夜の庭に流れてゆき……。

縁側の障子に薄赤い燈火《ともしび》の光が映つた。燈火の光は引開《ひきあ》けたまゝの障子の間から長く流れて、縁に近い植込の葉裏の一枚々々を斜めに照すと、露にしめつた苔と落葉の冷《つめた》い土の上に横はる黒い木の影から更にまた他の影が重《かさな》り生《しやう》じて、……

間接的な明りを受けて、庭の闇の中に次々と生まれる微妙な濃淡の樹影。家屋と庭は互いに光と影を交換し、夢幻的な空間を形成する。こうした障子紙の織りなす美は、小説『冷笑』（明治四十二～四十三、一九〇九～一〇年）にも点々と。

荷風の分身的人物・吉野紅雨《よしのこうう》の青春の想い出の中に輝く「障子一面にさす日の光の美しさ」や、雪降る夜半に家中の障子がいっせいに震えるかすかな響きも印象的だけれど。何といっても第十四章に描かれる、初春の障子がうつくしい。梅も薫り初《そ》め、残雪すがすがしいある日の夕昏れ、読書に夢中の紅雨がふと目をあげると——。

裏窓の障子に残る夕陽の流れが一面に樫《かし》の木の葉の影画《かげゑ》を描いてゐて、其《そ》れが見てゐる中《うち》次第に消失せてしまつた後《あと》にも、蒼白い黄昏《たそがれ》の光は座敷の奥の片隅に据付《すゑつ》けた本箱の中の書物の金《きん》文字《もじ》をも明《あきら》かに読ませる位である。

またある日はそこに、樹や小鳥の影があざやかに映って——。

少し傾いた午過《ひるすぎ》の日光《ひかげ》が障子の一方に木の枝の影を映した。主人は日光《ひかげ》の中《うち》にひらりと閃《ひら》めく鳥影《とりかげ》を見て静《しづか》に其《そ》の方に眼を上げ、
「もうすつかり春になりましたね。」
と云《い》ひながら、障子を明け、……

物語の中でこのように荷風が障子の風趣に心を砕くのは、紙と木よりなる居住空間こそ日本人の美意識や季節感の母胎であるという、認識があるからでしょう。その考えは、『江戸藝術論』の巻頭の文章『浮世絵の鑑賞』（大正三、一九一四年）に端的に開陳されている。第四章。荷風はキッと居ずまいを正し、己が年来の郷土文学樹立への志をこのように述べる。

余は既《すで》に幾度《いくたび》か木にて造《つく》り紙にて張りたる日本伝来《でんらい》の家屋に住し春風秋雨《しゅんぷうしゅうう》四季の気候に対する郷土的感覚の如何《いかん》を叙述したり。此《かく》の如く脆弱《ぜいじゃく》にして清楚《せいそ》なる家屋と此《かく》の如く湿気《しっき》に満ち変化に富める気候の中に棲息《せいそく》すれば、嘗《かつ》て広大堅固《くわうだいけんご》なる西洋の居室に直立濶歩《くわつぽ》したりし時とは、百般《ぱん》の事自《おのづか》ら嗜好《しかう》を異《こと》にするは蓋《けだ》し当然の事たるべし。

西洋の広大堅固な居住空間を是《ぜ》とし、日本の貧寒なメイゾン・ド・パピエーを非とする不毛な二項対立の図式を、荷風はいつのまにかすばやく捨て去ったのです。むしろ紙の家に本腰をすえて落

ち着き、そこから日本芸術の特性を見きわめようとする覚悟。
ははーん、だから『雨瀟瀟』はあのように、家中に充ち満つ湿気と紙にこだわるのですね。ヨウさんにまつわる艶話もさりながら、あの作品は一つには、荷風の郷土文学の実践なのだ。
さてさらに『浮世絵の鑑賞』は、陰影深い狭小な室内に飾る時はじめて発揮される、軽やかで小さな芸術としての浮世絵の真価をこのように指摘する。

曇りし空の光は軒先に遮《さへぎ》られ、障子の紙を透《すか》してこゝに特種の陰影をなす。かゝる居室に適応すべき芸術は、先《ま》づその形《かたち》小ならざる可《べか》らず、その質は軽からざる可《べか》らず。

遠い空からの日光はしかもさらに屈折を重ね、弱まりやわらぎ室内に届く。——このくだりを読んで、何かを想い出しませんか？　そう、谷崎潤一郎の著名の日本文化論『陰翳礼讃』（昭和八、一九三三年）中の一連のパピエー、障子紙論です。
まず谷崎は西洋紙の白さと異なる「唐紙や和紙の肌理《きめ》」の温かみとしなやかな手触り、「柔かい初雪の面のやうに、ふつくらと光線を中へ吸ひ取る」内包的な純白についてとつおいつ考察し賞翫した後、この紙質の形成する陰翳深い日本家屋内の特質を説く。

われ〳〵は、それでなくても太陽の光線の這入りにくい座敷の外側へ、土庇を出したり縁側を附けたりして一層日光を遠のける。そして室内へは、庭からの反射が障子を透してほの明るく忍び込むやうにする。われ〳〵の座敷の美の要素は、此の間接の鈍い光線に外ならない。

谷崎は荷風を敬愛していますから。これ明らかに、荷風のパピエー論の影響をこうむるものでしょう。しかし本家本元の荷風は、『浮世絵の鑑賞』以降、あまり熱心に障子紙の美学を追求しません。八重さんとの短く幸せな結婚生活を述懐する『矢はずぐさ』（大正五、一九一六年）で嬉しそうに、新妻の張り替えた「障子の紙のいと白く糊《のり》の匂も失せざるほどに新しき」清新の趣を讃えたり、「夕風裏窓の竹を鳴《なら》して日暮《ひく》るれば、新しき障子の紙に燈火《ともしび》の光も亦《また》清く澄みて見ゆ」る家庭の和楽をのろけたりするぐらいかな。

あるいは戦火で家を失い、他人の軒先を転々と借りる経験からしみじみと日本の家屋の長所短所に思い馳せ、「楮《かうぞ》の樹皮から製した日本紙を張つた障子の美」「暗く曇つた日に、茶室の障子の白さを茂つた若葉の蔭に見る快感」「春の夜に梅の枝の影を窓の障子に見る時の心持」「赤く霜に染みた木の葉や木の実に対照する縁先の障子の白さ」にやるせなく懐かしい讃美を示す、『仮寐《かりね》の夢』（昭和二十一、一九四六年）の中の言葉も印象的ですけれど。しかしこれも、論というほどのものでなく。

比して谷崎はまことに執拗に、家の中の障子紙の「しろじろとしたほの明るさ」を見つめつづける。『陰翳礼讃』でもさらに饒舌にこのように。

それは明り取りと云ふよりも、むしろ側面から射して来る外光を一旦障子の紙で濾過して、適当に弱める働きをしてゐる。まことにあの障子の裏に照り映えてゐる逆光線の明りは、何と云ふ寒々とした、わびしい色をしてゐることか。

この後も谷崎の視線は「縦繁《たてしげ》の障子の桟の一とコマ毎に出来てゐる隈《くま》」などにまで留まり、障子紙の「夢のやうな明るさ」を日本文化の一つの鍵として分析しつづける。このほの白さや薄い手触りがついには女性の皮膚感覚に重ねられ、吉野山中の紙すきの里に亡き母の原郷を探し求める、パピエー母恋い小説『吉野葛』(昭和六、一九三一年)となっているわけですよね。

今では谷崎の『陰翳礼讃』が圧倒的に有名ですけれど。彼のパピエー文化論は荷風の衣鉢をつぎ展開されたものであること、確認しておきたいと思います。

ついでに言えば谷崎は、荷風の主題を受け継いでいることが少なくないのではありませんか。主人公「斯波《しば》要《かなめ》」の義父が娘のように若いお久を妾とし、万事好みの古風な上方風を押しつけ、地唄を習わせる『蓼喰《たでく》ふ蟲』(昭和三、一九二八年)の印象的なエピソードも、『雨瀟瀟』のヨウさんと小半《こはん》の関係の変奏でしょう? ヨウさんは薗八節《そのはちぶし》を仕込むことを楽しみに、小半を妾とする……というところでようやく、『雨瀟瀟』に戻ってまいりました。

何の話でしたっけ？　そうそう、『雨瀟瀟』の「わたし」は一種の紙守りとして、あの雨の日々を家に籠っているという話でした。しばしの間雨は止んだけれどまたしても降り出す夕暮れの薄寒さ、障子紙の湿りに気づいた「わたし」は、細心にパピエーを守る。

　秋の夜の糠雨《ぬかあめ》といへば物の湿《し》ける事入梅《にふばい》にもまさるが常《つね》とてわたしは画帖や書物の蟲を防ぐため煙草盆《たばこぼん》の火を掻立《かきた》てゝ蒼朮《さうじゆつ》を焚《た》き押入から桐の長箱を取出して三味線《しやみせん》をしまつた。

紙の芸術へのこうした手入れは、父の死後、古い邸とともに多くの蔵書や書画を受け継いだ荷風が実行していた営みで。『大窪だより』大正二年十月三日の項にも、深夜からの強雨を案じた荷風が「床の間の天井に雨漏り致す様の響聞きつけ、掛物など濡らし候ては大事と存じ、手燭を点じて見廻り申候へども、」と警戒おこたりない様子が記されている。

ところで『雨瀟瀟』とは、こうした秋雨の日のつれづれなるままに「わたし」が古い日記の頁を繰りはじめ、過去の同じ雨季とそれにからまる知己「ヨウさん」との交情、彼と芸妓・小半との絡みを想起するという仕組みで物語られ、そういう意味でも全体が日記、枯葉のように黄ばんだパピエーの物語なのですね。

いえ、正確にはもっと複雑。日記の数頁と、ヨウさんとわたしが交しあう七通の手紙とが、物語の時間をこまかく操作して色々な小さな時間の中へ読者を連れ込む形になっている。そのあたりのパピエーと時間の関係を整理してみると――でも。難しいなあ、原稿用紙十五枚分位いただけると丁寧に説明できますが。そうもゆかないので、ごく簡略に。

まず野暮くさく計算してしまうと、この短い小説には大小取りまぜて、十七種の時間が入れ込まれている。え、そんなに？　とお思いになるかもしれませんが。まあ荷風がそんな複雑を気取《けど》られぬよう巧みに、雨滴の音やしっとりとした雨の匂いの通奏的イメージでこれらの異なる時間を、ネックレスのように綺麗につないでいるせいもありますけれど。

たとえば、まず冒頭がなかなかのくせもの。「その年の二百十日はたしか涼しい月夜であつた」という言葉から始まるので、当然この回想の中の「その年」から物語は発進する、と思うではありませんか。しかし――。仔細にながめると、冒頭三頁（岩波全集で）にはこれを始めとし、「その年の日記」「其《そ》の夜の雨」「其《そ》の頃」「その頃のこと」「その頃まで」「その頃には」「忘れもせぬ或年」「或年の除夜」「その頃」などと。九回も時の指定があり、読者が直線的時間軸に沿って物語を読むことを、ひそかに阻《はば》んでいるのです。

つまりまず、己が古日記の黄ばんだ紙面を繰る「わたし」の視線により、彼の生活史の中の五つの小さな時間が浮かび上る。そしてそれらは少なからず、雨の水色でコーティングされていて。その微妙なハーモニーの中で「その年二百二十日の夕《ゆふべ》から降り出した雨は残りなく萩《はぎ》の花を洗流《あらひなが》し」という言葉が紡ぎ出され、ようやく物語時間が発進する。かといって、このまますなおにこの時間の流れに身を委ねきることは、許されないのだ。

この時間の中でさらに――「わたし」が読みふける知人のヨウさんの古手紙の束から、またもや種々の小さな時間が浮かび上っては、儚い泡のように消えてゆく。ヨウさんと夢中で薗八節のけい古に通った四十歳頃の日々。待合いに来る老妓の中に、桃の花照るような可憐な芸妓・小半の混っていた記憶。小半を妾としたヨウさんが、彼女を棲まわせる「春信の絵本にあるやうな」小屋を捜し歩き、とうとう恰好の家を建てたこと。鶯鳴き緑滴るある五月、「彩牋堂《さいせんだう》」と名づけられたその家の落成祝いの行われたこと――。

時々のそれらの消息を伝えるヨウさんの書簡には、「彩牋堂主人」とサインされていたり、時には「林檎庵頓首《りんごあんとんしゅ》」「富田塞南《とんださいなん》」などとあり。エスプリのきいた楽しい二人の交流を偲ばせる。で、そんな時間をゆきつ戻りつした後、物語軸は「その年二百二十日」頃の糠雨の夜、ひとりヨウさんの手紙を読む「わたし」の現在へと帰るのかと思えば、そうではない。いったん帰るけれど、物語は雨の晴れ間の蝶のように、ちょっと見当のつかぬ不明の時間に羽を休め、そして飛び去ってしまう……『雨瀟瀟』の最後はこんな風に終ります。

> 然《しか》しフト思立つてわたしは生前《せいぜん》一身《しん》の始末だけはして置かうものとまづ家と蔵書とを売払つて死後の煩《わづら》ひを除いた。(中略)その中売宅記《うちばいたくき》とでも題してまた書かう。

蝶が飛び去った後には、『雨瀟瀟』なる作品と、『売宅記』なる未発の作品が残されているという仕組み。

ふう——複雑でございましょう？　実は私は『雨瀟瀟』の梗概をノートにまとめつつ、色鉛筆を使って十七色の時間をそこに見つけていったのです。ノート、うんと華やかになりました。

ヨウさんと小半の艶話に作者の目的があるのなら、何もこんなに入り組ませなくていいわけで。荷風の眼目が大きく、雨とパピエーの日本的独特の関係、古日記や手紙などに孕まれるごく私的な小さな時間の探求にあることは明らかです。それらは本来は、生活の中に次々と生まれては儚《はかな》く消え去ってゆく泡のようなもので。それを荷風は摑《つか》まえようとする。

これは、歴史記録をもとになされる公的歴史叙述に対抗する、パピエー・プリヴェによる私的歴史叙述の試みでもあるのではないかしら。何しろ荷風は、大正二、一九一三年創刊の初の民俗学誌、柳田国男主宰の『郷土研究』の熱心な愛読者でありまして。平凡な人間の生活史へのこうした志向はですから、〝荷風民俗学〟としてもとらえられるのではないでしょうか。

ともあれ、物語の中にやはり古い手紙を使うのを好むアンリ・ド・レニエなどに比べても、荷風のパピエー使いの方がずっと複雑、多層的です。レニエはしばしば、主人公たちの恋の由来や悲劇の謎を明かす劇的な鍵として手紙を使うでしょ、時間は現在と過去の或る一点を単線的につなげるだけ。ドラマティックだけれど、わりと単純明快です。しかし荷風は、特に『雨瀟瀟』は——。

小説の外側も内側も、紙片に覆われているような感じ。まず「わたし」が繰る古い日記の数頁、小半との仲を尋ねて「ヨウさん」に発する巻紙の手紙、ほぼ同時にヨウさんから届いた雨に濡れた封筒、その夜読みふけるヨウさんの過去の数通の手紙。のみならず、わたしの家の中ではその雨の日々ずっと障子襖紙、書画などが湿りつづけているわけだし。そもそもヨウさんの雅名「彩牋堂」自体、パピエーに由来するものなのだ。その襖に凝って、昔の遊女の艶やかなラヴ・レター、つまり彩牋を張ったことによりその妾宅は「彩牋堂」と名づけられ、つまりはその家の主人の戯名ともなり……。

『雨瀟瀟』とはもうはっきり、幾層ものパピエーを重ねた張り子のごとき小説といってよいでしょう。しかもそのように考える時、もっぱら「わたし」の敬愛と親愛にみちた視点で描かれる「ヨウさん」なる人物も、要注意なのです。

II

なぜならすでに指摘もあるように、ヨウさんのモデルは『三田文学』の発行元・籾山《もみやま》書店社主・籾山仁三郎である可能性が濃いからです。つまり「彩牋堂主人」とはその意味でも、パピエーのある種のシンボルであるわけで。

このあたりの事情をいささか説明しますと——『雨瀟瀟』発表当時の荷風はすでに籾山氏と親交も絶えているけれど。実はこの小説には『紅箋堂《こうせんどう》佳話《かわ》』なる原形があって。『断腸亭日乗』によれば荷風は大正六年十二月十日にこれを起草、しかし興が乗らずに例のごとくこの草稿は引出しにでも突っ込まれ、しばらく放置されたらしい。〈紅箋〉とは艶文、すなわち〈彩牋〉ですから、これの発展形が『雨瀟瀟』であることは言わずもがな。

それにヨウさんは、歌沢《うたざわ》に熱中し江戸趣味を愛する一方自動車を乗り回す実業家であり、そんな生活思想はまさに籾山氏のものだ。彼は趣味的書肆、俳書堂を営む俳人であり、歌沢・太鼓等に巧みな江戸前の紳士、かつ八重次の妹分の新橋芸妓・六花との艶聞も花やかな通人（ヨウさんと小半とのエピソードはこれを写すか……）。一方その著書『株式売買』は明治四十三年に刊行されるや、たちまち版を重ねる、株に詳しい実業家である。

ちなみに。『雨瀟瀟』の中でヨウさんが自動車事故に遭って「富田塞南《とんださいなん》」と自虐するエピソードがあるけれど、あれも籾山氏に関する実話では。荷風の『毎月見聞録』大正五年五月の項には、このようにある――「庭後庵《ていごあん》主人（稿者注。籾山氏の雅名）車より落ちて負傷す本年二度の災厄定めて悪しき前兆ならんと心配中の由」。

さてしかし。ヨウさんのモデルが誰かを云々するのが、当今の目的ではない。「彩牋堂主人」にその面影のいくばくかを写さずにいられないほど、三十代の荷風がこの書店主に深く傾倒していたこと。二人の関わりから、一九一〇年代の荷風と籾山書店との理想的コラボレーションの浮かび上ってくることが、肝要かと思います。この教養深い江戸趣味の書店主を同志とし、二人で理想の書物を出版しようとしていた。若き荷風に、日本のウィリアム・モリスたらんとしていたそんな時期のあることを、彼のパピエー愛の歴史の中に刻んでおきたいと思うのです。

明治四十三、一九一〇年春。『三田文学』の発行元を引き受けてくれるという未知の塾員・籾山仁三郎に初めて会った時の印象を荷風は、エッセイ『樅山庭後《もみやまていご》』（大正四、一九一五年）で語っている。人見知りの荷風は大いに警戒していたのだけれど、礼儀正しく羽織袴を身につけやってきたこの人にただちに、ある種の同類を感じ、やがて全的信頼を抱いた、と。

本当にこれは、運命的出会い。もし彼とその書肆との出会いがなかったら、はたして荷風は現在私たちの読む、豊饒な〈荷風〉でありえたかしら？　明治四十四年の『すみだ川』を口切りに、『牡丹の客』『紅茶の後』『新橋夜話』『珊瑚集』『散柳窓夕栄』『夏すがた』『日和下駄』……およそ大正五年までに、籾山書店から凝った装幀で次々と出版された、荷風の基盤をなす中期の作品群。あれらが社主の深い理解の下にあのように旺盛に自由に世に出ることを得なかったら――荷風はそうとう異なった〈荷風〉であった可能性がある。

同い年の二人は、境遇もよく似た、打てば響くコンビであって。公私ともに、若き荷風がいかにこの人に魅了されていたかについては、たとえば次のような手紙の一節をご覧下さい。妻の八重に突然離縁された当時の荷風が、籾山氏に発したもの。大正四、一九一五年二月十七日。

> 御手紙しみ〴〵と心嬉しく何とはなく涙ぐまるゝやうの心地《ここち》致候《いたしそろ》此の度の事につけても男の友達の心根ほどかたじけなきものはなしと感《かん》じ入候《いりそろ》男の友達と申しても今の身には貴兄と莚升二人のみこの人達あらんかぎりは女なき身も老いて決して心淋しからず……

切々。ラヴレターみたい。女性にはいたく関心を抱くけれど同性には冷たい後年の荷風とは別人のごとき、「男の友達」へのこのもたれかかりよう、甘えよう。しかし三十代の荷風は万事こんな風、『三田文学』に参与する若い学生も含めた男性文学セナークルで、実にいきいきと活躍している。特に籾山氏とは、父の永井壮一郎も心許す家族ぐるみのつきあいですから。生粋の江戸ッ子であり宏壮な邸に住む実業家としての籾山氏を、壮一郎は息子の相方として大いに信頼していたのでしょう。ちなみに籾山氏の『江戸庵句集』(大正五、一九一六年、籾山書店)には、壮一郎没後その忌日を悼む一句がある。

永井禾原《かげん》翁忌　新年一月二日

禾原忌や夜深く帰る雪の坂

ところで、籾山仁三郎の邸といえば——荷風が彼に魅了された一つの要因に、その邸の特異な庭の存在もあると推される。この庭については、籾山仁三郎著の随筆集『遅日《ちじつ》』(大正二、一九一三年、籾山書店)に収められた文章『町中の庭』に詩情豊かにつづられている。それによるとそこは、さる大名の築地の中屋敷を買い取った三千坪の庭で、しかもそのほとんどは品川湾の潮水を引き入れた池であるという——「庭の殆ど全体が池であつた。邸宅の全部がさながら池殿であつた」。

『町中の庭』はいわば、江戸の大名遺構――「江戸中に散在していた諸大名の上屋敷、中屋敷。郊外の其処此処《そこここ》にあつた下屋敷」が次々に東京都市化の「恐るべき変遷の犠牲」となって消えてゆく、小さな衰亡史の恰好です。その中で不思議に自分のこの庭だけは往時のまま生き残る縁に思い馳せつつ作者は、かつて一面海辺の風情を湛えていた水の街・築地をなつかしむ。

> 固《もと》より今の月島などの無かつた頃である。築地の極《きはみ》は、蘆《あし》の生茂《おひしげ》つた洲先《すさき》に続いて、そこには、打寄せる品川の海の波濤が、美しい飛沫《しぶき》を散らしてゐた。築地全体の面積が今よりも遥《はるか》に小さく、備前橋《びぜんばし》の通りなどは直《す》ぐ海へ続いた掘割《ほりわり》であつた。一方は木挽町《こびきちやう》、他の一方は新富町《しんとみちやう》を境にして、采女橋《うねめばし》軽子橋《かるこばし》に折れ曲つた堀割にも、海の潮《うしほ》がどんどん流れ込んだ。川底の石には牡蠣《かき》や馬刀《まて》の貝類が附いて、水は清く陽気な色に澄んでゐた。（中略）
> 固《もと》より池にも存分に潮《しほ》が差した。上潮《あげしほ》にはゴツゴと云ふ音を立てて水門から流れ込む。引潮《ひきしほ》には目に立つてスツスと流れ出た。
>
> （『町中の庭』中「池」の項より）

このようなファミリー・ライフを通しての史的まなざしや、水都・江戸への郷愁は、荷風の深く共感するところでしょう。『町中の庭』の文章群の一部は、版元となってさっそく籾山氏自らが明治四十四年五月から十二月の『三田文学』に集中的に発表したもので、荷風は当然リアルタイムで読んでいます（少し後に、この作品について言及もしている）。

さらに注目すべきは。『町中の庭』はこの「池」の項をはじめとし、庭をテーマとする小品集であって、「椎の樹」「瓦韋《のきしのぶ》」と、庭の樹々や昆虫などの小モチーフが連句のように並べられる散文詩仕立ての体裁であること。……つづいて「柏樹」「百日紅」「蟻」「棕梠の花」「蚊」という具合いです。たとえば「瓦韋」の冒頭はこんな風、庭の古樹や植物をながめる作者の筆は細密で、愛情に充ちている。

殊《こと》に此《こ》の庭の一際《ひときはし》椎《ひ》の鬱然《こんもり》した辺《あたり》には、どの幹《みき》にも瓦韋《のきしのぶ》が寄生して、さながら山中の巨刹《きよせつ》にでも遊んだ時のやうな情趣を浮べさせる。

花の頃の一種人を唆《そゝ》るやうな甘い匂ひ。それは方丈《はうぢやう》で経を写す老僧を思起させずには置かない。

五月雨《さみだれ》の降続く頃になると、瓦韋の一葉《ひとは》一葉《ひとは》から細い滝を掛けるのが、まるで水晶の玉簾《たまだれ》を掛けたやうに目覚《めざ》ましい。

明らかに似ています、『紅茶の後』に収められた荷風の玄妙な作品『日本の庭』（『中央公論』明治四十四、一九一一年十月）に。あれも、「梅」「鶯」「蝙蝠《かうもり》」「蛍《ほたる》」「百日紅」……というように庭の花々や鳥・虫に寄せるオマージュが一つ一つの小さな散文詩仕立て、ネックレスのようにつながってゆく作品でしょ。

籾山氏の庭に関する文章群はどうやら、単行本『遅日』への書きおろしらしいので、公的発表時期は荷風の方が先だけれど。しかしわからない、籾山氏はその広く神秘的な庭への想いをそれこそ色々に荷風に語っていただろうし、荷風も余丁町の鬱蒼たる庭への愛着を籾山氏に……。そうした意味で、『町中の庭』と『日本の庭』とは、互いに刺激しあって出来たものと思います、主題的にも形式的にも。

こんなところにも、単に作家と出版元というに留まらぬ、文学上・生活思想上の盟友であった二人の関係の一端がうかがわれる。ちなみに各々親から受け継いだ宏壮な邸と庭を、愛しながらも維持に困窮して売却したのも両者ほぼ同時ですし。深い共鳴の糸がからまっているようですね。

それにしてもそろそろ、荷風の一九一〇年代を支えた籾山書店の扉を押し、中をのぞいてみましょう。

全集所収現存書簡によれば、知り合って以来、共同編集雑誌『文明』から荷風が手を引き親交絶えるまでの一九一〇年から一九一八年の間、荷風が籾山氏および書店に発した封書はがきは約八十通。それらを読むと、荷風が籾山書店とどんな風に仕事をしていたか、よくわかる。

編集長そして作家としての荷風はかなり、完全管理型です。紙質・挿絵・活字の大きさスタイルにいたるまで、細かい指示を出している。そんなあたり少し、書簡から――。

○来年より三田文学の組み方見本通りに願ひ上け申候。表題は凡て3号にし、上段に見出しを置く事（明治四十四年十二月八日）
○其《そ》れから三田文学の裏絵は写真版にて別封お送りのものをお願ひ申上候（同年十二月十八日）
○別封の書物中、三田文学コマ絵に致すべきもの二三ツしるし付け致し置き候間、あれを其《そ》の儘《まま》画工に引写し致させ木版に刻《す》りたく存じ居り候（明治四十五年一月二十八日）
○新橋夜話扉色合あれにてよろしくと存じ候貴兄の御考はいかゞにや（大正元年月日不明）
○拝呈、「戯作者の死」ハ「柳の秋」と改め申候最初の方大分改作致候。若し先日のお話の如く和本仕立にて御出版下され候ふ事に相成候はゞ。画工は竹久夢二子にでも頼み、画の方にても相応の買手をつけたく存じ候（大正二年三月十七日）
○散柳《ちるやなぎ》の表紙は紙質不適当にてあまり成功とは申難く恐縮致居候《いたしをりそろ》古き千代紙にはよきもの有之候此の次は今一工夫致度候《いたしたくそろ》（大正三年三月十八日）

『三田文学』主幹としての荷風が雑誌全体のイメージを掌握し、活字の指示をし口絵コマ絵を時に自ら提供していた様相は、ここに明らかだ。ちなみに、『三田文学』特有の糸綴じを支持したのも、挿絵の廃止を唱えたのも荷風。

自著の出版に際しては特に主動的で、大正四年十一月十六日書簡に見られる『日和下駄』製本への指示など、図入りで実に細かい。時には紙質まで唐紙、千代紙などと指定して。そんな希望がかなえられたのは、意気あり恒産《こうさん》の余裕ある紳商・籾山書店ならでは。

そんな二人のコラボレーションの最たる精華は、『散柳窓夕栄《ちるやなぎまどのゆうばえ》』（大正三、一九一四年）ではないでしょうか。まさに書肆と作者の蜜月の象徴。だってこの小説のテーマ自体がそれ、ですから。草双紙御法度《くさぞうしごはっと》の強まる中で、「罪もない絵師や版元《はんもと》にまで禍を及ぼしてはと、」心を痛め容赦を頼みにひとり出かけた作者・種彦。不安を募らせつつ彼を待つ絵師の国貞や版元《はんもと》の主人・喜右衛門の様子がまず冒頭に展開され、運命共同体的出版コラボレーションの様相があざやかに照射されます。

そして無事帰ってきた種彦を囲み、川舟で浅酌をもよおす版元の粋なはからいの描写は――日頃お世話になっている籾山書店へのオマージュでもありましょう。

それにこの小説は装幀がかなり凝っていて。荷風はこの作品を徹底的に、内容と合致する江戸戯作モードでくるむ。コマ絵も数十枚あるのだけれど、中扉で「編中図案は其の二三を除き都て山東京伝著小紋新法より臨写せしものなり」とことわっている。これらが荷風自ら臨写したものであることは、『大窪だより』大正二年十二月一日の次の記述に明らかだ。

この頃は毎日午前は「戯作者《げさくしゃ》の死」を添刪致《てんさくいた》し其《そ》の傍《かたはら》製本の意匠下絵などかき居候《をりそろ》。

『散柳窓夕栄』のような思いきり凝った装幀、好き嫌いが当然あると思います。正直私は……ちょっと重苦しいなぁ、内容につきすぎて。読み手の想像力をいささか阻んでしまうかも。もっと自由に、種彦の歩く「お江戸の町」の風景を想像してみたい気がする。

しかし。忘れられて久しい前代の図案を現代の装飾芸術に活かそうとする荷風の意図は、注目すべきだ。彼は江戸期の版木なども活字に再現すべく考えていた。籾山仁三郎が『江戸庵句集』を出版する際も、「木板に起し昔風の冊子に仕立て」ることを勧めている。

職人技の黄金期としての江戸芸術の手法を書物の装幀に再生しようとする荷風のこころみは明らかに、一八九〇年代の英国におけるウィリアム・モリスによる書物芸術の提唱を意識するものだと思います。荷風がモリスに浅からぬ関心をもっていたことは、『妾宅』（明治四十五、一九一二年）で先駆的に「近世装飾美術の改革者ウイリアム・モオリス」を紹介し、貧富や階層にかかわらず全ての人間がその生活の中で美を楽しむ権利を有すると説くその〈生活芸術〉の思想に同意を投げかけている点にも明らかです。

さて、モリスですが。恒産のある彼は友人と共同で家具食器織物を伝統的手法で制作する種々のコラボレーションを発進させ、〈生活芸術〉の実践運動を展開したけれど。一八九〇年代は特に書物芸術の製作に熱心だった。ケルムスコット・プレスなる私家版印刷工房を設け、九一年より九八年までに自著の詩集やファンタジー小説を含めた五十三点の美装本を印刷、社会主義運動の一つの実践を示すとともに商業出版の印刷デザインの質の向上にも貢献した（シドニー・コッカレル「ケルムスコット・プレス小史」『理想の書物』晶文社所収、参照）。

そしてモリスも、大変なパピエー愛の人なのです。読みやすく美しい書物への抱負を述べる彼のエッセイ『理想の書物』（一八九三年）によれば、彼が自分のプレスで最もこだわったのは、紙質と活字。友人の商会に依頼して、プレスのために手漉《てすき》紙を特注し、活字や装飾頭文字、頁の縁飾りについては中世の古書を臨写して自らデザインし、版木に彫らせた。ケルムスコット・プレスでは全体的に伝統的な手仕事が重視され、手動印刷機が使用されています。

日常の実用性を窮極の美とするモリスの書物芸術運動は、貧富の差なくという社会主義的色彩は薄められ、一種の工芸運動として大正期の日本の出版界にも波及したようだ。たとえば『美術新報』大正二年三月号には〈装釘特集〉が組まれており、「日常生活に於いて、簡易な方法で、美欲と知識欲とを満足させたいと云ふ、一般の需用」の高まりとともに装幀ブームの起こっていることが看取される。

この特集には、島崎藤村や水野葉舟、相馬御風なども意見を寄せ、作家たちも自著の装幀になかなか熱心であることがわかる。専門の装幀家はまだ少なく、籾山書店も重用した橋口五葉の他には杉浦非水なのであるが、一方、藤島武二・竹久夢二・高村光太郎・岸田劉生などの新進洋画家が積極的に装幀に参入しつつある。

こうした中で、荷風と籾山書店がタグを組んでいたわけですね。実際にこの書店から出版された本はそう個性的、という感じもしないけれど。真紅と金の華やかさが喧伝される荷風の『珊瑚集《さんごしゅう》』（大正二、一九一三年）の装幀にしても。先行する北原白秋『邪宗門』（石井柏亭装幀、易風社、明治四十二、一九〇九年）にかなり似ていません？

しかし『江戸藝術論』のごとき美術論と、その出版活動内容が合致している点、籾山書店と荷風とは、美意識を同じくする友人との共同活動としての関係性が強い点。そして何より、前代の古書を収集筆写研究しそこからデザインを起こす荷風のありようを考え合わせると、一九一〇年代の大正文壇においてこの二人のコラボレーションは、もっともモリス的といってよいでしょう。少なくとも荷風は、商業出版に抗《あらが》い自ら理想の書物を作ってしまうモリスの、作家兼総合プロデューサー的実践性にかなりあこがれていたのでは。

企画案や図版写真など懐に、築地二丁目の横町にひっそりと佇《た》つ籾山書店（後に丸ノ内ビル内に移転）を訪れる荷風の心中には時おり、ここそ我がケルムスコット・プレスなり、の想いがよぎっていたのではないかしら。

紙への深い愛に関しては、それこそモリスと荷風ははっきりと同類ですしね。二人とも機械で生産された紙の薄い感触を嫌い、昔ながらの手漉紙を苦労して求めている。モリスは英国産の手漉紙の硬さと陰翳ある白色を愛しつづけたし、贈呈本製作のために「ヴェラム」なる稀少の製本材料を、ヴァチカン教国と競って入手したこともあるという。

書物の純白の紙面、そこに「くっきりと入念にデザインされた」文字への愛情を、モリスは『理想の書物』でこのように述べている。

……大型二折半はテーブルの上で落ち着いて堂々としており、読者が喜んでやって来るのを快く待っている。ページは平らに静かに収まっており、何ら体に面倒がかからないので、その美しい廟に収められた文学を心ゆくまで楽しむことができる。

やわらかい雪に抱きとめられる感触を愉しみつつ筆を運んでいた荷風を、想い出させますね。二人とも、書きながら同時に、純白の紙に印刷された自分の本をありありとイメージできる作家であったのに相違ない。

III

さて、荷風の書物工房にこれ以上深く入り込むのは、この稿の任にあらず。ちなみに彼には後に、十里香館なる私家工房もあるけれど……。『雨瀟瀟』の他にも少なくない、パピエー小説や随筆について見渡しておきたいと思います。たとえば、「わが売文の由来」を語る体の随筆『書かでもの記』（大正七、一九一八年）もその一つで。冒頭、自身の売文稼業への激しい自虐から出発し、さらにはこんなトホホな風景を読者にのぞかせる。

> 今となりてはほと〳〵書くべきことも尽き果てたり然《しか》るを猶《なほ》も古き机の抽斗《ひきだし》の底雨漏《も》る押入《おしいれ》の

片隅にもしや歓場《くわんぢやう》二十年の夢の跡あちらこちらと遊び歩きし茶屋小屋《ちややこや》の勘定書さてはいづれお目もじの上とかく売女《ばいぢよ》が無心の手紙もあらばと反古《ほご》さへ見れば鵜《う》の目鷹《たか》の目。かくては紙屑《かみくづ》拾《ひろひ》もおそれをなすべし。

作家としての、窮極の自虐。なんと時おりには自分の作品は、そこらの紙屑の中から生まれることを明かしてしまうのだ。清雅な孤独の中での書く快楽を語る一方、こうした情けない創作ネタを読者に明かすのも、実に荷風は好きですねぇ。家の中に散らばる紙片を必死で拾い集めて、ハイ……と読者にさし出すみたいな。

同じく随筆『十日の菊』（大正十三、一九二四年）も、いわばパピエー仕立て。それこそ終始、机の抽斗《ひきだし》につっ込まれていつの間にか「廃物利用」され四散した草稿についてのお話です。『黄昏』と題されたその長篇小説の草稿は結局、「煙管の脂を拭ふ紙捻になつたり、ランプの油壺やホヤを拭ふ反古紙になつたりして」うやむやに消え失せた。しかし荷風は何だかしきりに、上質な日本紙ゆえのその実用性を誇っている。

そのあたりの彼の口説を、『十日の菊』より聴いてみましょう。

わたしは平生草稿をつくるに必ず石州製の生紙を撰んで用ひてゐる。西洋紙にあらざるわたしの草稿は、反古となせば家の塵を掃ふはたきを作るによろしく、揉み柔げて厠に持ち行ば浅草紙にまさること数等である。こゝに至つて反古の有用、閒文字を羅列したる草稿の比ではない。

すなおな方、この口説をすべて信じてはいけません。しだいに韜晦になるところが、怪しい。己が草稿を「閒文字を羅列した」ものなどと、自嘲したり。

少なくとも『黄昏』の草稿を、厠紙《かわやがみ》になど絶対使っていないと思う。荷風はとりわけ、紙と文字を神聖視する人ですから。逆説的に荷風がここで述べたいのは、和紙に毛筆で書くことにより生ずる、文章の摩訶《まか》の気韻についてなのです。この話題の最後で、鷗外の「無罫の半紙に毛筆をもつて楷行を交へたる書体、清勁暢達、直に其文を思はしむる」原稿の清々しい威風に、感じ入り敬意を捧げていることからも、それは明らかです。

ともあれ、こうした草稿の反古《ほご》、というイメージを荷風はその小説にもしきりに活用します。例の問題作に発展する原形の『四畳半襖《よじょうはんふすま》の下張《したばり》』（大正六、一九一七年）もそういえば、パピエーを巧みに使って猥褻と軽やかに戯れてみせる作品なのだ。

「我友烏有先生《わがともうゆうせんせい》」がたまたま惚れ込んで買った、横町のとある古家の四畳半の離れ。その襖の下張りに、おや？　何か一面に字を書きつらねた文反古が――。

いかなる写本のきれはしならんと、かゝる事には目ざとき先生、経師屋が水刷毛奪《うばひと》取りて一枚々々剝がしながら読み行くに、これぞも誰が筆のたはむれぞや。

どうもそれは、かつてのこの家の住人である老いた文士の色懺悔《いろざんげ》らしく。紙片が失せていたり断裂したりするその文反古を、烏有先生《うゆうせんせい》が苦心して読み釈いてゆく、という恰好なのですが。途中告白がキワドイ局面にさしかかると、「一枚の紙こゝにて尽きたり後はどこへ続くやら」とか「次の紙片《かみきれ》読みて見ん」などと、烏有先生のとぼけた合の手が入る。

『雨瀟瀟』と同じくこれは、日本のメイゾン・ド・パピエーを象徴する郷土文学の実践であり、かつ猥褻の言葉狩りをする当局の検閲をすり抜けるゲリラ戦法のこころみでありましょう。そして大げさに言えば、〝小説〟に対する私たちの概念を崩しにかかるこころみも張りめぐらされているかしら。何せこの作品はまず家屋の一部――襖の下張りとして出現するのですから。家としての作品、作品としての家――？

そして読者が読む前にまず、古紙片と烏有先生の間に、作品と読者の関係が成立してしまっている。それを迂回《うかい》して、私たちが受け取るという次第。しかもそれだけでは済まない。この構造は旺盛な増殖効果をはらんでいる。読者は、烏有先生が手にするきれぎれの紙片の間を埋めたり新たな下張りを発見したりという体で次々、続篇や別稿を書き継ぎたいという欲望を仕掛けられてしまうのだ。

荷風自身この効果に自覚的であったことは、贋作の快楽をテーマとする小説『来訪者』（昭和十九、一九四四年）があることにも明らかだ。主人公は、荷風を色濃く投影する六十代の小説家「わたくし」。たまたま知り合った二人の青年愛読者につい、「草稿を入れた大きな紙袋の三ツ四ツ」を貸したのがもとで、その中の『怪夢録』なる小説を写し取られ自筆本として売り出されてしまう。しかも後には、手紙まで贋造され。市井を売り買いされるパピエーの、まるで生き物のように出没するぶきみな動きが、印象的な作品です。

以上つくづく思うのは、荷風と紙との親密な関係で。彼にとって紙は、単なる文房具ではない。押入れや襖の下張り、原稿紙製作などの紙仕事もこなす荷風にとって〝書く〟とはまず、――紙の感触そのものなのでは。指先や筆先に触れるそれは蝶の幽《かす》かな羽のようであり、しおれかけた花びらのようであり……あるいは柔らかい雪の面。だから彼にとって〝書く〟ことは肉感性と深く結びついているのだ。

そういえば、『耳なし芳一』のあの琵琶法師は、皮膚をパピエーの代りとして全身に梵字を書かれていましたっけ。日本には『古事記』以来のタトゥーの伝統もあるし。東洋独特の、そうした身体性と密に関わる紙の特質と恩恵を、荷風ほど豊かに享受している近代作家は他にいないと思います。あ、後は彼の衣鉢を継ぐ谷崎潤一郎くらいかな。

散歩の路もそろそろ尽きてきたけれど。己が草稿をはかない捨て草と見なす、荷風の深層意識に沿ってもう少し歩いてみようかと。

そこにはもちろん戯作者的卑下意識がからまっているのだけれど。しかしもう一つには遠く、古典の中の隠者の淡々とした著述姿勢への想いがあるのでは。『矢はずぐさ』『築地草』など〈草〉を冠するエッセイもあるように、荷風は『徒然草』を愛しており、そのイメージは彼の作品のところどころに反映されている。

そしてほら、『徒然草』第十九段であの世捨て人はこんな風に言うでしょう、季節のそれぞれの趣をつづった後、しかしこんな事は皆言い古されたものと羞じらいながら。

おぼしき事言はぬは腹ふくるゝわざなれば、筆にまかせつゝ、あぢきなきすさびにて、かつ破《や》り捨《す》つべきものなれば、人の見るべきにもあらず。

されどしょせん、自分の書くものは破り捨てるもの、ひとさまに見せる稿でもないので好きに書きましょうと。このようにどうせの文反古として消失されるイメージは、『徒然草』全体に通底していて。『雨瀟瀟』にとても雰囲気が似ている第二十九段にも、こんな言葉が出てきます。長夜のつれづれに昔恋しく、身の回り品や古い手紙などながめ始めた孤独の法師は——。

静かに思へば、万《よろづ》に、過ぎにしかたの恋しさのみぞせんかたなき。
人静まりて後、長き夜のすさびに、何となき具足《ぐそく》とりしたゝめ、残し置かじと思ふ反古《ほうご》など破《や》り棄《す》つる中に、……

書き読むいとなみは比類ない愉悦であるけれど、それさえ「世のほだし」として放擲《ほうてき》する法師の乾いた終末観は時折、「破り棄」てられ風に舞うパピエーを、野辺に散らばる白い骨片とさえ幻視させる。比してそれどころか、文章を売って暮らす自分は――。ことさら無造作《むぞうさ》に己が作品を紙反古と見立てる荷風の志向には、隠者の無欲な著述姿勢へのあこがれ、かつ生臭い自身の売文のいとなみへのいささかの慙愧《ざんき》や羞恥も漂っているのかもしれません。

そんなわけで。こんな所にもパピエーがひらひら、つゆのあとさきの風に舞っている。色々と問題含みの小説『貸間《かしま》の女』を改稿し、『やどり蟹』と題して『中央公論』昭和二年七月号に発表した際、その経緯を冒頭にことわった「はしがき」の中です。

今年六月のはじめ、恰も大掃除といふ日、適《たまく》中央公論社の島中氏訪ひ来りて、そこら家の内といはず外といはず反古紙筆の鞘なんど、椎の落葉と共に取り散したる物の中より、ふと此草稿を見つけ出し、わが止むるのをも聴かで奪ひ去りしかば、今はいかにともせんすべなく、せめては命題なりとも新にせんとて旧名のこゝろを取りてやどり蟹とはなせしかど、草稿の第十回のをはりより十一回のはじめにかけて、紙およそ数葉ほどちぎれて失せしあたり、感興既に消え去りし今となりては俄に補ふこともなりがたくて、……

え。これによると『やどり蟹』は、落葉やゴミといっしょに焚きつけられようとしていた、その中から無理に中央公論社の編集者に収奪されたパピエーであったというわけで。

もちろんうそ、ファンタジー。しかし猥褻部分の余儀なき削除を、紙片が数枚失くなっていて……と巧妙かつノンシャランに言い訳する手でもあるし。何より荷風は時々、落葉と共に労作を淡々と燃やしてしまう自身の姿を心の中にイメージしたかったのでしょうね。

一方、読者であるこちらはこちらで、愉しい想像をかき立てられる。では荷風には全集所収作品の他にこんな風に、焚火に投じられた幻の作品があるのかしら。そういえば。荷風遺愛の机や簞笥の引き出しなどは、よくよく調査されたのだろうか？　荷風愛読の小説、レニエの『生きている過去』の中にも、ロココ朝のアンティークの机の二重の引き出しから、先祖のひそかな恋文が発見される場面があったではないか。

それとも——荷風の市川市八幡の家の襖の下張りとか押入れの壁、天井も怪しい。幾重に張られた反古紙の下からたった今も、彼の草稿や書簡が出現するかもしれない。そんな幻の作品発掘の夢に、いささか胸がときめいてしまいます。

印刷され出版された作品で完結することなく。その周辺に雲気《うんき》のように幻の草稿の紙片をまき散らし、読者と無限にアソんでくれるのも、パピエーを深く愛する作者・荷風ゆえの芸でありましょう。

封印されたヒロイン

荷風文学のヒロインは、おおかたアソビの世界の女性で埋め尽されている。新橋や柳橋の芸者、カフェの女給、ダンサー、路傍の娼婦、歌手……まさに百花繚乱なのだけれど、ここが誤解を生むところでもあって。女性の読者にとっては、アソビの世界はどうも居心地が悪い。それにどうしても、そうした世界に踏み込む男性主人公ないし荷風の分身的な存在を、色欲目的と思い込んでしまうので。

それはもちろんそうであるにしても、しかしそればかりではない（微妙な言い方ですね）。息をととのえ気を落着けて読んでみると、荷風はそうした女性たちと、実にさまざまなつきあい方をしているのだということがよくわかる。ほんとうに、万華鏡のように色々。荷風は若い頃は別として、むしろ男性とは、少数の心ゆるした友人以外かなり単調で表面的な接触しかしていないのではないでしょうか。

荷風文学のヒロインにまつわるいささかの誤解や思い込みを解くためにもまず、荷風の女性への思いや観察のいくつかの結び目に触れてから出発したいと思います。そのため次の第一節は、幻燈仕立てにしてみます。楽しく儚《はかな》い影絵を見るように軽速に、女性がしなやかに息づく荷風文学の情景を見てゆきましょう。少し明りを暗くして——始めます。

さいしょの一枚。ここは、鰻屋に仏具屋、役者の家待合い妾宅こまごまと立て込む築地二丁目かいわい。その中の「家造《やづく》り清洒軽快、凝つて渋味ある」一軒の玄関先。

実はこれは下町に仮暮しし始めた頃の三十七、八歳の荷風がけいこに通っていた、三味線の師匠・清元梅吉の住いなのだ。当時荷風はすでに一生独身を貫くことを決意、年とって外出できなくなったらひとりの家の中はさぞ淋しかろうと、孤独の老後に備えて三味線を習い始めたと言っている。一人で生きるためにこういうところ、荷風は実に慎重で細心だ。

さておけいこが終わって荷風は今、下駄をはこうとするところ。でもふとその動作を止め、土間に脱ぎそろえられた綺麗な女ものの履物をつくづく眺めて心中つぶやいている。身辺記『築地《つきぢ》がよひ』（大正六、一九一七年）より。

梅吉がもとに通ひ来る弟子皆妓《ぎ》なり。柳橋最も多く新富町《しんとみちやう》葭町《よしちやう》これにつぐ。素人《しろうと》にして而《しか》も男たるもの蓋《けだ》しわれ一人のみ（中略）毎朝格子戸口の土間に抜ぎすてらるゝ女の履物幾足とも知れぬが中に鬼の如き日和下駄《ひよりげた》只《たゞ》一足目に立つも可笑《をか》しき限りなり。

「素人にして而も男たるもの蓋しわれ一人のみ」——おお、硬派の漢語調。荷風はけれどこういう時、決していやがったり恥ずかしがったりしない。むしろ小さな愛らしい「女の履物」の沢山ある中に、ぽつんと自分のゴツイ「日和下駄」があるのを面白がったり楽しんだりしている。

女性、のみならず女性の集まるやわらかくて華やかな空間そのものに、深い愛着を抱く荷風の傾向がよくわかる。彼が後にする梅吉師匠の家では、芸妓たちのかき鳴らすそう上手《うま》くもない三味線の音が、まだにぎやかに響いているのでしょうね。ついでに言えば、ここでは履物ばかり在って、あでやかな姐《ねえ》さんたちの姿の無いのがミソですね。

次の一枚は、これも築地あたりです。夜更けの料亭からよろめき出て来る「紳士達」。むりやり芸妓に頰ずりする彼らの様子を、まことにイヤラシイものと、身震いしながらみつめる荷風の視線が突き刺さる。エッセイ『新年』(明治四十四、一九一一年)より。

築地あたりの堀割《ほりわり》を歩くと、夜更けた人なき町を幸ひに、自分はまた其《そ》の辺の料理屋から田舎出の議員らしい紳士達が如何《いか》にも愉快さうに女に戯《たはふ》れながら出て来るのを見る。自分は何故《なぜ》あの人達のやうに、悲鳴を上げて厭がる半玉《おしやく》の横顔に頰髯《ほゝひげ》をなすり付ける勇気を持たなかつたであらう。

もちろん、逆説。そんな「勇気」のないことこそ、立身出世コース脱落の独身者・荷風の誇りのはずなのだから。あの無理無体、あの野暮あの下品あの醜い男たち……。荷風の歯ぎしりが聞えてきそうだ。力ずくで侵《おか》すオトコとしてしかふるまえない同性たちの単調でぶこつなアソビを、冷たく見下げる荷風が、暗い路傍にじっと佇《たたず》んでいる。

買い手と商品、あるいは支配者と被支配者——そんな不自然な上下関係ではなくて。おそらく荷風はこんな風に親しく身近にナチュラルに、女性のそばに居たかったのではないか、と想わせられるのが『すみだ川』（明治四十二、一九〇九年）の幼なじみ、長吉とお糸の関係です。

長吉はお糸との恋を成就したい、と思いつめているのに、最近芸者の下地ッ子になったお糸はさほどでもない。新しい世界の華やかさに気を取られているようす。かといって、幼なじみの長吉への優しい親愛の情は、やはり純なままお糸の胸のどこかに結ばれていて。だから長吉は揺れてしまう。とりわけ長吉の母のもとへ久しぶりに暮れのあいさつにやって来たお糸の、少し世慣れてあざやかな美少女ぶりに、長吉が切なく振りまわされる様子は印象的です。

長吉は顫《ふる》へた。お糸である。お糸は立派なセルの吾妻《あづま》コオトの紐《ひも》を解き〴〵上つて来た。（中略）「いやにふけちまつたでせう。皆さう云つてよ。」とお糸は美しく微笑《ほゝゑ》んで紫縮緬の羽織の紐の解けかゝつたのを結び直すついでに帯の間から緋天鵞絨《ひびろうど》の煙草入を出して、「をばさん。わたし、もう煙草喫むやうになつたのよ、生意気でせう。」

今度は高く笑つた。

（この箇所のみ、昭和三十八年『荷風全集』第五巻より引用）

女性の服飾化粧へのなみなみならぬ興味と造詣を持つことを、早くから荷風は友人あての書簡に吐露しているけれど（明治三十八年四月一日、アメリカ・カラマヅーより西村恵次郎宛書簡、参照）、さすが、女性の小物使いの巧みさにうならせられます。

さっと取り出された真紅のベルベットの、目に沁みるハイカラな色……！　勝気で可憐なお糸にぴったりです。しかもそれは生意気なことに、煙草入れ。ここを読むと、民俗学者の柳田国男が女性と煙草との深い関わりの歴史、要するに古代の巫女は、神憑りの状態に入るための手段として喫煙によってもたらされる酩酊を利用していた、という発端を説く名エッセイ『女と煙草』を想い出してしまいます。

少年の日故郷で目にした、花嫁行列の思い出――「どんなお嫁さんかと思つて挨拶に出て見ると、それは〳〵美しい細い銀煙管で、白い小さな歯を見せて煙草をのんで居た」。柳田もやはり、儚げな美少女が煙草をのむ光景にいたく感動しているのですね。

ともあれ、哀れな長吉。お糸の前で「首ばかり領付《うなづか》せてもぢもぢして」。この間まで同じ子供だったのに、芸者修行に出てサクサクと綺麗に変身してゆくお糸を見て、商品として流通する女の子の方が、この身一ツでは売れず勤勉努力して世過ぎしなければならない男の子より、うんと楽だなア。男は損だな――なんてことも、想っていたのかもしれません。

少し趣を変えて、『ふらんす物語』から。うふふ、この一枚はかなり恣意的に選びました。舞台上の半裸の女優の肉感的な姿に、われを忘れて見呆ける男の姿。これなどは従来、だから荷風はイヤラシイ……と思われてきた最右翼的シーンなのではないでしょうか。

短篇『舞姫』（明治四十一、一九〇八年。『ふらんす物語』初版が発禁となり、新篇として改めて編集される際に削除された一篇。つまり『放蕩』などとともに、〈危険〉とみなされた作品といえる）の舞台は、リヨンのオペラ座。ファウストの歌劇が始まって、まばゆいフット・ライトが女優たちの横たわる洞窟を照らし出します。

君は、明《あかる》き灯の下《もと》に、あまた居並び、横《よこた》はりたる妖女の頭《かしら》に立ち給ひき。君は透《すき》見ゆる霞《かすみ》の如き薄紗《うすもの》の下に肉色したる肌着《マイヨ》をつけ給ひたれば、君が二の腕、太腿《ふともも》の、何処《いづく》のあたりまでぞ、唯一人君を寝室《ねべや》に訪ふ人の、まことに触れ得べき自然の絹にして、何処《いづく》のあたりまでぞ、君が薫りを徒《いたづ》らに、夜毎《よごと》楽屋の媼《おうな》の剝《は》ぎとるべき、作りし肌《はだえ》なるべきか。かくも、わが目は掻乱《かきみだ》されぬ。かくもわが血は君が肉《しゝむら》を慕ひにき。おゝ、ローザ、トリアニ！

これははっきり、好色の視線。それは弁護のしようもありません。でも二つ三つ指摘しておきたい点がある。まず、かなり迂曲《うきよく》し屈折した好色であること。ここで「われ」の血走った眼が必死でまさぐるのは、肉襦袢で作り込んだ第二の皮膚と、素肌としての第一の皮膚との境目、ある種の真実。でもそんな境目など初めからないことも、「われ」は頭のどこかで明断にわかっていて。

つまり芸能者の肉体に惹《ひ》かれるとは、そういうことだから。作り込んだ人工の虚構の肉体であるからこそ、狂おしい讃仰を浴びる価値がある。もしフット・ライトが消え、肌着お白粉もろもろが取り除かれたら、それはこんなに熱い狂惑を惹き起こすかどうか。だからこの好色の視線には、〈幻想〉だの〈魅惑〉だのの本質をめぐる哲学的思惟がひっからまっている。わざわざこうした七面倒くさい肉欲にはまり込むところが、荷風の特質なのです。

それに。このローザ・トリアニの艶姿はもちろん、荷風の鍾愛《しょうあい》するゾラの小説『女優ナナ』を彷彿させる。けれど気づかされるのは、『ナナ』ではこんな風に熱狂するただ一人の姿は決して描かれなかったことだ。

ゾラが舞台上のナナと対比して熱心に描出するのは、彼女にシビれる「千五百人の観客」の「くたくたになりながら興奮し、眩暈に襲われたように揺れ動く」様相なのであって、エネルギー体としての〈群衆〉の存在感は、『女優ナナ』の大切なテーマです。

しかし荷風は逆に、そんなスケールの大きな人間のカタマリには全く興味がない。街でけばけばしく化粧したローザ・トリアニを見かけて以来彼女をひそかに追っかけ、毎夜劇場に足を運ぶたった一人の「われ」の興奮、胸のトキメキ、身体のウズキにぴったりと寄り添います。『舞姫』の最後の一節もすごい――「われは君を愛す。ローザが腕よ。ローザが胸よ。ローザが腿よ。ローザが肩よ。おゝ、ローザ。トリアニ。リヨンのオペラ座、第一の舞姫、ローザ、トリアニ」。この短い文章に、「ローザ」の名は十五回も連呼されています。確信犯的に痴的文章を形成し、女優の肉体に惑乱する「われ」の熱狂の象徴としているわけですね。

ここには実に、日本近代小説初の、アイドルに没入する〈ファンの誕生〉が描かれているのではないでしょうか。近代文学の志向してきた知的に統合された自律的人間像とは異なる、知と痴の入り組んだ人間の追求、という意味でも面白いし。それに、劇場ダンス場など大衆娯楽施設がたくみに配置され、都市・東京の形成されつつある時代のパズルの中にはめ込んでみると、〈ファン〉という新しい存在への注目は、大変にキレがよい。だから簡単に好色、とだけは、片づけたくないなあ。

さいごの一枚はすみだ川暮色なので、さらに明りを落しますね。蒸し暑い梅雨の一日も、夕方になって少し涼しくなってきて。かすかな川の水音、薔薇色の夕焼けのなごり。橋の上に佇《たたず》むのっぽの荷風と、小柄な若い女性のシルエット。彼女はゆきずりの街娼で、荷風はその経歴を小説に仕立てるべく、身の上話に耳を傾けている。

その経歴をきかむと思ひ吾妻橋《あづまばし》上につれ行き暗き川面を眺めつゝ問答《もんだう》すること暫《しばら》くなり。

（『断腸亭日乗』昭和二十四年六月十八日）

不思議な時間。それだけでサラッと別れようと「参百円ほど」渡そうとすると彼女は、「そんなに貫つちやわるいわよ」と明るく拒む。若い娘の自然の善良は、戦後の荒廃に乾ききっていた荷風の心をうるおし、本当に久しぶりにこんな温かい感情を湧出させるのだ――「その悪ずれせざる様子の可憐なることそゞろに惻隠《そくいん》の情を催さしむ。不幸なる女の身上を探聞し小説の種にして稿料を貪らむとするわが心底こそ売春の行為よりも却て浅間《あさま》しき限りと言ふべきなれ」。

荷風のヒューマニティの真骨頂はこんなところにある。けれど買った菓子パンを歩きながらガツガツと食べ、「家なき乞食」のよう、と自分をあわれみ、疑い深く隣人を偵察する戦後の『断腸亭日乗』には久しく見られなかった表情だ。

老いてゆく過程で、広く豊かに複雑であった荷風の個人主義は乾き干からび、矮小なエゴイズムに後退してしまう。彼自身時々そのことにはっと気づいて。そんな閉じた彼の心に触れうるのは、若い女性の純でみずみずしい生命感のみなのだ。

だからこのあたりを皮切りに再開される浅草通いやストリップ劇場への出入りは、老耄《ろうもう》のイロケというよりも、自己の作家生命をかけての荷風の不退転のアソビだったともいえよう。それにしても、若い頃から老年まで、川の流れは荷風によく似合う。ここでの昏《くら》く静かなすみだ川は、荷風の身体のどこかをまだかすかに流れる、情感の泉のようだ。

II

さて、荷風文学の女性像および作者の女性観について少し柔軟体操をしたところで、本題に。アソビの女性といったところで一くくりになど到底できず。荷風の心にそのつど舞う雪華のように多面的な情感や思索をていねいに受けとめ、その艶やかなエロスを感じてゆきたい、という決意を私は新たにしました。

と同時にあらためて認識されたのは、やはり。荷風文学のほぼ全面はアソビの世界の女性に覆われているのだなぁ、ということで。それだけ描きがいがあるのでしょう。しかし初めから荷風は、そうした状況のみを望んでいたのだろうか？　異なる女性像の系譜は、彼にはありえないのだろうか？

こんな問いかけを持ったのも、己が未完の小説について縷々《るる》語る荷風の不思議なエッセイ『十日の菊』（大正十三、一九二四年）を、ふと目にしたからで。このエッセイの主人公はいわば、「わたし」の家の古机の引き出しにしばらく眠っていた「百枚ほどの草稿」。しかし今は、それさえ無い。四、五年経つうちにある一枚は「煙管《きせる》の脂を拭《ぬぐ》ふ紙捻《こより》」となり、ある一枚は「ランプの油壺やホヤを拭ふ反古紙」となり……結局は霧散してしまったのだ。

けれど「わたし」はなかなかにこの幻の小説に執着していて。それを書き始めた当時の苦心、その工夫をめぐっての親友・井上唖々《あゝ》とのやりとり、挫折したくやしさ——つまりは己が創作の苦楽をため息のように洩らしつつ、現在も冬日射す中、一心に筆を執る創作者の「清絶な」姿を最後に掲げて、このエッセイは閉じられている。で、それだけのことなら長い小説家人生を歩む荷風のこと、似たような幻の小説も多々あるのでしょうが。意表をつかれるのは、この小説が実は「米国の大学を卒業して日本に帰つた」バリバリの「新しい女」をヒロインとするものであったことだ。しかも「わたし」はそれを、けっこう波乱含みの「長篇小説」に仕立て上げようとしていた……。もう少しくわしく、「わたし」のもくろみを聴いてみましょう。

　まだ築地本願寺側の僑居《きようきよ》に在つた時、わたしは大に奮励《ふんれい》して長篇の小説に筆をつけたことがあつた。其の題も「黄昏《たそがれ》」と命じて、発端およそ百枚ばかり書いたのであるが、それぎり筆を投じて草稿を机の抽斗に突き込んでしまつた。（中略）

　わたしは何故百枚ほどの草稿を棄てゝしまつたかといふに、それはいよ〳〵本題に進入るに当つて、まづ作中の主人公となすべき婦人の性格を描写しようとして、わたしは遽にわが観察の尚《なお》熟してゐなかつた事を知つたからである。わたしは主人公とすべき或婦人が米国の大学を卒業して日本に帰つた後、女流の文学者と交際し神田青年会館に開かれる或婦人雑誌主催の文芸講演会に臨み一場の演説をなす一段に至つて、筆を擱《お》いて歎息した。

　初めわたしはさして苦しまずに、女主人公の老父が其《その》愛嬢の帰朝を待つ胸中を描き得たのは、維新前後に人と為《な》つた人物の性行については、兎《と》に角《かく》自分だけでは安心のつく程度まで了解し得るところがあつたからである。これに反して当時の所謂《いはゆる》新しい女の性格感情については、どことなく霧中に物を見るやうな気がしてならなかつた。

ほんとうに？ 米国留学の女流文学者、彼女のおこなう演説、青年会館……およそ荷風の小説世界とは縁遠いような要素ばかり。時々荷風はこのように己が未完・未発の小説について語る癖があり、エッセイ『つくりばなし』（大正六、一九一七年）なども『すみだ川』の続篇の構想について、ですます調で楽しげに饒舌に語るもの。原案を語るいとなみそれ自体が、もう小説になっているような老獪《ろうかい》な趣。なので、『十日の菊』もそのまますなおに信じてよいのでしょうか？

そんな草稿は元より無く、荷風の一つの仕掛けかもしれないのに。しかし荷風はさらに執拗に、『黄昏』に着手したのは戯曲『三柏葉樹頭夜嵐《みつがしわこずえのよあらし》』（大正三、一九一四年）発表の七年後、と言っている。ということは、『黄昏』は大正十年頃書き始められた計算に。『断腸亭日乗』のそのあたりを見ると、たしかにあります――「大正九年三月二日。小説黄昏の腹案成る」。

信じてみましょう。たしかに、小説『黄昏』は在ったのだと。そして在った、と考えてみると、綺麗にパズルがはまるように当時の（そしてそれ以前の）荷風の色々があざやかにわかってくる気がします。特に新帰朝者としての彼の意気とか、社会改良問題への身の処し方といった部分が。

実は荷風は明治四十年代から大正十年代にかけて（とりわけ一九一〇年代前後において）、当時先端の知的女性をヒロインとする長篇小説があっても不思議ではないくらい、〈新しい女〉や〈婦人運動〉〈女権主義〉〈男女同権〉など、つまり台頭するフェミニズムに対して積極的に発言しつづけている人なのだ。にもかかわらず、荷風と近代フェミニズムの問題はあまり注目されてこなかった。なぜか。それはもちろん一方で彼が、男におもちゃにされる女性の受動的な儚い姿に惹《ひ》かれ、渾身の力でその弱さの価値を描きはじめた圧倒的勢いのせいがあるのでしょう（一連の花柳小説がほとばしるように書き始められるのも、一九一〇年代から）。

何しろ芸娼妓・妾の全廃が婦人運動の内部で叫ばれている時に、あえて『妾宅』（明治四十五、一九一二年）などの作品を発表する作家ですから。およそフェミニズムと遠いところに居ると見なされて、無理はない。また一つには、彼の書き方のせいもあると思う。

〈男女同権〉とか〈新しい女〉を正面からテーマとして論じるという姿勢を、彼は徹底的に回避しているので。そうした問題は、アラベスクのように絢爛に織り上げられた芸術論文学論音楽論、エロス滴る情痴小説の中にこっそりと忍ばせられていたり、あるいは荷風の毒舌の中に揶揄や嘲笑の的《まと》として巻き込まれていたりする。なので、荷風が近代を生きる女性の現在・未来に少なからぬ考察を投げかけていることは、見すごされてきたのでしょう。

しかし色々な発言その他を拾い集めてみると、荷風が男女同権（彼の場合は社会的権利というより、内面――精神やエロスの権利に傾いている点が特徴）や、とりわけ芸術における女性の活動に強烈な関心を抱いていたことは明らかです。

その中には時おり拙いほど直截な意見も開陳されており、文章としては平板だけれど、社会改良に向けての荷風の意気込みがストレートに伝わってもくる。

だから私は思うのですね、『黄昏』のヒロインのモデルが中條百合子（宮本百合子）だったとしても、ちっとも驚きません。現に、『毎月見聞録』大正七年九月二十六日の項には「閨秀作家中條百合子米国へ渡る」と記されている。やはりそうとうに、関心があったのだ。

中條百合子は大正七、一九一八年、十九歳で渡米、コロンビア大学聴講生としてニューヨークに留まり恋愛結婚、一九一九年末帰国。すでに一九一六年『貧しき人々の群』でデビューしていたこの新進女性作家の先進的な数々の行動は、文学者の間で大きな話題だったはず。『黄昏』腹案成立は一九二〇年ですし。中條百合子がモデル、と考えてほぼよいでしょう。

それほど当時の荷風の立ち位置は、社会主義（その穏健な社会改良運動方面）の肩先に接している。それに、自分のヒロイン、米国に留学し文学をこころざす女性を揶揄や嘲笑で彩ろうともしていなかったと思う。そんな手法では、長篇小説は持ちませんもの。やはりヒロインに深く温かい思い入れを注がなければ。

さてではこんな点に注目したところで、明治三十年代末から大正十年まで、つまり主に一九一〇年代前後に集中する荷風のフェミニズムに関する発言の概要を見てゆきましょう。『荷風全集』第三十巻「著作年表」（岩波書店）、『日本女性文学史（近現代編）』（岩淵宏子・北田幸恵編、ミネルヴァ書房）、平塚らいてう『元始、女性は太陽であった』（大月書店）など参照して関連事項もまじえ、年表風に並べてみます。＊印が、関連事項および稿者注です。

〔明治三十八、一九〇五年〕

「西村恵次郎宛書簡」（四月一日カラマヅー発）書簡の大部は、アメリカ女性の観察についやされる。社会上「女性の権力は極度に（或点は過度に）拡張されて居」ると分析し、中流以上の家庭の娘は男性と同等の教育のあることを報告する。「アメリカの女と来たら天下に何一ツ可怖《こわ》いものはない」とその圧倒的な権力に呆れてみせながらも、「日本の娘の様に」男性に従属せず、各方面に「天与の才能を発揮して行く事が出来る」アメリカの若い女性のはつらつとした様子に、荷風は全体的に非常な好意を寄せている。

彼女たちの華やかな活動により、社会全体が明るくにぎわうことを羨んでもいる。末尾近くには、「私は出来る事なら全力を尽くして、日本の女性を自由の光栄に浴さしめたいと思ひます」との強い発言もある。この時点での荷風の帰国後の一つの目標に、文芸による女性解放の抱負のあったことが推察される。

＊当時のアメリカは都市化と産業化の進む中、大学教育を受け多くは教職・保育職に就いて自活する中流階級の女性が〈新しい女〉として活躍し始めている。彼女達は劇場ダンスホールなどの消費的公的空間へも男性に伍して進出した。一九〇三年には婦人労働組合同盟が結成、働く女性の組織化も推進されている（M・エヴァンズ『アメリカの女性の歴史』明石書店、参照）。

＊明治四十、一九〇七年六月生田長江の発案により閨秀文学会設立。青鞜社の前身。
＊明治四十一、一九〇八年一月社会主義婦人講演会が行われる。

〔明治四十二、一九〇九年〕

『仏蘭西現代の小説家』（二月『秀才文壇』）フローベル、ゾラの流れを汲む「実験的写実小説」の流行を指摘、その中で特に自身の注目する何人かの現代作家とその作品を紹介する。ここで一つ荷風が関心を持つのは、女性の職業や結婚に関する作品であって、生活苦と戦う女教師をヒロインとするフラピエー『田舎の女教師』（これは『地獄の花』の一つの下敷きであると同時に、田山花袋『田舎教師』のネタ本でもあるのでは……？）や、「婦人問題を研究した」ポール・マルグリットの『新しき婦人』、男の犠牲となり私生児を抱え苦労する女性の犯した罪の是非を問うエドアール・ロー『無用の努力』などを推賞している。

『最近の仏蘭西劇』（六月『秀才文壇』）フランスに特色的な「社会劇」のジャンルの紹介。ここでも荷風は、自ら離婚を選んだり私生児を抱えるヒロインが意志的に苦難を生きてゆく、いくつかの社会劇に強い関心を示す。

「三木露風宛書簡」（九月九日発）フランス詩壇で「ノアイユ、ドラリユー其の他いく多の女詩人の詩」が遂に一大勢力として認められたことを慶賀し、ノアイユ夫人などの女性特有のあざやかな情熱の吐露と繊細な感覚にオマージュを捧げる。そうした女流の趨勢の日本詩壇にも現われることを、荷風は強く願っていたふしがある。

『帰朝者の日記』（十月『中央公論』）　これはもう、有名な小説なので。主人公が胸ときめかす富豪の令嬢・春子のありように、当時荷風の抱えていた婦人問題が集約されているのは明らか。英語フランス語を自由にあやつり、アメリカ青年とごくナチュラルにつきあい結婚を約するとびきり知的でインターナショナルなこの女性は、荷風の一つの理想でしょう。

でも彼女を描写するのは、何だか苦しそう。イタリア大使邸でのヴィオロン演奏会で、令嬢の隣りにすわった「自分」にしきりに彼女の瞳の美を礼讃させているのだけれど、どうも若い女性のみずみずしい薫りや艶が伝わってこない。音楽を愛する春子嬢はあきらかに、『あめりか物語』中の『六月の夜の夢』の謎めいた少女・ロザリンの系譜を引く人のはずだけれど。ロザリンを幻想的に彩っていた蛍火《ほたるび》や夜露、ハニーサックルの花の香などの自然が無いゆえか、春子嬢の分はかなり悪い。知的女性にそんなにびくつかないで、がんばって、荷風！　という感じ。

『冷笑』（明治四十二年十二月〜四十三年二月『東京朝日新聞』）　初の新聞連載とて、荷風が己が本懐の色々をきらびやかにまき散らした、アラベスク的小説であり随筆であり批評であり……。しかし今あえて単純化してしまえば、この小説には〈文化芸術論〉〈情痴小説〉〈社会改良論〉の三本の柱があり、社会改良論の中で婦人問題がしきりに論じられる。

主人公の小山清は「英吉利《イギリス》の婦人が選挙権を得やうとする運動にも同情する位の女権論者《フエミニスト》」であり、「男女同権の説を奉じて」いる青年銀行家という設定。米国留学中に女性が「帆船《ヤット》の競争をしたり、野球《ベースボール》の試合」をするのを見て大いにエールを送ったのであるし、「従来の道徳は何故男子の貞操に寛大であつて、女子の貞操に厳酷であるかを怪し」んでいる。

この清が同志を募り、無味殺伐の世間に対抗してさまざまの趣味の会を催すのが主筋だが、「*Noaile*《ノアイユ》伯爵夫人」のようにあざやかに情熱的な教養高い女性の同志もぜひ欲しいというのが彼らの一致した願望。けれど「世の中が実用（稿者注。良妻賢母であること。良妻賢母主義は、明治国家の一つの要《かなめ》）以外に女性を見るほど進んで居ない」ので、そんな機知に富むクリエイティヴな女性をこの国土で探すのは無理、と皆あきらめている。
＊明治四十三、一九一〇年五月大逆事件。
〔明治四十四、一九一一年〕
『伊太利亜《イタリア》新進の女流作家』（九・十・十二月『三田文学』）これは要注意！の翻訳。イタリアの先端的女流文学の紹介なのですが、何しろ女流文学興隆ののろしを掲げる『青鞜』の創刊と同時発表なのです。荷風には明らかに、色々の思わくがある。これについてはくわしく後述します。
＊『朝日新聞』、欧米における女性解放運動の趨勢を「フエミニズム」として紹介。
＊九月一日、『青鞜』創刊。
＊九月、松井須磨子『人形の家』のノラを演じる。
＊『三田文学』七月号、十月号相次いで発禁となる。以降塾監局の検閲を経て原稿を印刷所へ入れることとなる（荷風『文反古』参照）。
〔明治四十五、一九一二年〕

『暴君（社会劇二幕）』（一月『中央公論』）この社会劇には三つのモチーフがある。一は、主人公・川原伯爵の結婚問題。一は近代史の偽造ならびに言論を抑圧する〈検閲〉への批判、一は伯爵と美妓の情痴ドラマ。結婚問題に関して、「今の女性」の教育や「女性の解放」が云々される。伯爵は自分のような放蕩者と清純な処女を良縁として平然と結びつける結婚制度の偽善と不潔を撃ち、それを従順に受容する良家の女性の無自覚無意志を批判し、周囲から孤立する。

『妾宅』（二月『朱欒《ざぼん》』、五月『三田文学』）同居する「お妾」の家事有能のしおらしい姿を、「現代の新婦人連」の口だっしゃな猛々しい姿と比較して批判する珍々先生の言葉がある——「かく口汚く罵るものゝ先生は何も新しい女権主義《フエミニズム》を根本から否定してゐる為めではない。婦人参政権の問題なども寧ろ当然の事としてゐる位である。然し人間は総じて男女の別なく、いかほど正当な当然な事でも、」それを声高く主張するのは厭らしいものだ、と先生は結ぶ。

台頭するフェミニズムに対する荷風の姿勢はこのように屈折しており、それが社会に権利を求める運動として闘争的姿勢を持つや、あたら女性を男性化するものに思え、いや気がさしてしまうのである。

〔大正二、一九一三年〕

『厠《かわや》の窓　雑感一束』（八月『三田文学』）「新しき女」の流行にしきりに触れる。ここで荷風は「新しき女」を「女子の少しく外国思想に触るゝもの」とし、そうした女性をまるで怪物のごとく異端視する世間のけちくさい風潮をあざ笑う。明治維新時の「女学の流行」の際には、「断髪乗馬」の過激な女性が街を横行していたし、芸妓さえ英語を学び書籍を購《か》うものもあったのだ、と。そして「新しき女」の問題はそのうち興味本位のジャーナリズムにもみくちゃにされ、論点が俗化され消滅するだろうことを予測する。歴史家としての荷風の眼の光る、観察。

＊二月神田キリスト教青年会館で、「青鞜社第一回公開講演会」開催。「新しい女の演説会」として新聞などに取り上げられる。この頃から『青鞜』は女流文芸誌としての出発点に一つの終止符を打ち、社会的政治的経済的婦人運動の母胎としての新展開に突入する。と同時に、ジャーナリズムの非難・攻撃・揶揄の的となる（『元始、女性は太陽であった』参照）。

＊四月文部省、反良妻賢母主義的婦人雑誌の取締方針を決定する。『青踏』『女子文壇』『女学世界』発禁処分。

〔大正三、一九一四年〕

『炉辺にて』（一月『処女』↑『女子文壇』の改題）前年発禁処分を受けた女性雑誌へのエールかとも思われる。談話筆記（?）。若い女性向けの発表誌の性格を考慮してだろう、非常にストレートでまじめな論。冒頭「青鞜の女流作家あたりを新しい女と言ふならば」とことわった上で、現在の「新しい女」はおとなしすぎるくらいで、「もつと烈しい遣《や》り方をして然《しか》るべきもの」「圧迫に反抗して己れの欲する道に進む」べきと提唱する。

しかし荷風の配慮はこまやか。このように読者を刺激・挑発した後に、「自覚」する女性は同時に「自己に対する責任」を持たねばならぬと説く。自由には自己責任が不可欠であり、その重荷を負う覚悟があるかどうかが、今後「新しい女」の真価の問われるところ。それが恐ろしければ「古い女」に戻り、「養はれてゐる奉公人」のごとき従属的境遇に甘んじるほうが無難である、と。これから人生の始まる若い女性に、意志的に生きることの価値と負荷の両面を説く。孤独に生きる人ならではの、ジェンダーを超えたアドバイス。

＊大正五、一九一六年二月『青鞜』無期休刊。九月、中條百合子『貧しき人々の群』発表。

＊大正七、一九一八年九月二十六日『毎月見聞録』に「閨秀作家中條百合子米国へ渡る」と記される。『毎月見聞録』には芸妓の奇行とともに「新しい女」の動向にも関心が寄せられており、米国女性飛行士の記事もある。同年七月には『青鞜』で鳴らした田村俊子の賭博摘発事件なども記される。

＊大正九、一九二〇年三月二日「黄昏の腹案を得た」(『断腸亭日乗』)。同年三月平塚らいてう・市川房枝などにより新婦人協会発足(森鷗外、賛助者となる)。

〔大正十、一九二一年〕

『偏奇館漫録』(二月『新小説』)　ここでは「男女同権」の問題が荷風のすさまじい毒舌の中に巻き込まれ、社会全体を諷刺するトリック・スターとして使われている。「男女同権は当に理の然らしむる処なり。婦人の議員となり、官吏となり兵士たらん事を欲するや悉く許して可なり」としながら、それが実現した場合を想像して性的嘲笑を浴びせかける。政治上の権力運動としての形を整えはじめたフェミニズムに荷風の抱く嫌悪の一面が、よくよく示されるもの。

＊四月、初の社会主義婦人団体結成。

〔大正十一、一九二二年〕

『早春（一幕）』（三月『明星』）古風な画家の父親と女優志願の十九歳の娘・さだ子との対立を通し、「現代の新しい婦人」の一端をとらえる戯曲。さだ子の描き方があまりに平板、父娘の対立も図式的すぎる。

『独居雑感』（八月『婦人公論』）同じ独身者として、「女の独身者」の社会的に孤立した境遇に同情を注ぐ。「亜米利加《アメリカ》の婦人運動」のように、女性独身者こそフェミニズムの中枢に位置を占め大いに活躍すべきと説く。

＊『断腸亭日乗』十二月十七日の項に、既知の清元秀梅なる女性と交際を始めた旨の記入がある。彼女は「清元の事を音楽とか芸術とか言ひて議論する一種の新しき女」。荷風は古風従順な女性のみでなく、実生活の上でもこうしたラディカルな女性に関心のあったことがうかがわれる。

不出来でつたない年表（特に関連事項が穴だらけ……）ですが。しかし荷風のけっこう色々なことが、ここに浮き出ているとは思うのです。

まず、荷風がアメリカ留学時の一九〇〇年代初頭から、文芸による女性解放という指標を持っていたこと。そして確かに。フランスから帰国した一九〇九年、荷風はただちに離婚や職業などの婦人問題を扱うヨーロッパの先端的小説や〈社会劇〉についてしきりに紹介している。

さらに翌一九一〇年慶応義塾大学教授および『三田文学』主幹に就任した荷風は、その旺盛な創作活動の中で熱心に同時期のフェミニズムの台頭に注目し、これに対して発言していること。これはもちろん荷風年来の関心でもあるけれど、『三田文学』主幹としての時代の新しい動きへの鋭敏な反応でもあり、フェミニズムなるものに新奇な関心をもつ読者へのサーヴィスでもあろう。

拙作の表を今一度見ていただければ、『青鞜』創刊や女性雑誌の発売禁止処分、婦人解放運動の政治化など、フェミニズムのうねりの幾つかの画期点に荷風がすばやく反応し発言している様相が看取されるかと思う。

さらに言えば、荷風がフェミニズムに温かいエールを送り、自身の作品にもしきりに「男女同権」や両性平等の結婚のあり方を論ずるのは、一九一〇年代前半までです。一応フェミニズムへの関心は大正十一、一九二二年頃まで持ち越されるのですが、一九一〇年代に荷風の示していた若々しい熱心さはもう失せています。ということは、幻の小説『黄昏』を書こうと思い立った一九二〇年というのは、すでに荷風の関心が末期的症状を示している頃で。

しかしこの頃中條百合子が敢然とアメリカへ留学し自由結婚したことが大きな刺激となっているのでしょうし、同年新婦人協会が発足、敬愛する森鷗外がそれに賛助を公表したことも荷風に〈新しい女〉を描く一つの動機を与えたのかもしれません。

さて、私としてはやはり、荷風がもっとも熱い関心を女性の解放問題に向けていた頃の様相を知りたいのですね。とすると、一九一〇年代前半。さらにその中に一つの鍵を探したいと思います。

明治四十四、一九一一年九月より十二月にかけて『三田文学』に分載発表された『伊太利亜新進の女流作家』という翻訳が、それです。

これはまさに、同年九月一日の『青鞜』の創刊に荷風が意図的にぶつけて打ち揚げた、花火だと思うのです。しかも内容を見ればそれが、『青鞜』に参集する女性文学者たちに向けての、華やかな応援の花火であることもよくわかる。

あ、こんなに前予告ばかりしていないで、とにかく次の節へ行きましょう。『伊太利亜新進の女流作家』を一つの鍵として扉を開けると、『黄昏』のヒロインのみでなく、封印されたもっと多くのヒロインたちの姿も見えてくるかもしれません。

III

『元始、女性は太陽であった』において平塚らいてうも述懐するように、そもそも『青鞜』は婦人解放というより、女流文学の興隆を謳《うた》う女性文学誌として発足したのであり、創刊当初の目的は文壇で孤立している女性作家の集結をうながし、かつ「女流の天才を生まむ事を目的とす」(「青鞜社概則」第一条)ることにあった。

この以前から折にふれて、一葉亡き後の殺風景なオトコ集団の日本文壇に不満を鳴らし、女流がしだいに趨勢をなして温かい血をそこに注ぎはじめたヨーロッパ文壇をうらやむ荷風にとって、こうした意味での『青鞜』創刊はまさに我が意をえたりの快挙として受けとめられたのに相違ない。フェミニズムと荷風との蜜月は、『青鞜』が女流文学の興隆をめざした、この側面にあるのだ。

女性が文学・芸術に活躍することを期待する点において、荷風は当時の文学者としてそうとう積極的である。それに彼にはその他にも、『青鞜』創刊に敏速に反応する理由がある。もちろんまず、雑誌を率いるジャーナリストとしての意識、新しい気運へのすばやいキャッチを示さなければ。それから、敬愛する森鷗外との関係。何しろ森家の女性が二人も『青鞜』の賛助員に名を連ね、その書き手としても期待されているのだから（鷗外の妻・しげ、妹の小金井喜美子）。

鷗外自身も表立った女性解放論は無いものの、何といっても〈新しい女〉の象徴となった『人形の家』のノラを翻訳・紹介した人なのであるし。平塚らいてうの述懐によれば、彼はらいてうの批評精神および『青鞜』に大きな好意を寄せていた。女性解放の気運への鷗外の深い関心については、金子幸代「〈新しい女〉たちの台頭――日独における女性解放と森鷗外」（『鷗外と〈女性〉――森鷗外論究』大東出版社）にくわしい。

同論によれば、鷗外は留学時にドイツのフェミニズムの思潮に触れ共鳴しており、女性解放運動の一つの精神的支柱となる『恋愛と結婚』の著者、エレン・ケイを早く日本に紹介したのも彼であるという。その鷗外が大きくバック・アップしている『三田文学』において、『青鞜』に何らかのエールを掲げないわけがありましょうか。――ということで、問題の『伊太利亜新進の女流作家』の具体的内容を見てみましょう。

これは量的にもたっぷりあり、荷風力作の翻訳です。ちなみに『珊瑚集《さんごしゅう》』収録の際これは、『伊太利亜新興の閨秀文学』と改題された。
まず冒頭、こんな言葉で始まる。

女権拡張主義の運動は極めて最近に起つた事であるが、既に幾多の成功を収め得た。世間は女権論者の主張の余りに過激なのを冷笑もしよう。又婦人の天性は知識上の極めて高尚至難の問題を取扱はせるには不適当たる事を證明する事も出来やうが、然《しか》し兎《と》に角《かく》に女権主義が已《すで》に実行して見せた其《そ》の進歩と為《な》し遂《と》げた幾多の改革とに対しては、之《こ》れを否定することは出来ない。女権運動の成功した中で其《そ》の最も有望な結果を来したものは、繊弱《かよわ》い女性に対して文藝界に於《おい》て此《こ》れまで久しい間いろいろ論議された著作家としての権利が確実になつた事であらう。

まだこの後少しつづくのですが、〈女権主義〉のめざましい進展、とりわけその成果としての女性作家の誕生にオマージュを捧げ、これをイントロとして「最近三十年間」の伊太利亜《イタリア》の女流文学の概観へと入ってゆきます。同時の『青鞜』創刊を横目にみると、実に綺麗にそこにはまってゆくエールとアジテーションであったことが察せられる。
ところで。この翻訳が「モオリス・ミユレヱ著『伊太利亜現代文学』中の一節を抄訳」したものであることを荷風は末尾にことわっているけれど。今回力不足で、ミユレエの原典を見つけることができませんでした。見つけられたら（といっても、英語か仏語ですから大変ですね）私の知りたかったことは、前述のイントロ部分（女権運動へのオマージュ）は原書に元々あったものなのか、それとも荷風が『青鞜』創刊にかんがみアレンジして付けた額縁なのかという点なのです。私は後者ではないかとにらんでいるのだけれど。残念ながら想像の域を出ません。ミユレエの原典については、どなたか博識の士の教えを乞う！　として先へ進みます。

　さて、この文章の説くのは、統一後のイタリア（イタリア統一は一八六一年）の「婦人は国民的生活の最も活動的なる地位を占め、高尚なる種々の職業につくものが多くなった」状況の中での、女流作家の台頭。

　すでに著名な女流としては *Mathilde*《マチルデ》 *Serao*《セラオ》 夫人や *Ada*《アダ》 *Negri*《ネグリ》 女史、*Neera*《ネエラ》 夫人などがいるけれど。特にここで紹介したいのは三名の新進女流作家―― *Grazia*《グラチヤ》 *Deledda*《デレツダ》 夫人、*Teresah*《テレザ》 *Ubertis*《ウベルチス》 嬢、*Amelia*《アメリア》 *Rosselli*《ロセリ》 夫人であるとし、三者それぞれの作風と代表作について解説してゆきます。

　ところでこうした近代イタリアの、しかも同時代の先端的女流文学の紹介は、明治四十四年当時非常に珍らしかったのではないでしょうか。森鷗外の名訳『即興詩人』（明治三十五、一九〇二年）はもちろん多くの読者をイタリアへの憧憬に誘ったでしょうけれど、英独仏に比べればイタリアという国自体、日本人にとってはまだ未知にひとしかろうし。

　この方面への荷風のアンテナを刺激したものとして一つ考えられるのは、明治三十年代を中心に『帝国文学』誌上などで旺盛に展開された上田敏の海外文学紹介です。荷風自身、そこから大きな刺激をえたと語っていますしね。で、それらの集大成である『文芸論集』『最近海外文学』『最近海外文学続篇』『十九世紀文芸史』を通読してみましたが、古代ギリシャからフランス・イギリス・ドイツ・ベルギー・ロシア・インドとまさに世界文学のあらゆるピン・ポイントに通暁する上田敏の知識に圧倒されるものの、近代イタリア文学についての言及はこの碩学にしてもやはりわずかです。

目立つのは、『最近海外文学続篇』中の『伊太利亜の新作家』『現今の伊太利亜文学』において、『巌上の処女』や『死の勝利』の著者・ダヌンツィオの天才を賞揚している点ぐらい。けれど実は上田敏は、イタリア統一後の女流作家の先端的な活動にも少なからぬ関心をもっていた、と思います。

明治四十二年一月創刊の『スバル』第一号において、*Ada Negri* の詩を「母　伊太利亜女詩人アダ・ネグリ」と題して翻訳していますから。そしてこれはまさに「革命的女権主義」(『伊太利亜新進の女流作家』)を奉ずる女史の思想を象徴するような、鮮血ほとばしる出産の詩……!「ひよめき、うごめく胎児《たいじ》の蠢動《しゅんどう》」を己が体内に感じ、「鮮血《あけ》は泉と迸り《ほとばし》、」「一期《いちご》の悲鳴《ひめい》」をあげて子を生んだ女性の声が、「母なる自然」の立場から闘争を無化し、男性に平和と共生を呼びかける——。

地上の男子《だんし》よく聞《き》き給《たま》へ——何事《なにごと》ぞ互《かたみ》に劒《つるぎ》磨《と》ぎ給《たま》ふは。——よく聞《き》き給《たま》へ、聞《き》き給《たま》へ、人は皆同胞《みなどうはう》なり。

真《まこと》にわれ汝《なんぢら》等に告《つ》ぐ――鳴滸《をこ》なりや、忘れやしつる。――われら皆裸《みなはだか》にて生《うま》れ、母《は、》の胎《たい》を裂《さ》きて生《うま》る

（『定本上田敏全集』第一巻「拾遺篇」、上田敏全集刊行会）

出産の苦痛を通して「母なる自然」、すなわち女性的愛と平和の原理の絶対的優位を謳《うた》うネグリ女史のこうしたイタリアン・フェミニズムはもしかして。出産の苦難を耐えうる女性の生産的資質を無視し、「男子に従属すべき者」として女性を軽視する「男」への批判を、産室から「わたしの胎を裂いて八人の児を浄めた血で書いて置く」と宣言する与謝野晶子の『産褥の記』（明治四十四、一九一一年、『一隅より』所収）などにおける母性主義的男女平等論にも影響をもたらしているのではなどと想ってしまいます。

と同時に『産褥の記』は、「此正月に大逆罪で死刑になつた、自分の逢つた事もない、大石誠之助さんの柩」に言及するように。大逆事件以降強まる男性的な暴力主義に、「命がけで新しい人間の増殖に尽す婦道」の母性主義をもって抗《あらが》おうとする論でもあることを、注目しておきたい。

ちなみに荷風は大正六年、神楽坂の古本屋にイタリア語版「アダ女史の詩集『母の心』」の置いてあるのを見かけ、心に留めている（『古本評判記』参照）。

ともかくも、上田敏の周辺でネグリ女史（1870-1945）などイタリアの先端的女流作家が話題になっていたことは、間違いないでしょう。それにもう一つ。荷風はわりあい以前からデレッダ夫人の

小説などにも親しんでいた形跡がある。

明治四十五年発表の「小説『浅草』の跋」で、地方生活の特色を描く小説への嗜好を述べ、「サルデニヤ島に対するデレッダ夫人の諸作」などはヴェルガやピエール・ロティの小説と共に「忘れる事の出来ない印象を残してゐる」と言っていますから。帰朝直後の明治四十一年頃、荷風は浮世絵蒐集をきっかけとし、同じ趣味のイタリア大使館書記官のガスコ氏と知り合い親しく交流していた。日本通で日本語も巧みな文学愛好家のガスコ氏から、最新のイタリア文学の情報を得ていた可能性も高い。ちなみにガスコ氏は、小説『帰朝者の日記』に登場するイタリア大使館書記官「ガルビアニ氏」のモデルであろう。また、セラオ夫人についてはフランス留学中にその名を知ったらしい（明治四十一年二月二十日、リヨン発西村渚山宛書簡、参照）。

前々から浅からぬ関心を抱きその中のいくつかの作品は読んだ上で、『伊太利亜新進の女流作家』を翻訳していると考えてよいと思います。で、そのように考えた時、特に注目されるのが、『伊太利亜新進の女流作家』で取り上げられる三人のうちの最後、ロセリ夫人の作品なのです。なぜか。結論を言ってしまえば、ここで紹介されている彼女の『心《アニマ》』という戯曲のテーマが、荷風の『地獄の花』（明治三十五、一九〇二年）に酷似しているからです。

このことについては、二つの可能性が考えられる。一つは、『地獄の花』以前に荷風が『心《アニマ》』（一八九八年）を読み影響を受けた可能性。『伊太利亜新進の女流作家』によれば、ロセリ夫人のこの戯曲は国民演劇協会の懸賞に当選し、初の女性劇作家の誕生として空前の話題となった作品。演劇界に足をつっこんでいた荷風は、風のたよりで早くにその概要だけ知っていたのかもしれません。もう一つは、『地獄の花』の作者である荷風が自分のテーマに引き寄せて、『心《アニマ》』を読み紹介してしまっている可能性。さあ、どちらなのか今の段階の私には判断がつきません。しかしロセリ夫人の『心《アニマ》』のテーマをご紹介すれば、この劇作と『地獄の花』との間に何らかの不思議な牽引力が働いていることは、どなたもお認めになると思います。

『心《アニマ》』のヒロイン・*Olga*《オルガ》は独身の若い美術家。彼女のサロンには「新時代の紳士」が出入りし自由に芸術論を戦わせる（このあたり、『地獄の花』で広い邸にひとり住み、気に入りの若い人たちを自由に出入りさせる富子のラディカルな暮しぶりを彷彿させます）。

しかし一見華やかなオルガは実はその胸底に、世間の慣行への苦々しい反抗と冷笑を燃やしている（これも、富子にそっくり）。彼女は少女の頃強姦され、一度は絶望に陥った（これは、強姦された園子のモチーフに酷似）。しかし「肉体の純潔」の喪失すなわち「精神の純潔」の喪失ではない、「自分にはまだ心が残つてゐた。自分にのみ占有された心といふ清浄な処女の操、それをば自分は守護して行」くのだという誇りに支えられてオルガは、自ら堂々と恋人に求愛するのだ。

ここまで読んでくると、校長に強姦され絶望するものの、他律的な「肉体の操」を失ってかえって精神の自由を得、「猛然たる勇気」をもって恋人に愛を問うため馬車を疾駆させる『地獄の花』の園子は、まさにオルガの姉妹であることが納得されます。つまり社会が若い女性に強要する肉体の処女性の抑圧と無意味を批判し、女性が自らの身心の支配者たるべきを宣告するテーマにおいて、

『心』と『地獄の花』は強くつながれている。

『地獄の花』というと、荷風自身が跋文で「祖先の遺伝と境遇に伴ふ暗黒なる幾多の慾情、腕力、暴行等の事実を憚りなく活写せん」ことをテーマとする作品なのだと述べるせいも大いにあり、強烈なゾライズムの影響下の作品として従来とらえられてきた傾向があるけれど。

しかしもしかして、真のネタを隠す荷風の目くらましかもしれず。もちろん一つにはゾライズムの影響が。しかしもう一つには、イタリアン・フェミニズムの影響下、女性の身心の自由を問う小説として照明を当ててみてもよいのではないでしょうか。

前から感じていたのですけれど、人間の生理的遺伝と獣欲を重視する方面のゾライズムだけではどうも、『地獄の花』において非常に印象的な富子の誇り高い孤独の境涯とか、富子と園子という女性どうしの連帯感がよく解けないのですね。けれどオルガを隣に置いてみれば、よくわかる。彼女たちは従属的な女性の人生から外れ、知的に（富子も園子も芸術や音楽を愛する……）意志的に生きようとするラディカルな女性の象徴なのです。

それに時期的にも、荷風はこの頃からしきりに社会における女性解放の気運に目をつけていますしね。荷風の文壇寸評『新年の雑誌界』（明治三十四、一九〇一年）にはこのような言葉がでてきます（ここにもあるように、この年四月日本女子大学開校。婦人教育論も高まる）。

新年また、博文舘より「女学世界」を出だす。一葉去り、稲舟《いなぶね》逝き、薄氷《うすらひ》没してより、女流の錦繍、また見るに由《よし》なく、花圃《かほ》、夕風、紫琴《しきん》、楠緒《くすを》の諸閨秀、寂《せき》として声なきの今日、「女学世界」の発行は、寔《まこと》にこれ旱天の雲霓《うんげい》に等しく、これら女流が、其気焔を洩らすの好立場にして、兼ねて、潜める女秀才が天下に呼号する好機関たらずんば非《あら》ず。婦人教育の声、喧々囂々《けんけんがうがう》として、女子大学さへその設立、将《まさ》に成らんとするに当り、この誌の出づる、決して偶然の事にあらず。女流詩人が其勢力を伸張すべき気運の漸《やうや》く近づき来れるぞ嬉しき。（中略）二十世紀の婦人の活動、企首して待つべきなり。喜ばしきかな。

知的な意志と創造性を備えすぐれて近代を生きる女性の出現を期待する荷風の姿勢はこのように一貫しており、そのスタンスもけっこう長いのです。出世作である『地獄の花』もある意味でそうしたテーマの下に成り立っており、作家としての荷風の一面は同時代の女性解放の気運に沿って出発していることを確認しておきたい。

IV

しかしだからといって、本稿で最終的に荷風をフェミニストとして位置づけたいのかというと、答はノーです。

今まで見てきた、台頭するフェミニズムに対する荷風の関心と時々のエールは、女性の側に立ってというより、むしろより激しく風俗小説家としての彼の欲望をあらわしていると考えるからです。女性が自らの身体と心の支配者となり、芸術文学に活躍し世間の慣行に萎縮せずのびやかに行動できるようになれば……そうなれば荷風には実にさまざまに書きたい小説があった、描きたいヒロインがあった。

意志をもって生きる知的女性ももちろんその一環だけれど。しかし結局、彼は冷たく凍ったままの日本の社会に絶望し、高等教育を受けながらも従属的生活から踏み出せない良家の女性に短気にむかっ腹を立て……。そのさまざまをあきらめ、あるいは封印し、せめて彼にとって温かく自由と感じられるアソビの世界へ突入してしまったのでしょう。

では、最後に。女性の解放の周辺をめぐって、荷風の書きたかったこと、ありえたかもしれない彼の作品やヒロインを色々に想像し、批評の一助にしたいと思います。

一、姦通小説……これは非常に彼が着手したかった分野では。小説『冷笑』では主人公・小山清《こやまきよし》の口を借りて、「男のやる事なら女もやって構はない。（中略）彼は巴里《パリ》の劇場で烈しい姦通問題の演劇を観た時には一種の痛快を感じた」と言わせています。

『地獄の花』をはじめ『花籠《はなかご》』『闇の叫び』『新梅ごよみ』など初期作品において荷風はしきりに、少女が強権をふるう男に一方的に犯される〝強姦〟を描くけれど。一つにはそれが、社会制度としての処女性崇拝の無意味と残酷を撃つため不可欠のモチーフなので。しかし本当に彼が描きたかったのは、男女双方納得ずくの大人のアソビの万華鏡をとっくりと読者に観覧させる、姦通小説だったのに違いない。

たとえば、こんな艶やかなヒロインなど――「図面の中央には美装の女が一人、舞踏につかれて扇持つ手も力なく半身を倚《よ》せかけた長椅子の脊《せ》を隔てゝ、後に彳《たゝず》む若い男と人目を忍ぶ急《せは》しない接吻を交してゐる処が描かれてあつた」。これは、『冷笑』の中にたくみにはめ込まれている、パリみやげの銅版画の一枚。この「美装の女」は、明らかにアソビの世界の女性ではありません。夜会の一時、夫の目を盗んで暗がりで愛人とキスをする上流婦人の図。この絵を前に、小山清はじめ友人たちは、うらやましいような、いやこうした「社交の生活」が日本に輸入されては困るような……とため息をついている。

ゾラやバルザックなど荷風の愛する十九世紀フランス小説を絢爛と彩るのは、まさにこのような社交界における姦通密通のアヴァンチュール。荷風の鍾愛するゾラの『ナナ』にしてからが、全てを捨ててナナに溺れ切るミュファ伯爵と対等に肩を並べるのは、その誇り高き名門の妻・サビーヌ夫人の破滅的乱行ではありませんか。他のルーゴン＝マッカール・シリーズにおいても、浮気は夫の側のみならず。財力もあり自由に行動できるブルジョア階級の妻たちは、温室で、ひそかな隠れ家で、疾駆する馬車の中で、秘密の接吻と抱擁を貪るのです。夫の浮気の陰で、涙する妻の悲劇の無いこの爽快感。まさにある種の、男女平等!?

表面は貞淑、冷やかなのに、押したり引いたり若い男をまどわせる名流夫人。ノアイユ伯爵夫人のようにその才華で、文学者たちを圧倒する女性芸術家（荷風には早く、奈良を舞台に古美術研究家を登場させる、レニエのような小説を書きたいという希望があった。きっとその古都小説には、主人公と対等にわたり合えるような才華豊かな女性芸術家が出てきたはずと思います。書かれなかった幻の小説ですが）。

ほんとうに荷風は、色々描きたかったでしょう。しかし姦通罪などというオソロシイ法律があり、「女子の貞操に厳酷である」（『冷笑』）近代日本ではとても無理。いくらゾラやバルザックを熱愛するとて、風俗小説家としての荷風の矜持は、日本の現実に合わないファンタジーを描くことなぞ自分に許すはずはありませんもの。この分野はまことに歯ぎしりしつつ、断念したのに相違ない。

一、男妾小説……皆さんあまり何もおっしゃいませんが。『あめりか物語』所収の小説『長髪』（明治三十九、一九〇六年）は当時として、驚嘆すべき男性を描いていると思います。つまり小説中にもあるように、「男妾《おとこめかけ》」。

舞台のはじまりは、三月復活祭のニューヨーク、セントラル・パーク。人目を惹《ひ》いて疾駆する鮮やかなコバルト・ブルーの馬車の中には、「若からぬ」金髪の女性と「何処の国民とも知れず、真黒な頭髪《かみのけ》を、宛《さなが》ら十八世紀の人の如く肩まで垂し」た青年がすわっていて。無国籍的な容貌のこの青年は実は、日本の堕落留学生・藤《ふじ》ヶ崎国雄《さきくにお》。彼は名家の子弟なのに、昔から年上の女性に囲われるのが趣味で、今はその金髪の女性（彼女は不品行のため離婚された、元富豪夫人）の世話になっている。美しくカールした彼の長髪も実は、ヒステリーの発作時に彼女に引《ひき》むしらせるため伸したものであるという。

異国の美青年の髪をむしり、快感に高笑いする上流夫人のイメージは強烈。気の弱い私などは、二人の籠る公園沿いの高級アパートメントの中で、他にどんな光景がくり広げられていたのか（小説にはそこまで書いていません）と想像すると、胸苦しくどきどきしてしまいます。時々男女の役割を取り換えていたかもしれないし。あるいは国雄青年は渦まく長髪なので、少女のよう。二人でレズビアニズムを演じるのも、ちょっと愉しいのかもしれないし。全くの想像で言っているのではありません。荷風には後年、バルザックの『金色の眼の娘』を想わせるような、『腕時計』というレズビアン小説の佳品があるので。

ともあれこれは、明治の世には稀有の男妾小説。他の誰が、こんな軟弱で女性的な男を描いたでしょう？　悪辣《あくらつ》な男好色の男、残忍な男を描くことはあっても……女性にサディズムを駆使される男など、誰が。しかしオトコの面子《めんつ》などにこだわらぬ作家・荷風は平然たるもの。男のおもちゃにされる女があるとすれば、女のおもちゃになる男があって何が悪い……!?　荷風独特の、これは屈折した〈男女同権〉なのかもしれません。

しかしこの後『日かげの花』のような微温的ヒモ小説はあっても、男妾小説はこれきりで絶えてしまうのです。もっと読んでみたかったのに。しかしこれも女権の強大なニューヨークが舞台だからこそ、書けたことなのでしょう。何より、男の髪をわしづかみするこのような肉食獣的貪婪な女性を描きつづけることは、あまり荷風の趣味ではないのでしょうね。

一、下谷叢話《したやそうわ》女性版あるいはやはり、『黄昏』のヒロイン……欲ばって話があちこちに飛んでいますが。この系譜の作品こそ、拙稿の本筋でした。まず、下谷叢話女性版。女性の解放が進化するしないに関わらず、これはもうかなりありえた作品だと思います。いつ何時、荷風遺愛の机の引き出しや筐底から草稿が出てきてもおかしくはない。下谷叢話のように話は江戸まで及ばないかもしれないけれど、維新を経て明治初年にいたる（荷風のもっとも愛する時代）清新の気風みなぎる東京が主な舞台となっていたでしょう。

武家の厳格な教育とともに江戸人の粋な文化の水脈を受け、……と同時に維新時の貴婦人にふさわしい鹿鳴館的欧化教育、文化・教養としてのキリスト教の洗礼も受けて、内面はなかなかに前進的で過激な女性たち。しかし表面はあくまでたおやか、典雅かつあっさりと粋な明治の知的女性の系譜への考証です。

荷風の作品のところどころには、このように文明開化という特異な時代相を生きた母や祖母への想いが滴っている。たとえば『下谷《したや》の家《いえ》』（明治四十四、一九一一年）は、幼い自分を可愛がってくれた母方の祖母へのオマージュ・エッセイである。この優しい「祖母《おばば》さま」は実は維新時には薙刀《なぎなた》までふるった武家の子女、しかし最後は敬虔なクリスチャンとして牧師にみとられ亡くなる。

相対立する「鎧と十字架」を難なく融合させ生きる文明開化期の女性の謎と神秘はそして、その娘である荷風の母にも色濃く受け継がれる。エッセイ『冬の夜がたり』（昭和十八、一九四三年）には、やはり幼時。自宅で黒衣の英国の老貴婦人を親しくもてなす母の恆《つね》の姿が、印象的に描かれる。つづいて荷風は鹿鳴館はなやかなりし時代に若い新婚の母が在ったことを考え、当時の上流社会の婦人の一人として彼女が「紺色地にレースの飾りのついた」ドレス姿でワルツを舞う光景をうつくしく想像してみるのだ。

こうした母恋いの系譜は、小説『浮沈《うきしずみ》』にもまた、別の形できらめいている。『浮沈』の中に折々掲げられる至高の母「辰野未亡人」の肖像は、まさに文明開化のよき貴婦人の象徴。母・恆《つね》のイメージにさらに、若松賤子や小金井喜美子など明治の知的婦人のイメージが重ねられている。ゆえに下谷叢話女性版があったとしたら、当然彼女たちを一つの核に記されていたでしょう。しかし荷風の考証の及ぶ女性像は、そうした一族の女性のみではなかったはず。

考えてみれば荷風は、当時最高の三つの貴婦人文化圏に親しく接していた人なのだから。一つは今まで述べたように、武家文化とキリスト教文化を柔らかく融合させた母や祖母。いま一つは、敬愛する上田敏周辺の女性たち。何しろ上田敏の母方の叔母・上田悌子《ていこ》（後に幕臣の蘭医・桂川家に嫁す。敏は母とともに幼時、桂川家に寄寓していた）は、明治四年岩倉具視大使の欧米視察に同行し、米国に留学した日本初の五人の女子留学生のうちの一人なのだ。当時悌子十五歳。津田梅子や山川捨松は長く米国に留まるが、悌子は健康を損い明治五年秋帰国した。

こんな歴史的な知的女性の存在を、開化の歴史に強い関心を抱く荷風が見のがすわけはありません。親しかったこの叔母の話を、上田敏からちょくちょく洩れ聞いていたに相違ない。
それに上田敏の一人娘の瑠璃子《るりこ》嬢の印象も心に残ったのでは（荷風は上田敏とは、家族ぐるみ知り合っていた）。碩学の父の渾身の教育を受け、幼時から英語・フランス語を習得したインターナショナルな女性だ。娘に宛てた上田敏の多数の書簡は、彼の教育熱心と女性への篤い礼節を示している。

上田敏亡き後の大正十二年、荷風はフランス大使、ポール・クローデルに敏の詩集を献呈する瑠璃子嬢につきそい、「鮮な英語でクローデル大使とはなし」をする彼女のようすに深い感銘を受けてもいるのである（エッセイ『上田敏氏につき』参照）。

いま一つの貴婦人文化圏は、森家の女性たち。前述のように鷗外の妹・小金井喜美子、そして妻のしげは『青鞜』にも参加した女性作家ですし。また鷗外が娘の茉莉《まり》や杏奴《あんぬ》に注ぐ熱心な教育ぶりも、荷風の心に留まったでしょう。鷗外も、上田敏と同じく、娘をインターナショナルな女性に育てようとしていた。とりわけ仏語の習得には熱心だった。

下谷叢話女性版には続々と、こうした女性も登場していたと思うのですね。老女の語りによって開化期の少女たちの可憐な青春をつづる、芥川龍之介の『雛』や『舞踏会』もよいけれど。荷風の開化期叢話はおそらく、海外をまたにかけての、乾いた筆致の大河版。最初のシーンは、大洋のうねりを前に緊張と興奮で蒼ざめながら船に乗り込む、十五歳の少女・上田悌子の思いつめた表情から始まっていたかもしれません。ああ、読みたい。もう数年待っても先生の筐底から出てこなかったら——荷風先生、私が書いてしまってもようござんすか？

そしてようやく、『黄昏』のヒロインについて。結局『黄昏』なる小説は書かれなかったわけだけれど。敢然と米国へ留学するあのヒロインへの荷風の執着は、やはり並々ならず。その前後に点々と彼女の似姿をたどることはできます。

起点は、やはり『地獄の花』の富子と園子。ちなみに私は、園子は馬車を駆って恋人に求愛したもののやはり彼の世俗的怯懦《きょうだ》に失望し、ついには米国か仏国への留学に旅立ったのではないかなあ、とその顚末を想像しています。

それからやはり初期小説の『燈火《とうか》の巷《ちまた》』に登場する富家の夫人・杵子《きねこ》などもそうかもしれない。絵を描くのが好きな彼女は表面は古風貞淑だが、胸の底には女性を抑圧し閉じ込める〈家〉や〈親〉の封建的道徳への、静かな怒りを燃やしている。次いでは『あめりか物語』所収『六月の夜の夢』の内省的で教養豊かな美少女ロザリン。もちろん、『帰朝者日記』で英語仏語を操りアメリカ人青年と愛しあう春子嬢も見のがせない。

あまつさえ、戦後発表の『浮沈《うきしずみ》』にも、彼女の姿はちらりと偲ばれます。ヒロインのさだ子と恋に落ちる良家の有閑紳士・越智《おち》にはかつて結婚を約した恋人がいた。遊学先のパリで、やはりピアノ留学していた彼女と知り合って。当時すでに健康を損ねていた彼女はよく「日本の女は体力が弱いから思ふやうにはなれない」と漏らしており、予感通り帰国後すぐ亡くなる。

『浮沈』全体からすればほんの一葉ですが、志も恋もなかばに亡くなったこの若き女流ピアニストの哀切な印象は、そうかりそめのものでもない。戦争にもみくちゃにされる以前の、よき中流知識階層の一つの象徴でもあるし。しかし荷風はもう、こうした女性を作品の中央に据えることはないわけですね。そういう意味で彼女もまた、封印されたヒロイン。

そんな中でせめて『黄昏』のヒロインの直系といえるのは、かの『つゆのあとさき』（昭和六、一九三一年）に心こめて描かれる鶴子《つるこ》なのだと思います。二つの対照的な世界（流行小説家・清岡進《きよおかすすむ》とその愛人・君江《きみえ》の織りなす都会の愛欲と痴愚の世界／進の老父・煕《あきら》の棲む郊外の隠宅の静かで古雅の世界）の存在するこの小説の、後者の世界に印象的に佇《たたず》む準ヒロインです。

物語はこてこての油絵のように派手で卑俗な進と君江の都市生活を愉しげに追うけれど、しかし一方で夫に失望し自分の人生を再建するためフランス留学を決意する鶴子の、たおやかに芯の強い自立からも目を離さない。何といっても『つゆのあとさき』の最後は、フランスへ行くため「神戸急行の列車」に乗り込む鶴子と、相変らずのその日暮し、男の恨みを買って雨の中放り出される泥だらけの君江とを意図的に並べ、幕を閉じるのですから。

そして荷風はこの作品でようやく――知的女性を描くことにかなり成功しているのではないでしょうか。『地獄の花』の園子は、女教師という知的職業にそぐわぬその過剰な色気（美貌と知性が不似合いという、これもある種の偏見ですが）をしばしば評者にツッコまれていたけれど。鶴子はそのあたりのバランスも絶妙です。

少女の頃から「仏蘭西の老婦人に就いて語学と礼法の個人教授を受け、また国学者某氏に就いて書法と古典の文学を学んだ」鶴子はかつて華族軍人の妻であったけれど、「軽井沢の教会堂で」進と恋におち……（この過去は作品の中では匂わせてあるだけですが、何だか堀辰雄『楡の家』の世界のよう）。姦婦のそしりも恐れず敢然と家を出、進と暮すことを選ぶ。教養高く典雅でしとやか、けれど内面は熱い血のしぶく情熱的な女性なのです。

自宅での早朝。すでに掃除を終え身仕度をととのえて女中の差し出すフランス語の手紙に読みふける鶴子も、その手紙の主のマダム・シュールに会いに帝国ホテルへ出かけ、ランチの途中で「わたくしのやうなものでもお役に立ちますのなら、どんな都合をしても御一緒に参りたいと存じます」と決然と吐露する鶴子もすてきですが。何といっても第五章における鶴子初めての登場がうつくしい。初夏のとある日、緑樹滴る熈の隠宅を訪れる鶴子、この小世界の静謐を乱さぬよう自身の足音にも気をつけて。双方知と情を兼ね備えたこの義理の父と娘の関係は、あくまで礼節正しく、しかしどこかふっくらと艶もあり。かの川端康成の『山の音』なども想わせます。

大正九年か十年頃、荷風の机の引き出しに突っ込まれていた（であろう）幻の草稿のことから、ずい分お話が長くなってしまいましたけれど。最後は、吸い込まれるように緑の隠れ家の中へと入ってゆく『黄昏』のヒロインの末裔の姿を見送りながら、お別れしましょう。鶴子のさす日傘の、さりげなく鮮やかな効果にもご注目あれ。きっと彼女はフランスでもまごついたりびくついたりせず、こんなあっさりした和服姿でごく自然に異国の人々の間を歩くのでしょう。そこには新しい恋も、待っているのかもしれない。

　初夏の日かげは真直《まつすぐ》に門内なる栗《くり》や楝《あふち》の梢に照渡《てりわた》つてゐるので、垣外《かきそと》の路に横たはる若葉の影もまだ短く縮んでゐて、鶏の声のみ勇ましくあちこちに聞える真昼時《まひるどき》。ぢみな焦茶《こげちや》の日傘《ひがさ》をつぼめて、年の頃は三十近い奥様らしい品のいゝ婦人が門の戸を明けて内に這入《はひ》つた。髪は無造作に首筋へ落ちかゝるやうに結び、井《ゐ》の字絣《じがすり》の金紗《きんしや》の袷《あはせ》に、黒一ツ紋《もん》の夏羽織《なつばおり》。白い肩掛を引掛《ひつか》けた丈《せい》のすらりとした痩立《やせだち》の姿は、頸《うなじ》の長い目鼻立《めはなだち》の鮮《あざやか》な色白の細面《ほそおもて》と相俟《あひま》つて、いかにも淋し気に沈着《おちつ》いた様子である。携《たづさ》へてゐた風呂敷包《ふろしきづゝみ》を持替《もちか》へて、門の戸をしめると、日の照りつけた路端《みちばた》とはちがつて、静な夏樹《かじゆ》の蔭《かげ》から流れて来る微風《そよかぜ》に、婦人は吹き乱されるおくれ毛を撫《な》でながら、暫《しば》しあたりを見廻した。（中略）

　婦人は小禽《ことり》の声に小砂利《こじやり》を踏む跫音《あしおと》にも自然と気をつけ、小径《こみち》に従つて斜《はす》に竹林《ちくりん》を廻《めぐ》り、此方《こなた》からは見通されぬ処に立つてゐる古びた平屋《ひらや》の玄関前に佇《たゝず》んだ。

レトリックとしての花柳界

荷風と花柳界、といえばもちろん定番の組み合わせ。『腕くらべ』や『おかめ笹』などの名がすぐ思い浮かびましょう。

ところで拙稿がこのたび扱うのは、そうした正統的な哀婉艶《つや》やかの花柳小説ではありません。荷風の言説の中に活力豊かに出没する花柳界、のいろいろな効果や機能について知りたい。つまりレトリックとしての花柳界というテーマになろうかと。まず手はじめには、ミヤビの中に二、三滴の痴を滴らせた、こんな光景を探索いたしたく。

春は桜、江戸前の美人湯の一葉です。大正五、一九一六年『文明』発表の小文、『賞心楽事《しょうしんらくじ》』より。

柳橋代地の洗湯八角湯は名も床《ゆか》しき富士見の渡のほとりにあり。正月の頃は風呂場の天井に大きなる梅の枝を生けたる桶《おけ》をつるし湯の暖気にて早く咲くやうに致《いた》したり。朝湯《あさゆ》の浴客毎朝一輪々々其《そ》の開くを眺めて喜ぶ。三月の末よりは桜の大枝に取替へたり。四月に入りて桜は忽《たちま》ち湯気にむされて開き勇みの若衆《わかしゆ》が文身《いれずみ》の肌に散りかゝる。若《も》しそれ女湯に至つては黒髪洗ふ妓女が濡れたる肩に桜のちりかゝるさま他所の銭湯には見られぬ風情なるべし。とは申すものゝ女湯の垣間見《かいまみ》は御法度《ごはつと》なり。唯此《たゞこ》の湯屋《ゆや》の亭主が心意気を賞すれば足る。

何てあでやかな。風呂の湯気を利用して、街路のそれに先がけて爛漫と開花する桜の大枝。花びらは男湯のイナセな阿兄《にい》さんのいれずみに散り、黒髪まつわる芸妓の濡れた肌にもぴったりと張りつき……って。これはもうはっきりと、のぞき見の視線ではありませんか。

「女湯の垣間見は御法度なり」などと澄ました言葉をわざとらしく付け加えているけれど。荷風の視線に誘われて私たち読者も思わず女湯をのぞき、艶麗な裸女と桜花の取り合わせにうっとりしてしまっている。こんな風にあっという間に読者との間に出歯亀的共犯関係を作っておいてから、さて鷹揚に「湯屋の亭主の心意気」を賞揚するのが、荷風の仕掛けなのだ。

江戸風庶民の文化度の高さ、ひいては江戸文化礼讃には違いないけれど、どこかエロティックでありヲコである。季節の雅びの中にこんな微妙な毒を滴らせる点が、ととのった美的随筆とは異なる、面白い荷風の壊れ方だと思います。そこに何ともたくみに、〈黒髪洗ふ妓女〉のイメージが使われている点に注目したい。

次の例は、荷風の美意識の本領の駆使される洗練の文章、『東京花譜』（大正七、一九一八年『花月』）から。これは東京の名妓を花に見たて、荷風の審美眼において現今ベスト・スリーを選び出すという筋運びです。友人との同人誌『花月』への発表ということもあって、のびのびと戯文――おアソビの文章の体裁。ですけれど、ここには女性美の前にすなおにひれ伏す荷風の騎士道的一面が出ていて、好もしい。

「金阜山人《それがし》」と隠れ名を使いながらも荷風はここで自ら率先し、世間的には卑しき妓女である三人の少女の美の前に腰折り膝曲げ、両手をあげ讃美する姿勢を示す。私は花柳界にはとんと無知ですが、こういう光景は珍らしいのでは。大体オトコの人が床の間を背にでんと坐し、あでやかな姐《ねえ》さんが花のように傍らにひかえ……という主従的構図しか想像できません。ところが「金阜山人」は、まるでボッティチェルリの春の女神を拝むように三少女の美を礼讃する。

荷風の美意識のおのずの流露なのだろうし、当時として社会的に低い存在（まず女性であり、加えて妓である点）の前にことさら額づくことにより、複雑な卑下意識と誇りをも味わっているのだろうし。何より常識的な明治の男性像を粉砕しているところが、破壊的な活力に充ちる。天下に隠れなきインテリが、美妓ベスト・スリー選出に渾身の智恵をしぼる様子も、まことの文化の真髄、審美学の王道かと。

では具体的にその内容を見てみましょう。一番手は、「新富町　千代菊」。この二十歳ほどの女性は「顔立凄艶無比」なのだそうで、彼女との初めての出逢いを、山人はあざやかに心に留めている、まるで名画のよう――「金阜山人《それがし》始めてこの美妓をば八重桜も早や散行く頃さる御座敷にて見たり」。その時の勝気な美少女の横顔のニュアンス、島田の清麗、衣裳の渋い色まで山人は覚えていて、「めでたしありがたし」とつぶやく。荷風の記憶力の綿密には、圧倒されます。

二番手は、「柳橋　おかつ」。彼女は特に荷風の愛する鈴木春信の画にたとえられる、儚い美少女です。繊細な小顔、細いうなじ、弱々しい姿、ぱっちりと愛らしい瞳、ちょっと少女漫画のよう。ところでおかつの項は、最後の言葉が光っている。

今の世にかゝる趣ある美女を見ん事何たる果報ぞ。吾等《われら》いかほど拝んでもいつかな拝みたりませぬぞ。せい〴〵身体をお大事にゆめ〳〵わづらはぬやうにして下され。

まるで貴重な工芸品か、宝石のような扱い。特に最後のいたわりは、世間をよく知る優しいいろごのみの老人――『散柳窓夕栄《ちるやなぎまどのゆうばえ》』の柳亭種彦翁か、『すみだ川』の蘿月宗匠のようで、花やかなれど苦界に生きるおかつはさぞ、ほろりとさせられたでしょう。

三番手は、「柳橋　米子」この項は、文章が凝っていて。まず、敬愛する成島柳北を意識しての端正な考証漢文調――「柳橋は江左往時の風流自らここに遷《うつ》り来《きた》りし処風俗淡雅にして意気磊落《らいらく》を旨《むね》としたれば」で始まる。で、柳北がその意気を愛した柳橋をひとしきり讃えた後、ストン、と肩の力を抜いてかんじんの話題に移る――「……と大分肩いからして論じ出せしもこはこれ当今柳橋随一の麗人と称せらるゝ米子の姿をほめんが為めの前提《まえおき》なり」。

この米子様もですね、「氷肌玉骨天」と賞せられる儚くきゃしゃな女性なのです。で、「米子玉の肌透通るばかりの帷子《かたびら》にさつぱりとしたる夏帯しめ満身月光を浴びて桟橋《さんばし》に立ちける」その妖精のような夏姿に、金阜山人は「感涙」しとど。このように――硬派が読んだら、何だ、ゴチャゴチャ娼婦の評定なぞして、おまけに「感涙」などけしからん！　と破り捨ててしまいそうな、『東京花譜』なのです。

考えてみれば、たしかに無為な。アイドルに打ち騒ぐファンのような、ミーハー的要素も混じている。しかしそうした無為への夢中の打ち込みこそ、人生をきらめかせる宝石なのだという主張が、山人にはあるのだろうし。かつ随所、柳橋の地の考証、浮世絵考、審美論であり。まさに荷風の特色である、知性と痴性相乱れる文学の、一つの綺麗な見本だと思います。

花柳界とはこのように、その花やかさや歴史的伝統のみならず、社会的位置の低さや存在の根本的無為性（しょせんアソビ、ですから）、いかがわしさ、裏面性等において荷風の文章に活用され、ともすれば整然とした美に向かう本質をもつ荷風の文章を引っかきまわし活気づけるトリックスターのような役割りを担っているのではないでしょうか。

そしてもちろん、荷風の中期以降の文章を特徴的に彩る自虐《じぎゃく》の要素ともそれは、緊密に関わっている。ひいては、猥褻《わいせつ》の要素の取り入れにも。では、さらにどんどん見てゆきましょう。

I

小説『冷笑』（明治四十二～四十三、一九〇九～一〇年）で荷風は主人公の小山清《こやまきよし》の口を借り、「徳川時代の社会的道徳の欠陥から生じた其のまゝの遺物」として芸者に、辛口の批判を浴びせている。すなわちその旧弊性、無知、偏狭な江戸的道徳観、肉体の貧弱。新橋の名妓といえど芸者はしょせん、「人身売買の悪弊から産出」された存在であり、「歌麿や北斎の浮世絵と同様に、徳川時代の遺物として歴史的興味を以《もっ》て眺める以外には、決して何等《なんら》の意味もないものだ」と。

おやおや、まさにその歌麿や北斎を礼讃する少し後の『江戸藝術論』とは、かなり異なるご意見。しかし一つには、これも荷風の本音でしょう。小山清はアメリカ帰りという設定だけれど。モース、フェノロサ、ビゲローなど明治十年代を中心に来日し、浮世絵をはじめとする日本古美術の蒐集とその組織的保存研究に尽力したこの人々はみな、アメリカ・ニューイングランド出身者、関係者でありまして。

したがって荷風が留学した当時のアメリカは、盛んな浮世絵ブームが巻き起こっている。モースは晩年に住んだセーラムに日本民族博物館を建て、ビゲローの日本美術コレクション二万六千点はボストン美術館へ寄贈され、一九〇四年に岡倉天心が同美術館中国日本美術部主任に招聘された。一九〇〇年頃からフェノロサはアメリカ各地の大学等で日本文化紹介講義を展開している（山口静一編『フェノロサ美術論集』中央公論美術出版、矢代幸雄著『日本美術の恩人たち』文藝春秋新社、参照）。

そんな江戸美術礼讃ブームの渦まきの中で異邦人の荷風は、有難い誇らしいと感じ入ると同時に、ちょっと冷やかな面もあったのでしょう。しょせん江戸時代は、前近代的封建社会。その悪弊固陋《あくへいころう》を見ずに、浮世絵やゲイシャにひたすら感動されても、ねぇ。

しかし荷風という人はいくつも本音があるのだし、男女席を同じうせずのようなお固い明治の日本に帰ってみれば、やはり国際的に注目されている浮世絵やそのヒロインの芸者には、大いに使い道があると改めて考え直す面も大きかったのに相違ない。

『冷笑』と同年発表のエッセイ『歌舞伎座の桟敷《さじき》にて』（随筆集『紅茶の後』所収）においては、

舞台の引幕の意匠に注目しつつ、「芸界のパトロン」としての花柳界の存在意義についてこう言っている――「日本の芝居に花柳界の後楯《うしろだて》をとつてしまつたら、まづ匂《にほひ》のない花も同様だ」。

このように、帰朝後の荷風においては、江戸美術や芸能に深く浸透する花柳界の隠然たる存在感が、しだいに認識されてゆく。この方向性の一つの結晶が、「尽《ことご》く芸者の事を」書いた短篇小説集『新橋夜話《しんきょうやわ》』（大正元、一九一二年）であり、さらには粋でたしなみある新橋芸者・駒代をヒロインとする『花柳小説　腕くらべ』（大正五～六、一九一六～一七年）であるわけです。

しかし今回私が興味を抱くのは、そうした正統的花柳小説ではなく、むしろこんな小文で。『江戸藝術論』諸篇が集中連載される少し前、大正元、一九一二年の『三田文学』における「乗合船」というコーナーに投じられた批評文です。署名は、荷風の戯名の一つ、世をすねる「寿根蔵」。上野の東京帝室博物館で盛大に浮世絵版画展覧会の挙行されるありさまを、このように斜《しゃ》に構え皮肉っている。

宮内省直轄のかゝる神聖なる場所に江戸時代の遊女即売春婦の図画を陳列して平然たるは、我国の古来の道徳及武士道なぞから見て如何なものであらう。いくら西洋人が尊い美術だと云つたからとて、日本は日本流にどしく\かゝる下劣な町絵を排斥して了つた方が名分が明かになつて好いではないか。

虐待されつづけた江戸文華が、ようやく欧米の美術研究者・蒐集家によって正当な評価を得たことに感じ入り、欧米の先進的浮世絵研究を縷々《るる》紹介する『江戸藝術論』とあわせ読むと、荷風が複眼的批評家であることがよくわかる。

ここではいったん「古来の道徳及武士道」にあえて乗っかって、麗々しく展示される昨今流行の浮世絵の正体を「下劣な町絵」に他ならぬと暴く。そうした論法で浮世絵をおとしめることにより、海外の評価によってコロリと態度を変える「宮内省直轄」の上野の東京帝室博物館の軽薄と変節、つまり〈官〉の偽善に鋭く矢を放つわけですね。その矢にたっぷりと塗られた毒が、「遊女即売春婦の図画」というどぎつい言葉であるわけで。

毒あるエスプリとして、花柳界およびその核心である売買春に関する諸要素が使われ始めるのは、おそらくこのあたりが嚆矢《こうし》だ。そして気づかされるのは、当初、成島柳北ゆずりの粋で心得深くあだな新橋・柳橋の名妓に感嘆し古美術同様の価値を見出していた荷風が、一方でそのような名妓とはほど遠い下層芸者の様相へとピントを合わせ始めることです。その早い顕著な例は、『妾宅』(明治四十五、一九一二年)に見出すことができる。

半可通《はんかつう》とはいえ趣味にうるさい珍々先生が「お妾《めかけ》」と同棲する、川沿いの薄暗い借家。俗ないじけた江戸趣味のインテリアがいっそう寒気を募らせて。しかしそここそ「彼が心の安息所」——ということであれば、その家の女主人「お妾」こそ、そうした貧寒な家をも安息所と変化させる『矢はずぐさ』のヒロインのごとき才華ある名妓か、と想像すれば、全くそうではない。

「新橋《しんばし》第一流の名花と世に持囃《もてはや》される」美人とはほど遠い水転《みずてん》芸者、「少しばかり甲羅《かふら》を経《へ》たるこの種類の安物《やすもの》たるに過ぎない」と先生自身が暴露する始末なのだ。

ではなぜそのような「水転芸者」を、先生は選んだのか。その理由はさまざま『妾宅』第四章で説明されるのですが、いつも明快な荷風らしくもなく、この章の論旨は屈曲し読み釈きにくい。

先生はまず、「賤業婦《せんげふふ》の病的美に対して賞讃の声を惜しまない」畸形《きけい》の人として自らを位置づける。そしてその「正等なる社会の偽善を憎む精神の変態」「一種の病弊《びやうへい》」ゆえに、「最初から明白《あからさま》に虚偽を標榜してゐるだけに、その中には却《かへつ》て虚偽ならざるものゝある」花柳界を深く愛するのだと開陳する。

しかも先生はしだいに大風呂敷を広げはじめ……「印甸人《インデアン》」「南阿弗利加《みなみあふりか》」における原始的娯楽法とわが国のそれとの似よりを言及しつつ、「ポルノグラフィー」にばかり目を凝らす「健全なる某帝国《ぼうていこく》の法律」の文化度の単純と原始性を誹謗《ひぼう》する。第四章のもっとも述べたい主張はこれですね、裸体画陳列や風俗紊乱《びんらん》にばかり注意をそそぐ「某帝国」への批判。

なのに次の瞬間、「議論が思はず岐路《わきみち》へそれた――」などと、すばやく読者の目を他へそらす。ああ、疲れた。藪のような文章でございます。察するにこれは、社会批判の矢を放つ際にまず自虐の体勢を作り、過激な批判を自ら無化してみせるスタイルを繰り返しているからですね。

ともあれ、荷風における社会批判がしきりに「芸者」「花柳界」「ポルノグラフィー」といった好色的・猥談的要素にからまりつつ繁茂してゆく様相の一端を、以上に見ることができたと思います。

ここでは珍々先生自身さえ、「売春婦」と等価に位置づけられる。売色という行為に潜む毒の味わいと罪悪感は、かつて放蕩児として親を捨てアソビにふけった先生自身もよく知るもの、ゆえに先生の「爛《たゞ》れしわが心の悲しみ」は、売春婦の「悪病をつゝむ腐《くさ》りし肉の上」に共感し、やわらかく同化するのだ、と。このあたり、ボードレールの『悪の華』の匂いも、ぷん〱しますが。つまり「売色」「売春」はどうも、自己を引き下げる一つのバロメーターとして使われているらしい。

『妾宅』はもちろん多層的な世界だけれど。今注目したいのは、この作品で画期的に荷風の関心が生きた浮世絵としての名妓から、花柳界の底辺に生きる下層芸者へと移行していることであり、またその存在感が自己卑下・自虐の文脈の一つの母胎となっていることです。

そうした様相は、すでに冒頭に看取される。第一章において珍々先生は、平生は現代紳士の仮面を被《かぶ》って生きる文士であると紹介される。しかし彼には実はもう一つの顔があり隠れ家がある。

――作者はここで先生をこのように弁護する。

宿なしの乞食《こじき》でさへ眠《ね》むるには猶《なほ》橋の下を求めるではないか。厭《いや》な客衆《きやくしゆ》の勤めには、傾城《けいせい》をして引過《ひけす》ぎの情夫《まぶ》を許してやらねばならぬ。

――そのように先生にも、仮面を脱ぐ憩いの場、妾宅が許されるのが当然だ、と。

主体の珍々先生はまずこのように、橋の下の「乞食」にも、情夫を引き込む「傾城」にもたとえられる。しかも先生はオトコなのに、傾城にたとえられる点が異色であり、何やら切なく滑稽な。つまり荷風は冒頭から、自分の分身である珍々先生を哀れな遊女に重ねることにより、先生の知的権威や堂々たる存在感をなし崩しにすることをもくろんでいるのでしょうね。聴いてはもらいたいのです、読者に。薄暗い貧寒の住居こそ江戸芸術の母胎であることを、社会の水面下に潜む陰険な偽善を、大日本帝国の文化度の愚劣を……。

でもそれを、知的権威の〈先生〉の述べ立てる堂々たる論として拝聴されるのは、イヤ。だから始めから、論が終わったらそのすべてがパラパラと崩れるトランプのお城のような仕掛けがほどこしてある。その一つが、冒頭の哀れで切ない傾城への、主体の重ねですね。

そしてそんな仕掛けは万全に、終結にも。最後の第八・九章は文体やや変わり、「である」体も多用される論文調となる。そして珍々先生の背後から作者がぐっと身を乗り出し、世界芸術の中における日本芸術の軽妙なユーモアの特異性、ひいては平凡な日々の生活に詩情を見出し生きる心の大切さ、その連なりにおいて英国のウィリアム・モリスの社会主義的生活芸術論の活用性を説くのです。

しかし荷風はこの力説の、そして社会主義にも触れるいささか危険な論を、最後にふわあっと、「お妾」が夕飯のために白魚を焼き始め焼き終わるまでの短い台所仕事の時間の中に、おさめ入れてしまう。

閑話休題《あだしごとはさておきつ》。妾宅の台所にてはお妾《めかけ》が心づくしの手料理白魚《しらうを》の海丹焼《うにやき》が出来上り、それからお取り膳《ぜん》の差しつ押へつ、まことにお浦山吹《うらやまぶ》きの一場は、次の巻《まき》の出《い》づるを待ち給《たま》へと云《い》ひたいところであるが、故あつてこの後《あと》は書かず。読者諒《りやう》せよ。

さっきまで博識博学を駆使し、生活を楽しむ文化の意義を説いていた軒昂《けんこう》の先生の姿はかき消え、だらしなく「お妾」としんねこのお取り膳でくつろぐユルイ男になってしまう。そして作者は何やらしきりに急ぎ、さ、これから先生とお妾のお熱い場面、読者もご遠慮しましょうと、そそくさ姿を消してゆく。まるで論の大それた波及をおそれるかのように。

この以前から、荷風には特色的な自己卑下の文脈があり、たとえばそれは随筆集『紅茶の後』（明治四十四、一九一一年）あたりから目立ってくる。所収の評論『怠惰』などにそれは顕著だけれど、この時点ではまだ自己卑下の文脈は花柳界とは結びついていません。

『三田文学』の主幹として作家として数々の検閲や発禁処分を経た荷風は一つには、これではまだ無防備すぎると考えたのかもしれない。もっと幾重にも迷路を作っておかなければ、隠れ蓑《みの》を着なければ。

その意味でまさに〈妾宅〉とは、荷風がたどりついたレトリック上の隠れ家なのだと思います。〈妾宅〉を低層花柳界の象徴とするならば、その弱く問題とするに足らない低い存在に仮に身を託しつつ、そこから激越な批判を放ってゆく。あるいはやや危い思想論の尖りに、〈妾宅〉はだらしなく柔らかい情痴小説の皮をかぶせ、さりげない体にしてくれる、正面きってとがめるまでもないな、と恐い人々が通り過ぎてくれるように。

II

社会批判をおこなう際に多く自己卑下や自虐の文脈を駆使する傾向は、中期以降の荷風スタイルといってよい特色だと思います。もちろんそこには、色々な契機や理由がからまっている。まず、荷風生来の好みなのでしょう。男性的闘争スタイルではなく、女性的たおやめスタイルに己が身を託すのが。それに自らをおとしめることは、居丈高な攻撃や逆襲をかわす最良の防御策であって、先鋭な批判を放つ折に荷風が身にまとう幾重もの自虐の鎧《よろい》には驚かされ、まどわされます、迷路に入ったみたい。

これは前述のごとく、検閲や発禁処分を経て得た、自衛の知恵でしょう。またそれは、世を捨てた第三者としての冷徹な観察を述べる中世の隠者エッセイの伝統のふまえでもあり。さらに特色的に、江戸戯作者の職人気質へのあこがれにも結びついている。そして現在の私たちから見ると、まず自分をおとしめておいてからさて遠慮せず他人を笑いのめす昨今流行の、自虐お笑い芸人の元祖に荷風は当るのではないか、とも思えて面白い。

なんて、いつまでも抽象的に述べていてもしかたありませんね。もう少し具体的に話を進めます。

エッセイそして小説にもひろがる荷風の自己卑下・自虐の文脈には、大別すると三種のモードがあると考えられる。――①病弱モード　②翁モード　③花柳界およびそこから派生する猥褻モード。

たとえば①の病弱モードの例を見てみましょうか。エッセイ『矢はずぐさ』（大正五、一九一六年）の第八章より。当時荷風は三十七歳だけれど、文中しきりに自身の「早衰」や「頭痛」「頭に霜置く翁となりけるやうの心地」を嘆いている。とはいってもさすがに荷風、陰々滅々のみでなく、読者を愉しませてくれる。まず美しく懐かしい夏の夜の情緒を提供します、――「をちこちに夜番《よばん》の拍《ひやう》子《し》木《ぎ》聞えて空には銀河の流漸《やうや》く鮮《あざやか》ならんとするに」。

そしてすぐ次に、現代の無粋で野卑な夏風俗への諷刺に移る。

猶《なほ》もあつし〳〵と打叫《うちさけ》びて電気扇正面《まとも》に置据ゑ貸浴衣《かしゆかた》の襟ひきはだけて胸毛を吹きなびかせ麦酒《ビール》の盃に投入るゝブツカキの氷ばり〳〵と石を割るやうに噛砕《かみくだ》く当代紳士の豪興、（稿者注。いったんここで切りますね、）

清涼の夜空の銀河から一転、荷風の視線はあらわな胸毛を扇風機になびかせる「当代紳士」の不行儀にすえられる（胸毛のなびくサマが、傑作です）。イヤだなぁ、野暮だなぁ、銀河の夜をミヤビに遊ぶことも知らないこの文化度の低さよ……と戯画化し笑いものにした後、しかしそんな諷刺の支えとしての主体を自ら崩し、けなしてゼロで終わるのが荷風流なのです。

われ是《これ》を以《もつ》て野蛮なる哉《かな》や没趣味なる哉《かな》やと嘆息するも誠《まこと》はわが虚弱の妬みに過ぎず。何事に限らずわが云ふ処生《き》一本《ぽん》の議論とのみ思給《おもひたま》はゞそれこそ飛《とん》でもなき買冠《かひかぶり》なるべけれ。

夏なのに風邪を恐れてメリヤスの襯衣《シャツ》を着込むような異端の弱虫、「われ」の言うことですもの、本気にしないで、みたいな。これはほんの一例だけれど、「虚弱」「早衰」を構えとして、弱肉強食を当然とする硬直的進化信奉の世相に、こんな風にからかい突っかかってゆく荷風なのだ。

さて、②の翁モードはそれこそ数知れず。二十九歳の時から「年寄りになつた様な気」（『断腸亭尺牘』、明治四十一年八月四日井上唖々宛書簡）がしている荷風ですもの。そしてそれだけに荷風の〝老い〟は、振幅が広く豊饒です。彼は戦略的に〝老い〟を、さまざまに活用している。

ところで今当面の問題とするのは自虐の文脈の中の老いであって、それならたとえば、自らを兼好のごとき老隠者に擬して世相を皮肉るエッセイ『隠居のこごと』（大正十一、一九二二年。当時四十三歳）にたっぷりと仕込まれている。

ここで荷風は己れを「老いたるフワウスト」「老羸《ろうるい》の身」とし、「わが褊狭の性世の新しきものを見て能《よ》く娯《たの》しむ事能《あた》はざる」などと老いゆえの偏屈と不感症を卑下しながらしかし、その独自のレンズを通して東京現在の流行を鋭く観察し批評する。たとえばこのように——。

和洋二重生活の混乱は啻《たゞ》に衣服飲食住居の外観に止《とゞま》らず日常の言語と又物品の名称等に於《おい》て更に甚《はなはだ》しきものあり。（中略）カテイ石鹸といひハータ香水といふが如《ごと》く日本語を片仮名にて書き外国語らしく見せかけたるはあまりに見識なく愚劣《ぐれつ》の極《きは》みなり。

〈翁〉の老眼鏡は、世相から一歩離れそれを史的に眺望する荷風の批評の、大切なピン・ポイントなのですね。

ところでようやく本題の、③花柳界モードに分け入ります。三筋の水脈の中で、この花柳界モードがもっとも激越であり毒々しく派手なのではないでしょうか。荷風の過激な一面が、よく出ている。前述のように、荷風における花柳界への注目には一つの画期点がある。江戸の名ごり・生きた浮世絵としての新橋柳橋の名妓の心意気や風俗を愛する一方、批評家としての彼の関心は『妾宅』のような下層芸者に、さらには公娼から私娼へと移ってゆく。と同時に、そこにからまる自虐モードが激化する傾向があるのだ。

たとえば新橋芸妓・八重との幸福な結婚生活を述する『矢はずぐさ』（大正五、一九一六年）でさえ――時としてこうした自虐の毒舌をまぬがれてはいない。八重の文才や家政の才にオマージュを捧げる一方、荷風は自身と彼女との結婚をこのように揶揄する。

○われ家を継ぎいくばくならずして妓《ぎ》を妻とす。其《そ》の家名を辱《はずか》しむるの罪元より軽きにあらず。

○物堅き親戚一同へはわれ等両人が身分を思ひて無論披露は遠慮致《いた》しけり。人のいやがる小説家と世の卑しむ妓女との野合《やがふ》事々しく通知致《いた》されなば親類の奥様や御嬢様方　却《かへつ》て御迷惑《ごめいわく》なるべしと察したればなり。

このように『矢はずぐさ』全体に、自身は作家であり売文の徒。八重は妓であり売色の徒、すなわち等価のカップルという卑下の意識が貫流している。その上で巧みにこんなレトリックも駆使されるのだ。最終第十七章、芸妓に戻った八重の境遇にひっかけての、芸者小考的文脈の中で――。

素人《しろうと》も芸者も元此《こ》れ女なり。生れて女となる。女の身を全《まつた》うするの道古来唯《たゞ》従ふの一語のみ。従はざれば今の処日本にては女の身は立ちがたし。（中略）同じく皆従ふなり。一人に従ふと諸人《しょにん》に従ふとの相違のみ。其《そ》のいづれかを選ぶべきやは此《こ》れ其《そ》の人の任意なり。

そうとうに複雑な、諷刺です。まず、〈芸者〉を軽蔑する世の奥様方への皮肉でしょ、しょせん奥様方とて一人の夫に従属する者、一人の男に従うか複数の男に従うかの違いのみで、芸者と奥様はそう異なるものではない。奥様方の、抗議の声が聞えてきそう。

しかしそのように奥様方に憤慨の悲鳴を上げさせるのみでなく。荷風の諷刺の矢は、もっと遠くへ届くことをもめざしている。つまり「家」や「旦那」に従属するより生きようのない日本の女性全体を自由なき〈芸者〉としてとらえ、そのよるべない存在を援護しておりまして。

だってこのあたりの文章、「従」の字がことさらに十回も出てくるのですよ。〈芸者〉を蔑視する世間への皮肉であると同時に、人間に徹底的に〈従〉を強いる日本の社会および近代家父長制への批判にもなり得ている。こうした〈芸者〉の使い方も、あるんだなあ。

そしてこの時点。大正五年こそ、名妓より〈遊女〉〈華魁〉〈賤妓〉〈私娼〉への荷風の関心の深まるターニング・ポイントです。

これは一つには。新橋・柳橋芸妓については営業組合規約ができ、法的に営業の安全と隆盛を期するビジネスとしての体裁をととのえてゆく傾向に、荷風はいや気がさしてきたのかもしれない。比べて私娼は日陰者、まして芸妓組合に営業妨害などと突き上げられてますます迫害される様相が、敗者好きの荷風の同情と共感を誘ったのでは。

特に荷風が大きく私娼に肩入れするきっかけとなったのは、大正五、一九一六年五月八日に強行された、私娼窟への警視庁の大がかりな手入れであるらしい。岩波書店『近代日本総合年表』大正五年五月八日の項には次のようにある。

警視庁、私娼取締規則を改正強化（この頃、浅草千束町・日本橋郡代・芝神明の帝都三大魔窟のほか各所に、私娼を雇う銘酒屋・飲食店多数現われ、風紀びん乱）

この厳しい取締りを、荷風は実にすばやく諷刺のテーマとしてキャッチしておりまして。「今年五十八歳になり孫も三四人はある」某「隠居」を語り手とする随筆『客子暴言《かくしぼうげん》』は、同年七月に発表され、この私娼取締規則強化を核とし、取締る側の政治道徳の腐敗に鋭く突っこむ。冒頭で事件はまず江戸前に、「御詮義《ごせんぎ》」として報告されます。

去月初め頃より東京市中を手始《てはじめ》に日本全国津々浦々に至る迄隠売女《かくしばいじよ》転芸者《ころびげいしや》湯女《ゆな》飯盛《めしもり》の類厳しく御詮義《ごせんぎ》その為《た》め御府内《ごふない》にては吉原町始め南品甲駅辰巳の岡場所総じて官許の遊里殊《こと》の外《ほか》大繁昌の由《よし》湯屋《ゆや》髪結床《かみゆひどこ》など人の寄る処《ところ》と云《い》へばこの噂にて持切《もちき》りの有様なり。

なんだか、小説『散柳窓夕栄《ちるやなぎまどのゆうばえ》』を彷彿させる文章ですね。「御詮義」「御府内」などとわざとオカミをおそれる江戸庶民の体を装って、弱い者いじめの警視庁への直撃をやわらげている。この随筆に貫流する江戸前文脈は、いわば諷刺批正のボカシの手法なわけで。

同じ改正強化事件は、随筆『桑中喜語《そうちゆうきご》』（大正十三、一九二四年。原題は『猥談《わいだん》』）でも特筆されている。すなわち、明治四十一年二月から大正三年四月にかけて浅草十二階下、日本橋浜町蠣殻町あたりで安価に色を売る白首《しろくび》（つまり、私娼）が巣喰い、ために芸者組合がその筋へ嘆願、大正五年四月頃より警視総監西久保が市中白首取締に乗り出した。当時はまこと、「そゞろ天保寅年のむかしも思ひ出され」る剣呑な世情であった、と。

以上のぞいたように、この改正強化は荷風にとって実に衝撃的な社会事件であったことがよくわかる。つねに発禁処分や検閲の抑圧を感じているので、身につまされもしたのでしょう。『散柳窓夕栄』で柳亭翁種彦が、隠売女および自分たち戯作者を詮議する天保改革の「いやな恐しい世の中」の趨勢を予感しつつも、しだいに逃げ場を失ってゆくのと同じ閉塞状況を、荷風は感じとっていたのでしょうね。だからまさに、私娼と自身は重なるのだ。

ところで、さきの『客子暴言《かくしぼうげん》』。社会批判と花柳界のレトリックが、まことに見事にからみ合い相補完する一例です。見のがせない。少し戻ってその様相を観察しましょう。

前述のようにこの作品は一貫して江戸前、荷風は無学の隠居を装って初めはとても低姿勢からのスタートです。自分は年よりなれど、「根が好きの道なり女の話と云へばよきにつけ悪きにつけ面白くてならず」――だから、「論客ならずして遊客なり」とまずことわる。つまり男性共同体においては、「ああ、コレの話ね」とニヤニヤ許されがちの艶話、という体にして用心深く口を開いてゆくのです。

そして次に来るのは、公娼と私娼とを区切り後者を排斥する風潮の理不尽への不満、なのですがこれもやはり色話の形で。遊客としての自分の体験からいうと公私の区別なくイイものはイイのであって……と経験主義を発揮しつつ公私設ける必要なしの意見にたどりつく。といっても、こんな風なのですがね――「玉《たま》あしからずして而《しか》も亦《また》秘戯に巧《たく》みなる者あれば何ぞ夫《そ》れ娼の公私を問はんや」。ガクッ。

しかし凛然《りんぜん》とした漢文調が、話題の卑猥を抑えつつ品の良さを保ってゆくコントロール力は大したものです。荷風の豊かな漢文調の使い方を見ると、私たちも大いにこの力を復権させた方がよいのではと思います、文章にダンディな風情や大人びた皮肉、とぼけた表情をもたらすと思う。あ、閑話休題――。

さてつづけて「隠居」は実際のアソビの作法とか詳細な玉代《たまだい》、若い頃はどこの色街の芸者がよくて、なぞとしゃべり出し、イロケ爺さんの昔話かと煙《けむ》に巻く。しかし実は舌鋒《ぜっぽう》はしだいに鋭くなるのです、いわく、

当今の世は果して芸者地獄を取締り得たりとするも決してよくは相成申《あいなりまを》さず。（中略）大臣も議員も堂々たる男子《だんし》千円か二千円の賄賂《わいろ》にて大事な節操を売買するにあらずや。芸者よりも劣りたるものなり。

色呆《いろぼ》けを装っていた「隠居」、このあたりから突然背筋を伸ばし、ビシッと決めてゆきます。金で節操を売る世の政治家輩、いったい芸者地獄（私娼）とどこが違うのか。いや、芸者私娼は身体は売っても心は売らぬ。とすれば、「男子千円の為めに節を売」り、「一国一代の人心に悪影響を及ぼす」方がよほど罪深かろうと。そんな男子は、「見せしめの為め十日《た》間日比谷公園に曝物《さらしもの》になし通行の諸人をして頭から糞尿をあびせかけ散々いじめた後磔刑《はりつけ》になし其《そ》の屍《しかばね》を犬に喰はすべ

し」。
なんて毒々しい弁舌、くら〳〵します。私娼取締りの件からグイッと取締る側の弱みを突き、あっという間の主客転倒。しかしこの攻撃は危険であるゆえ、あくまで「女好き」の老人の猥談の枠内におさめることも忘れない。

今の日本人にて男と女とそも〳〵どつちが其《そ》の心ざま劣れるや。とくと御覧あるべし。隠居は女好《ず》きなれば女の方が余程《よほど》心のさま潔白なりと思へり。芸者地獄の如《ごと》き売春の女にはいまだに折々侠気《けふき》あるもの奇骨《きこつ》あるものを見る。男子はいかん。

さらに最後の仕上げも、周到です。社会批判だったのか、猥談だったのか、文脈を掻きまぜてわざと訳わからなくしてしまう。

隠居は今の世に時めく男子と交《まじは》らざる事を以て最も高く最も清しとするものなり。浜町の地獄と寝る事をきたなしとせず。汚しと思はゞ湯にはいればそれでよし。今の世に時めく男子に交れば湯にはいりたりとてその心の汚れは洗はれぬなり。

あの――、〈交る〉と〈寝る〉の意味はずい分違うと思うんですが……というツッコミを許さない、自信満々のレトリックの迷宮ですね。『客子暴言』はそう長い文章ではないのですが、自己卑下・花柳界的猥談・社会批判が毒々しく交差するレンズの強度に、読者は何だかフラ〳〵しながらこの迷宮から出て来る始末になっております。

さて、もう一篇。これもすさまじい随筆『桑中《そうちゅう》喜語《きご》』(大正十三、一九二四年)の中に入ってみましょうか。冒頭、「通俗小説」を書くようにとの依頼を受けた四十代の作家らしい「僕」が、そも〈通俗〉とは何ぞやと頭をひねり、つまり「通俗の本旨《ほんし》既に色欲淫事《しきよくいんじ》に在り」という真実を看破するところからスタートする。

要するに。八章仕立てのこの文章は、そんな「僕」がまず「甫《はじ》めて十八、家婢《かひ》に戯《たはむ》る」自らの色欲事はじめより回想するウィタ・セクスアリス。であると同時に、明治三十年代から四十年代の東京市中のアソビの場の小史の恰好をなす。正統な史学が無視してきた異端の分野、荷風お得意の裏歴史学でもあるのです。

第一章から、荷風は凝った批判を展開する。執筆は関東大震災の約半年後なので、色々と思うこともあり圭角《けいかく》尖っていたに違いない。たとえば病弱モードと猥褻モードで、サンドイッチのように社会批判を挟《はさ》むこのような舌鋒をご覧あれ。

嗚呼《あゝ》、僕夜半夢覚めてつら〳〵四十余年の生涯を顧るに、身蒲柳の質にして而《しか》も能《よ》く人一倍遊びたりと思へば、平生おのづから天命をまつ心ありしが故にや、(稿者注。ここまでが病弱モードです。）ことしの秋の大地震にも無辜《むこ》の韓人を殺して見んなぞとの悪念を起さず。

（稿者注。かんじんのフィリング、社会批判の部分。これは、同時代の民俗学者・折口信夫も衝撃を受けた、大震災の折の自警団による韓国人襲撃をさす。ちなみに折口は、自身幾度も自警団の厳しい詰問に遭い、日本国民に潜在する残忍性に絶望、詩『砂けぶり』で「かはゆい子どもが――／大道でしばいて居たつけ――。／あの音――。／帰順民のむくろの――。」とうたった。批判の手法は異なるが、日本国民の本質的野蛮への鋭い視線は、荷風にも通底する。）

火事場の稼ぎにもゴムの鎧《よろひ》に身を固むることを忘れざれば天狗の鼻柱遂《つひ》に落るの憂《うれひ》なく、老眼今猶《いまなほ》燈下に毛蝨《けじらみ》を捫《と》つて当世の事を談ずるの気概あり。

（稿者注。猥談そして笑いの箇所。キッと批判した後、すぐこういう風に崩すんだから……。老眼で毛ジラミを取る〝気概〟って言われても。それに○○○ー○の事だの○○病の事だの。いえ、ワタクシは平気ですけれどね。でもしきりにこういう笑いを取っていらっしゃったから、現今、先生の女性読者が減ってしまったのではありませんか？）

以降、アソビの場の盛衰史の考証に、「僕」の私的な艶やかな時間をガラスの破片のように随所にちりばめてゆく『桑中喜語』全容の詳細は省略いたします。自分の生きた時間が積極的に〈歴史〉の中に喰い込んでゆくそのような様相こそ荷風の特色、と感嘆しつつも急ぎこの随筆の結びに目を走らせてしまいましょう。

以前の情緒深いアソビの場が滅び、郊外に蕪雑な新開の色街の発展する近頃の有りさまを皮肉にあげつらった後は、自己卑下全開で終わっています。

ナゾト肩をいからしながら、こつそりと遊びに行く山の手の小待合、賤妓《せんぎ》を待つ間の退屈しのぎに筆をチヤブ台の上に執る。時是《こ》れ大地震のあくる年春もまだ寒きバラツクの御二階に於て

金阜山人しるす。

ほら、『妾宅』と似ています。こもごもの批判、艶話、史的考証をすべて「賤妓を待つ間の退屈しのぎ」の無為の小さな時間の中におさめてしまうのですね。

なぁんだ、時にえらそうに弁じていたけれど、アソビの合い間にチョコチョコッと書いたんだ、と読者をあきれさせる。チャブ台とかバラックという舞台設定もなんとなくみじめったらしい。しかし文筆の巧みは瞭然、これで冒頭の「僕今芸者の長襦袢を購はんがために」筆を執る、という言葉と見事に平仄《ひょうそく》が合うのだし、震災直後の仮設バラック小屋林立の都市風景の一端も背景とし、現代世相をきわだたせる。かつ、花柳界に遊ぶ「僕」が花柳界について書くという、入れ子型にもなっている。

さてこれまで述べた作品の他に、レトリックとしての花柳界およびそこから派生するポルノグラフィックな諸事を駆使する随筆としては、『猥褻独問答《わいせつひとりもんどう》』（大正六、一九一七年）や『何ぢやゝら』

（同年）、『古本評判記』（同年）、『偏奇館漫録』（大正九〜十、一九二〇〜二一年）などがありますけれど。紙数も迫っているのでこれらについては直接、全集にてご観覧下さい。

III

『客子暴言』の隠居の老眼鏡、ではありませんけれど。今までそれこそ最大限に目を近づけて、荷風の行間を縦横自在に疾駆するさまざまの技や笑い、諷刺自虐他虐を読みとってきました。今度は少し顔を上げ、遠近眼鏡にかけ替えて、同時代の状況も見渡してみたいと思います、すると――。有島武郎『生れ出づる悩み』や島崎藤村『新生』、武者小路実篤『或る男』、志賀直哉『暗夜行路』など、深刻に人間の本質としての自己の性に対峙する私小説の席巻する大正文壇においては、性愛をアソビと割りきり卑猥とも軽やかに戯れる荷風は異質だけれど。

むしろ思いきって小説界を離れ、ジャーナリズムや風俗史・新しい民俗学の世界に彼を投げ出してみると。花柳界に恰好の言説の資源を見出し、猥褻に滑稽な笑いをからませつつそれを社会批判の隠れ蓑的レトリックとする姿勢において、荷風は孤立しているわけではない。

もちろん表現法は異なるけれど、似た姿勢で時代に佇立《ちょりつ》する人は――ほら、ちらほらと見出すことができます。たとえば〈反骨と猥褻の人〉として知られ、その『猥褻風俗史』（明治四十四、一九一一年）、『猥褻廃語辞彙』（大正八、一九一九年）、『売春婦異名集』（大正十、一九二一年）などの著作に、博覧強記とともに吉原でのアソビ人としての経験を大いに生かす宮武外骨を、まずその一人として荷風の隣に置いてみても、そう不つりあいではない。

一例をあげますね。自著『猥褻と科学』（大正十三、一九二四年）の後記で、執筆に追われる自分を苦界勤めの遊女にたとえ、しかも遊女のように間男《まおとこ》と憂さ晴らしする余裕さえない職業著述家の悲惨を嘆く外骨の自嘲的な花柳界モードのレトリックは、『妾宅』で珍々先生を遊女に重ねるレトリックとかなり似ている。

人間至楽の性交、これを肉体生存の糧にせんとする遊女生活、其外観は華美艶冶の境遇に均しきが如しといへども、其内実の悲惨心労は尋常ならず、号して「苦界の勤」といふ　これに思ひ当るは余の一身なり、（中略）遊女の間夫に於けるが如き、ウサハラシの事もなく、焦燥煩悶に苦慮砕心を重ねつゝ、二十余日を費して漸く出来上りしが本書此物なり。（中略）嗚呼、いつの日か此「苦界の勤」を脱し得べきや。

（『宮武外骨著作集』第五巻、河出書房新社）

もちろん、二人に通底するこのように軽やかでアソビ人風のレトリックを、両人が共に敬愛する成島柳北流、ととらえてもよい訳だけれど。

宮武外骨といえば何といっても、明治二十二（一八八九）年三月、自身の発行する『頓智協会雑誌』二十八号に、同年二月発布の「大日本帝国憲法」を茶化し戯画化する絵と文章「頓智研法発布式付研法」を掲載し、不敬罪に問われ入獄した事件が有名であり。以降も『骨董雑誌』『滑稽新聞』『ザックバラン』『スコブル』など多数の自分プロデュースの雑誌・新聞を発行しつづけ、筆禍による入獄四回、罰金・発売禁止処分は二十九回を数える稀代のジャーナリストである（吉野孝雄『宮武外骨』河出書房新社、参照）。そしてその出発点には、新聞人・成島柳北の反骨精神への深い尊敬と共感がある。

そうした外骨について、荷風は同時代の著名な奇人という以上の、なみならぬ関心を寄せている。かなり後年ですが。前述の「大日本帝国憲法」を茶化す『頓智協会雑誌』二十八号を日本堤裏町の古雑誌店で見出し、「外骨氏重禁固三年の刑に処せられたる記事もあり」と雀躍、その店にあった十冊全て購入した旨が、『断腸亭日乗』昭和十年十月二十五日の項に記されている。

また、同じく『日乗』昭和十一年八月二十五日の項には、「終日外骨氏編著明治奇聞六冊をよむ」とありまして。しかし外骨への荷風の関心はこのあたりでにわかに起こったものではなく、ちょうど一連の浮世絵論の発表された大正期にさかのぼるのだ。

『江戸藝術論』の巻頭を飾る文章『浮世絵の鑑賞』（大正三、一九一四年）の冒頭近くには、宮武外骨の著作『筆禍史《ひっかし》』（明治四十四、一九一一年）への印象的な言及があるのです。

浮世絵は隠然《いんぜん》として政府の迫害に屈服せざりし平民《へいみん》の意気を示し其《そ》の凱歌《がいか》を奏するものならず

や。官営芸術の虚妄《きよまう》なるに対抗し、真正《しんせい》自由なる芸術の勝利を立證《りつしよう》したるものならずや。宮武外骨氏の筆禍史《ひつくわし》は委《つぶ》さに其《そ》の事跡を考證叙述して余《あま》すなし。余《よ》また茲《ここ》に多く云ふの要あるを見ず。

浮世絵論の中に筆禍史？　やや唐突な印象のある引用だけれど、文脈的には唐突ではない。なぜならここで浮世絵は、〈官〉に対する〈民〉、〈虚妄の芸術〉に対する〈真正自由の芸術〉、すなわち表現の自由の旗印として使われているので。そこから、表現の自由の困難の歴史を概観する『筆禍史』に話が流れるのでしょう。

では、『筆禍史』の内容を。これは、外骨流の負の歴史学。自身、無類の筆禍者である外骨が堂々たる自信をもって「昔の筆禍者」を一堂に集め、何ゆえに縛されたかを解説する歴史体の叙述です。中古時代の小野篁より始まって、徳川時代の山鹿素行、熊沢蕃山、貝原益軒、菱川師宣、尾形光琳、山東京伝、為永春水……、儒者学者医者政治家浮世絵画家戯作者その他を〈筆禍者〉という共通項でつなげてしまう平等主義も爽快だけれど。

圧巻は何といっても、末尾近く「明治政府時代」の項に掲げられる、「新聞雑誌処罰略記」。ここには明治八年八月七日禁獄二ヶ月罰金二〇円を科された『東京曙新聞』記者・末広重恭を皮切りとし、以下明治十三年まで一一九名の筆禍記者について、その禁獄期間、罰金の額、新聞名、氏名、記事の発表年月日を明記した詳細な一覧表が示される。

外骨は最後にしおらしく、新政府の憲法発布のおかげで「言論の自由を保障されたるがため」明治二十三年以降はこうした筆禍処分少ないゆえに省略、と述べているけれど。もちろん、『筆禍史』自体を筆禍にされないためのギリギリいっぱいの工夫であることは、読者諸子が察するところ。日本の歴史の中にあって、明治国家の言論抑圧がひときわ苛烈であることは、この細密壮観の一覧表に瞭然であって。

荷風の『浮世絵の鑑賞』に戻れば――。純粋に芸術として浮世絵の美をつまびらかにしようとする傾向の看取される『江戸藝術論』諸論の中にあって、この巻頭の文章は「我邦《わがくに》現代に於ける西洋文明模倣」「古跡の破棄」「時代の醜化」、明治政府の「武断政治」を批判して、もっとも過激です。そうした批判精神が荷風の江戸芸術傾斜への一つの入り口であることは明らかであり。そこには、やはり〈江戸〉をレトリックの拠点として、国家権力による言論の抑圧をはぐらかしつつ引っかきまわす同時代の外骨のエネルギッシュな言論活動への共感もからんでいるのではないでしょうか。

そのように考えてみると改めて。外骨と荷風の志向や着眼は、ある時点まで類似する面が少なくない。まず二人に通底するのは、新聞人としての成島柳北への敬服でしょう。だから自身の個性的言説の発信基地ともいうべき中小雑誌の発行に両者とも情熱を抱き、書く人であると同時によきエディターをもめざしている。

もっともこの局面では外骨がずば抜けていて。荷風は『三田文学』の主幹をつとめ、その後に小雑誌『文明』と『花月』をプロデュースするわけですが、発行者の負う雑務に疲れ以降はソロ・ワークに徹する。対して外骨は前述の如く、大小新聞雑誌のプロデューサーおよび書き手として、入獄四回発禁二十九回のつわものですから。

次に共通するのは、前代の江戸芸術、特に浮世絵への愛惜と再評価の念です。もちろん筆致は、それぞれ全く別の世界。周知のように荷風の浮世絵諸論は、芸術の精華としていとしげに浮世絵を掌にすくいとる風情。文学的かつ審美学的、浮世絵の中の小さな景色やそこに生きる豆粒のような人々をこまやかに述して、詩集のような雰囲気さえ漂う。比して外骨は、詩情ゼロ。芸術としてではなく浮世絵を、欲望深く天真に生きた江戸庶民の風俗博物館として徹頭徹尾、面白がってながめている。

そんな様相は、外骨が明治四十三(一九一〇)年一月に創刊した浮世絵研究雑誌『此花《このはな》』に詳しくうかがわれる。ちなみに『此花』は外骨プロデュースの〈雅俗文庫〉より発行され、明治四十五年七月号をもって廃刊となった(『宮武外骨著作集』第七巻、谷沢永一「解題」参照)。

そもそもこの『此花』に大量に掲載される浮世絵自体が荷風の好みとはかけ離れていますもの、鈴木春信描く哀婉な少年少女や葛飾北斎などの手による水都・江戸のノスタルジックでみずみずしい風景画とは――。『此花』の志向するのは明らかに、横並びの羅列的多彩で。〈おんぶ〉というテーマで男に背負われる女の姿態の絵を並べてみたり、遊女のファッションの比較。あるいは浮世絵を通しての珍奇な風俗の紹介、――「昔の飛行機」「若衆の痔疾《じしつ》」「妖怪百種」などなど。

こうした傾向については外骨自ら、「美術品としての外《ほか》」(『此花』明治四十三、一九一〇年三月号)

という文章で、浮世絵に、風俗・科学・工芸・世態人事の資料としての価値を見出す自分の姿勢の特色を宣言している。ですから外骨の浮世絵論が、荷風に実質的な影響を及ぼすはずもない。

八木光昭氏はそのあたりの事情を見越し、論考「『すみだ川』から『柳さくら』へ——荷風の浮世絵受容について」(『日本文学研究大成　永井荷風』国書刊行会所収）において、荷風『江戸藝術論』に先行し、日本初の浮世絵研究として『此花』のあることを指摘しながらも、両者の影響関係は稀薄としている。一面、これはもっともなのです。

しかし一面『此花』とは、前代の江戸を拠点に日本近代社会への批判を放つという諷刺精神において、荷風の江戸芸術への傾斜と深く関わっている。同時代において、〈浮世絵〉や〈江戸〉がどんな種類の諷刺のダイナマイトとして機能していたか、読み釈く上でも『此花』は重要な存在なのです。江戸芸術にのめり込む荷風は、その時代状況の中で決して孤立していたわけではない。孤高の懐古者であったのではありません。

まず荷風は、珍奇あり卑猥あり驚嘆ありのこの江戸版トリビアの泉、見ていてグロテスクな絵本のように愉しい『此花』を、実に面白がって愛読していたでしょうね。そして大逆事件の勃発する世情険呑な中であえて反動的に古色蒼然たる〈江戸〉を取り上げ、それを隠れ蓑として自在に大日本帝国の裏側にまわって抗《あらが》いからかう諷刺と批判の豊饒な言説の舞台を作る、外骨のジャーナリスティックな戦略に大きな啓発を受けていたに相違ない。

かつその舞台がタコツボ的専門臭をふりかざさず、混沌と多声の自由の言説のトポスとなりえている点にも、きっと深い共感を覚えていたと想像される。後に荷風が創刊する『文明』や『花月』も、小規模ながら専門臭の回避を志向する、越境的な文化雑誌です。

つまり具体的には。『此花』は外骨の記事を主体に浮世絵のみならず江戸風俗文化全般について、読者諸氏からも寄稿や質疑応答を募る開放的な雑誌なのだ。ですからワイワイガヤガヤと、実にポリフォニック。そんな空気を愛してか、日本の学術誌を無視して英国の *Notes and Queries, Nature* にもっぱら投稿し、また明治四十二年より政府の神社合祀政策への過激な反対運動を展開していた紀伊の粘菌学者にして民俗学者・南方熊楠も、創刊号からの『此花』の愛読者です。

彼は『此花』に、「婦女《をんな》を姣童《わかしゆ》に代用せし事」「淫書の効用」など、江戸時代の奇異な性愛風俗を考察する合計四篇の論考をも寄稿している。外骨は熊楠の博覧強記の性愛史研究を高く買い、〈雅俗文庫〉から熊楠著『東西同性色情史』をも出版する予定だったけれど、熊楠が「極端に渉る淫猥字句」の改削を拒んだため、これは頓挫した。こんな研究分野もある一面、〈淫猥〉に過剰反応を示す政府への抗いなのだろう。

ちなみに当時無名の少壮学者であった二十七歳の折口信夫も、『此花』の愛読者でありました。少し後、大正二年四月に外骨が創刊した大阪の新聞『日刊不二』に短歌、評論、少年愛を描く小説『口ぶえ』なども寄稿している。しかし折口は、大正二年十二月に柳田国男主宰の民俗学研究雑誌『郷土研究』に論考を発表、柳田にその存在を認められてからは次第にそちらへシフトしてしまうのです。

なぜなら。おそらく柳田国男は、外骨の巻き起こす性愛風俗史研究に民俗学が関わるのを、非常に警戒していたと思います。そしてそれは、当時まだ新奇な学問としての民俗学を正統に体系づける土台作りに必死だった柳田においては、当然の回避策であろうかと。外骨は、時代において嵐の目のような存在ですから。これと組んでは、民俗学まで国家にたてつく危険な学問とみなされかねない。

しかし一方で。「猥褻の風俗殆ど絶滅せし今日《こんにち》、これを記述して」修史の著述をなす者がいなければ、「世の野蛮より文明に進化したる一径路ありしを知らざるに至らん」などと明治政府の築き上げた今日を文明社会と巧妙に持ちあげる進化史の体裁をとりながら。帝国刑法第百七十四、五条の猥褻罪をどうにか煙に巻き、日本文化と猥褻との密接な関係について堂々縷々《るる》叙述する『猥褻風俗史』（明治四十四、一九一一年）の刊行を可能とする手法に象徴的なように――。

明治国家の厳しい諸法規の裏をかき、明治の滅ぼした〈江戸〉を主なる舞台として、〈歴史〉の体裁になしつつ、言論を抑圧する国家権力を批判する外骨プロデュースの言説の場には、風俗史家や好事家のみならず、気鋭の民俗学者をも巻き込む自由の熱気がうずまいていたのだと想像されます。

したがってこの時期に〈江戸〉を選ぶということは、荷風においてのみならず、単なる過去憧憬ではあり得ない。それは〈好古の癖〉や〈逃避〉を装いながら、裏声で明治国家の偽造する正史の暗面を語る、あるいは権力による閉塞的抑圧を批判する、危険な記号としての可能性をはらむのだ。

『江戸藝術論』においては荷風は意図的にそうしたコードを外し、純粋な芸術論に徹する傾向があるけれど。しかし折々きわどい。「我邦《わがくに》現代に於《お》ける西洋文明模倣の状態は（中略）余《よ》をして日本文華の末路《まつろ》を悲しましむるものあり」の言で始まる巻頭の『浮世絵の鑑賞』（大正三、一九一四年）がもっとも先鋭でしょうか。

あるいは、『泰西人の観たる葛飾北斎』（大正二、一九一三年）の最後の言葉――「わが官僚武断《ぶだん》主義《しゆぎ》の政府屢々《しばく》庶民に愛国《あいこく》尚武《しやうぶ》の急務を説けり。尚武は可《か》なり彼等《かれら》の所謂《いはゆる》愛国なるもの丶意義に至つては余輩《よはい》甚《はなはだ》これを知るに苦しむ」も、手きびしい。

特に『江戸演劇の特徴』（大正三、一九一四年）の末尾に荷風が投げ出すように置く言葉――「明治維新以来東西両文明の接触は彼にのみ利多くして我に益《えき》なき事宛《さながら》硝子玉《がらすだま》を以《もつ》て砂金《しやきん》に換へたる野蛮島《やばんたう》の交易を見るに異《こと》ならず真《しん》に笑ふべき也《なり》」からは、世界地図における野蛮島・日本を思いきり嘲る荷風の、虚無的な笑い声が響いてくるようだ。

そもそも『江戸藝術論』全体は、浮世絵に詩的オマージュを捧げつつ近代にいたるそのしだいの衰滅史をたどる恰好になっているのだけれど。それは失われた時・江戸への抒情的な愛惜であるのみならず。その文華を滅ぼした主体――芸術オンチの明治政府およびその臣なる国民への攻撃性をはらむ衰滅史であることは、前掲の諸言に明らかです。

こうした構図は、江戸芸術すなわち江戸都会趣味の、明治における衰亡の歴史を「一巻の風俗美術史」として編纂せんとする自身の抱負を述べる『東京の夏の趣味』（大正二、一九一三年）という文章にも端的に看取される。ここで荷風は衰亡史を三期に分け、明治初年から十年間とする第一期における、「文華を有せざる蛮族」として東京に乱入してきた「薩長の勝利者」の非文化的所業を厳しくなじるのだ。

『江戸藝術論』はじめ戯作者気質への志向など、一九一〇年代に深まる荷風の〈江戸〉への傾斜とは、時代からの逃避や退行現象、あるいは西欧文明に比肩する日本文明の発見、という視点から主に考究されてきた傾向があるけれど。『此花』創刊の様相などかんがみるとそこにもう一つ、社会主義の直球批判ともまた異なる、同時代におけるラディカルかつ軽快な批判の言説コードとしての〈江戸〉への志向を考えてみてもよいのではないでしょうか。

同時期、つまり大正期以降荷風のエッセイに特徴的にまつわり始める花柳界的レトリック、しばしばそこから生ずる猥褻な要素やヲコな笑いも、そうしたラディカルな〈江戸コード〉の一環として考えてみたいというのが、そう、拙稿のひそかな出発点でした。

……これでオチがつきましたやら何やら。遠近眼鏡はまだ使い慣れないもので、拙稿の最後第三節が、何だか第一・二節と分断してしまった気もする。でも時々はこんなのも、いいですよね。無理に論全体を終始一貫で縛らなくても、と最近思いはじめております。話があちらこちらへひろがって、そしてアレ？　今どこにいるんだっけ、などと迷うのも一興かと。

しかしいささかお読みづらかったかもしれないことへのお詫びに、ある桜の日の荷風の可憐なエピソードをご紹介して稿を閉じます。荷風が『此花』を愛読していた、一つの証拠でもある。
『此花』明治四十四年十一月号掲載の「春画淫書弁」という記事に、「古珍書屋として著名の畸人《きじん》」として東京・芝の村幸《むらこう》という古本屋の主人が紹介されている。つづいてその村幸が古い淫書密売のかどで検挙を受けた際、所有する春画の名品をチャッカリ警察官に盗まれたエピソードが、村幸自身の談話体で報告されている。検閲への、すごい皮肉。

……貴方《あなた》驚くぢやございませんか一件で裁判所へ参りますと、これは其方《そのはう》の品々かと判事様の仰せによつて、一々調べて見ますと、貴方何如《あなたどう》でせう、初め四谷警察に挙《あげ》られた時の政信だの春信だの〻一枚五円十円の品は一つも無いのです。警部様《さん》か検事様《さん》か分《わか》りませんが、呆《あき》れましたネ——、（中略）世の中はこんなものです云々。

これを読んで荷風は、村幸の店に行き始めたのではないかしら、その畸人《きじん》ぶりが大いに気に入ったのでしょう。『大窪だより』大正三年三月三十一日の項、桜咲くよいお日和。荷風は古本屋をひやかした後、芝日蔭町のこの村幸商店にぶらっと立ち寄っています。そして主人から、すばらしく贅沢な江戸期の役者人形を見せられて一目惚れ。当時アンティーク蒐集家の間では、江戸人形熱も起こっていたのです。
その人形は衣裳も特に心入れの品々。荷風は「大家の娘か御殿女中」であったろう人形の持ち主に想いを馳せ、「かく価《あたひ》を惜しまず見事《みごと》なる人形にまでつくりなして役者をめで喜びし心根、流石《さすが》に昔の女なればこそと思《おもひ》遣《や》られて」埃だらけの店から、この人形を買い取る。そして結局――。

わが身は男なれば朝夕の世話とて思ふにまかせぬ故、親しき女の許《もと》へ昔の持主にもおさ〳〵劣らず劬《いたは》り呉れるやうこま〴〵と云添へて送り遣《つかは》し申候《まをしそろ》。

桜の季節に似合う、風雅なプレゼントですね。しかし贈られた女性は、やや迷惑だったかもしれない。この頃の荷風の「親しき女」といえば、当然。夏には結婚する八重次さんですよね。桜の花びら舞い込むお座敷で、何だろう？　とかさばった包みを開けて、煤《すす》けた役者人形が出てきた時の、八重次さんの当惑顔がちょっと目に浮かびます。

わがままな、壮吉さん……！

戦略としての老い

明治・大正・昭和を生きた文学者として、荷風はまことに長寿で。特にその晩年老いてなお浅草に出遊する独特の風姿をジャーナリズムが好んで取り上げたものだから、この人には何となく偏奇老人、というようなイメージが色濃くつきまとう。でもそれは、ある意味当っている、永井荷風の一つの本質の象徴だと思いますね。

なぜなら彼ほど豊かに深く、老いをその文学に活用した作家は少ないのではないでしょうか、ことに弱肉強食、若さと壮年の前進性が賞揚される日本近代において。荷風と比肩するほどに老いを重視した作家としては、日清戦勝に湧き利欲にうごめく脂ぎった人々の群れを遠くから哀しげに見つめる聖なる翁を時おり印象的に作中に描く、国木田独歩くらいしか思いつきません。

それに荷風が面白く特異であるのは、え？　と思うほど早くに自らサッサと老いてしまうこと。何しろ帰朝直後、明治四十一年二十九歳の時に親友の井上唖々に向けて、こんな気分を洩らしているのですよ。

> 日中は書いて居るので其《そ》れ程《ほど》でもないが、夜が実にいやだよ。何だか年寄りになつた様な気がしてならぬ。何を見ても淋しい気ばかりして狂熱が起つて来ない。
>
> （『断腸亭尺牘』明治四十一年八月四日）

同じく唖々に発した七月二十六日の手紙では、「縁側から見る庭の樹木が恐しいほど暗くて僕は妙に気が狂つて行くやうでならぬ」とうったえていて。この頃荷風はいささかノイローゼ気味であった（これは、当時人種差別激しい北西アメリカでのエトランジェ生活で発症し、帰国後も持ち越したものらしい）。なのでこうした鬱々とした閉塞感と「年寄りになつた様な気」がこの時点で結びついているのは明らかです。

しかしでは、荷風にとって老いは全的にマイナスなのかと言えば、決してそんなことはない。ある時は荷風の負の心情や病弱の嘆きと老いは結びついているけれど、ある時は彼の深部のピリッとしたカラシのような性根と結びついていて。しかも嘆きは、荷風流言説の防御服である場合も少なくない。

つまり老いとは、大へんに懐《ふところ》の深い器なのですね、弱気も強気も両様そなえ、矛盾することなく不可思議な蒼い水を湛えている――。時々このようにさえ考えます、社会に訴える青年としての若々しく直情的な声から離れ、深く面妖な老いの器に自らを託すことを知った時、作家としての荷風が誕生したのではないかと。老いとはですから、〈荷風〉そのものではないか、と。

そしてそうした意味で、荷風が老い始めたその瞬間を、私は知っているような気がします。それはやはり二十九歳の時。荷風が発表した小品『恋人』（『ふらんす物語』所収）の中に、まずまことに美しい老いが兆《きざ》している。

ある深夜の贅沢なレストランで。シャンパンに酔いさざめく人々の中に「一双の若き舞踏者」を見かけた荷風の分身「われ」は、呆然とテーブル席にすわったまま彼らの美に見入ってしま

う。……その二人とは――、

若かりし。いとも若かりしよ。男は十九を越えざらん。女は十六か十七か。何れも丈高からずして痩せたれば、肥えて年とりたる人々の中に交りては、さながら人形の舞へるに異ならず。

周囲が「面立《おもだち》厳《いか》しく年ふけた」社会的地位ある紳士群とそのオアイテをする女性達、なのでこの清らな美少年美少女のカップルはまことに目立つ。彼らのしなやかな身体の動き、濡れるような瞳、少女のなかば開いた薔薇のような唇に、「われ」は揮身のオマージュを。――

相抱く二人の身は、同じき一ツの魂によりて動かさるゝが如く見えぬ。男のそれに触れんばかりに近けたる女の唇は、舞ふ度に迫まる呼吸の急《せは》しさに、開きて正に落ちんとする花瓣《はなびら》の如くに分たれたり。（中略）われは美しき二人の影の、やがて、辻に出でゝ、馬車の中に消るまでも眺めやりぬ。その時、アンリー、ド、レニヱーの「経験」と題する詩、悲しくもわが唇に浮び出でたり。

最後に。荷風はこの恋のきらめきを、レニエの詩を借りての老熟の視線で優しく包み込む。二人の恋をながめる自分の現在の気持ちはまるで「曇りし真珠の光沢《つや》」のよう、穏やかで静か。人生における恋のつかのまの貴重を知る老い初《そ》めし身であるゆえに、「わが心、羨まず、厭はず、悔まず、顫えず、激せず、又怪しまず」。

もうオトナで、いろいろな意味で現役を退いた人間が、それゆえに少年少女の恋の儚《はかな》さを賞美する――この立ち位置ってそのまま、『すみだ川』の主軸・六十歳近い蘿月《らげつ》宗匠のありように直結するのではないでしょうか。あれを書いた時も、荷風はまだ三十歳でしょう？ しかしそれにしてはずい分深々と、自身の視点を老人の蘿月に没入させている。また、蘿月の老いのいたわりの視線によって、長吉《ちょうきち》のおぼつかない幼い恋の照らし出される点に、そう劇的でもないこの恋物語の特色があるわけだ。

それに、『すみだ川』あたりからせり出してくる、荷風独特のフォーカスをかけた哀婉な風景描写（霧や霞、靄《もや》の漂うごとき……朦朧《もうろう》色による）も。もちろん浮世絵の褪せた色感の導入など種々の要因はあろうけれど一つには、老いの視線にまつわる死の意識を通してやや遠くからこの世を見るような、特異な傍観性の確立も大いに関わっているのではないかしら。

たとえば、蘿月宗匠の次のようなつぶやき、聴いて下さい。これこそ『すみだ川』の一つのシンボル。死者を想うこのつぶやきを聴いていると不思議な遠近感が働いて、すみだ川堀割《ほりわり》界隈の朝顔からむ竹垣や野菜畑、場末の横町の貧寒な小屋に住む人々の因循《いんじゅん》で狭い生活のざわめきにしだいにほの白いヴェールが降りるかのよう。それゆえに、破れ襖やしみだらけの壁、苦労で老けた妹・お豊《とよ》の顔も、へたくそな常磐津《ときわづ》の唄声も、いとしい郷愁をまとう。まるで死後の眼から見ているような。

……今になつては其《そ》の頃の凡《すべ》てはどうしても事実ではなくて、夢としか思はれない。算盤《そろばん》で乃《お》公《れ》の頭をなぐつた親爺《おやぢ》にしろ、泣いて意見をした白鼠《しろねづみ》の番頭《ばんとう》にしろ、暖簾《のれん》を分けて貰《もら》つたお豊《とよ》の亭主にしろ、さう云《い》ふ人達は怒つたり笑つたり、泣いたり喜んだり、汗をたらして飽きずによく働いてゐたものだが、死んでしまつた今日《こんにち》から見れば、この世の中に生れて来ても来なくても、つまる処は同じやうなものだつた。まだしも自分とお豊の生きてゐる間は、其等《それら》の人達は両人《ふたり》の記憶の中《うち》に残されてゐるものゝ、やがて自分達も死んでしまへば、何《な》にも彼《か》も烟《けむり》になつて跡方《あとかた》もなく消え失せてしまふのであらう……

虚無的な響きも濃い、蘿月の老いの感慨。しかし荷風はこの作品で、それを実に生産的に機能させていて。世のざわめきからやや遠のくこの感覚は、長吉少年が孤独にながめる残暑の隅田川暮景の哀切な情緒と共振している。また、何よりも。長吉を圧迫する明治の立身出世思想を相対化し、異なる価値観を示してこれに抗いうるのは、蘿月の死と老いの意識のみである。

どうせ死ぬる人の習い、ならば若い時の恋は下らぬものどころか、人生の宝石——と思いさだめる蘿月であるからこそ、長吉の将来を案ずる妹の事情をふまえてなお敢然と、「長吉、安心しろ。乃公《おれ》がついてゐるんだぞ」と心中叫ぶのだ。

カッコイイ、カッコよすぎます、蘿月……。私は実はひそかに宗匠の、次のような言葉にもシビレておりまして――、

自分はどうしても長吉の身方《みかた》にならねばならぬ。長吉を役者にしてお糸と添はしてやらねば、親代々《おやだい〲》の家を潰《つぶ》してこれまでに浮世《うきよ》の苦労をしたかひがない。通人《つうじん》を以《もつ》て自任《じにん》する松風庵蘿《しようふうあんら》月宗匠《げつさうしやう》の名に恥《はぢ》ると思つた。

逆説的なプライドの利《き》かせ方が、絶妙ではありませんか、親代々の家を蕩尽したアソビ人の名にかけて……隅田川のほとりに咲いた可憐な恋を守るのだ――しかしこんなスタイリッシュな老人、本当にいるのかなぁ。

このような優しく美しい老人を描き、その内面に没入できるのは、現実には荷風が若さに充《み》ちているからでしょう。しかしそれがウソ、とか幻想、ということでなく。ここに、荷風の老いの原点があるのは明らかだ。蘿月のようにさばけて穏やか、ユーモア漂う老人を一つの目標として、荷風はその独身生活を工夫し生きた一面があるのですし。またそれは、荷風が生涯貫き志向する〈老人文学〉の領域の発祥として位置づけられる。はたまた……。

前述『恋人』において「われ」が、レストランのテーブルに坐したまま自らは行動せず、ひたすら周囲の人々を観察していた態度は、『濹東綺譚《ぼくとうきだん》』の付記「作後贅言《さくごぜいげん》」での「わたくし」と「帚葉翁《さうえふをう》」

の姿勢を強く想起させませんか？　つまり、珈琲店《コーヒー》の「萬茶亭《ばんさてい》」で「店先の並木の下に出してある椅子に腰をかけ、夜も十二時になつて店の灯の消える時迄ぢつとして」銀座の街の風俗の転変を見渡す彼らを。

作家としての荷風の一つの大きな特色は、史家であることだ。その小説やエッセイ中を自在に疾駆する批評は多く、史家としてのまなざしに支えられる。具体的には、世間の外にしりぞく老人が自ら生きた経験をいかし、現代風俗を広い近代史のスパンの中で相対化する仕組みになっていて。

荷風文学の主要機構としてのそうした史観を一つ象徴するのがたとえば、夜の珈琲店《コーヒー》のテーブルにすわりつづける〈翁〉の姿でしょう。〈翁〉を語り手として歴史叙述がなされるのは、『大鏡』以来の日本の歴史物語の伝統であるのかもしれないけれど。そんな老いた傍観者としての水脈が、すでに弱冠二十九歳の折の作品『恋人』に看取される点に、あらためて注目したい。

つまりそれはある意味、文学上の戦略としての老いであるわけだ。戦後の『断腸亭日乗』に読みとられるような、荷風の身心の真の老いの無残や孤独については、まだまだ私の手など届きませぬ。いつか、もっと心の深まった時に。今は、現実にはまだ若い荷風があこがれた、老いについて。あるいは、荷風が文学上の戦略として駆使した多様の老いについて、考えてみたいと思います。

三十代。帰朝後の荷風がめざしていた一つのジャンルは、老人文学を書くこと。しかも一見退嬰《たいえい》的に見えるそのジャンルに、荷風はそうとうの攻撃性も託していて。つまりそれは明らかに。立身出世を至上とし弱肉強食を正当とする日本近代の競争社会の速い流れに、かろうじて抗《あらが》いすがりうる、荷風にとっての杖のごときものなのですね。

それに老人という主題は、荷風のポエジーの根幹をなす回想的時間意識にも深く関わるわけであり。そうした視点で荷風の全作品を通観する時、そのほとんどは何らかの形で老いの翳《かげ》りに染まっている、と言っても過言ではないと思います。

さて三十代の作品において老人への関心の目立つのは、まず『あの人達』（明治四十四、一九一一年。随筆集『紅茶の後』所収）です。ヤブ蚊のうなる夏の夕暮れの縁側で、ニューヨークの酷暑を思い出していた「自分」は、つづけてあざやかに二人の老人の肖像を脳中に結ぶ。ベルナール先生と、マダム・デュトール。かつてフランスでそうとうの暮らしをしていた老人達は今は異国・ニューヨークで貧しく生きる。

しかし時おり、彼らの内に発酵する過去の優雅な時間が薫り立って――。「自分」は、文学と音楽を愛するベルナール先生の知性、マダムのふんわりと優しくおしゃれな雰囲気を思慕しつつ、「唯《た》つた一人で見知らぬ土地に老《お》い朽《く》ちて行くのを、平然《へいぜん》として覚悟《かくご》してゐた」彼らの凜然たる老いにあこがれの視線を放つ。

ここでは老人の孤独がエトランジェの孤独に重ねられ、孤独者の先達《せんだつ》として彼らには終始、敬意のまなざしが捧げられる。こんな美しくロマンティックな老人像はちょっと、モーパッサンの短篇に描かれる老人達を想わせる。

たとえば人知れぬ美しい庭（「年取った女のやさしい微笑のよう」なこの庭の神秘的な空気には、庭好きの荷風は心惹かれたと思います）で、若い「ぼく」に請われ、古めかしくあでやかなロココ宮廷のメヌエットを舞ううち涙に濡れる『メヌエット』の老夫婦や。『マドモアゼル・ペルル』の主人公、恋の哀しみにひたったまま清らかに年を重ねる真珠のような老嬢を。モーパッサンには一時夢中だったのですから、きっとその方面の影響もありましょう。

そもそもバルザックには、老人文学の傑作『ゴリオ爺さん』があり、アナトール・フランスにも、知性と温かな気持ちに富む老学究を主人公とする『シルヴェストル・ボナールの罪』がある。しかるになぜ日本近代文学は、人生経験の浅い若い男女ばかりを主人公とするのか――、そんな憤慨も、フランス文学を味わった荷風には、あって当然でしょう。

もっとも荷風も二十三歳の時書いた初期小説『野心』では、革新を夢みる若者のはつらつとした行動を阻み冷水をかけるいまいましい存在として老人を憎み、「七個の大きな禿頭《はげあたま》と一個の灰色なる丸髷」などと毒づいているのですがね。

新世代の若々しさと対比的な、そんな旧弊な老人への軽侮はそういえば、『帰朝者の日記』（明治四十二、一九〇九年）にもまだ水脈を引いている。日記二月五日の項。葉山別邸に「白髯の父」を訪ねた「自分」は、現代世相と隔絶し、老友と「冬の日光《ひかげ》の下で、漢学から得た支那趣味の閑談清話に耽つてゐる」父の姿を理解しがたく眺め、Originalitéを求めようとせぬ日本人の一つの象徴と感じるのだ。

しかし一方同じような老人の存在感に向けて、荷風の内なる秤《はかり》の針はぐん、とプラスにも傾くわけで。その傾きはたとえば、春の黄昏の微光の中（これも、色感的な老いのシンボルですね）、庭にたたずむ「痩細つた老翁」としての父の姿に感動し、花と樹々をひたすら愛するその晩年の生活に「深い安心を籠めた寂寞《せきばく》の美感」を覚える『父の恩』（大正八、一九一九年）に端的です。

その中間で微妙に針が揺れ動く感じなのが、『冷笑』（明治四十三、一九一〇年）第十四章で描かれる、吉野紅雨の老父の印象でしょうか。梅花の薫りにことよせ薀蓄《うんちく》を語る老人にいささか辟易する紅雨の眼を通し、「白い髯《ひげ》を生《はや》したり、禿頭《はげあたま》を輝《ひから》したりしてゐる老人」が漢詩漢学和歌に没頭する様を、ちょっといいな、と思いながらも、「あの人達は時代と人間から全く離れて、（中略）而《しか》して少しの寂寞《せきばく》も悲哀《ひあい》をも感ぜずにゐる一種の学者である」とも観察させている。こうして見ると、荷風のいわゆる日本回帰に、老人が重要な役まわりを有することも、あらためて明らかに。

ともあれこのあたりから、荷風の小説には主役脇役ふくめ陸続と、老人が登場します。前述の『父の恩』など、八十歳近いフランス人骨董商エドモン・ド・カルミヱエを立役者とし、その周囲に彼の知人で旧幕臣の大久保秋蘋《しゅうひん》の老父、使用人の久助爺《きゅうすけじい》、老車夫の亀吉《かめきち》と、つごう四人の老人が配され、まさに老人小説の趣き。

使用人といえば、『見果てぬ夢』（明治四十三、一九一〇年）冒頭に登場する老車夫・助造《すけぞう》も忘れがたい。六十歳近い彼は毎日ただぼんやり車を引くのみ、身体にガタがきたことも意に介さない。心配する若い主人に向かい、「どうせ末は困るんですから、却《かへつ》てお金なんぞない方がよござんす」

と脱力姿勢を貫く。その向上心なき人生哲学はかえって、己が未来を悲観する若主人を瞠目《どうもく》させるのだ。

前掲の久助爺や亀吉もふくめ、市井に迷いなく生きるこうした老人達の無欲な姿勢に、荷風は折々嘆声と羨望を放つ。彼らは、分に応じた小さな人生に淡々と棲まう江戸庶民の末裔でもある。一方、洗練された美意識と豊かな人生経験を蔵する老人には、しんしんと自己を重ねていて。その意味で蘿月宗匠と肩をならべうるのは、『散柳窓夕栄《ちるやなぎまどのゆうばえ》』（大正二、一九一三年）の主人公・柳亭翁《りゅうていおう》種彦《たねひこ》でしょう。

彼は、すさまじい夏の夕日に扇子をかざしつつ歩む最初の登場以降終始、すべての仕ぐさが粋な「お江戸の町」にピタッと決まる、六十歳余の美しい老人なのだ。贅沢な書斎で戯作執筆に魂を打ち込みながらも、時には老いの衰えを感じ、書くいとなみや戯作の命脈にさえ懐疑的になる……しかし筆を取ればやはり夢中になり、といった種彦の内心の葛藤には、もっとも色濃く荷風の作家魂が投影されていましょう。

それに。世にもてはやされる作品の数々はあるけれど、それらはお上の詮議《せんぎ》でいつ廃棄されるやも知れず、「今にして初めて知る、老年の慰藉《なぐさみ》となるべき子孫のない、身一ツの淋《さび》しさ果敢《はかな》さ。」という種彦の感慨も、荷風自身の未来像の先取り、という気もいだかせられる。

蘿月宗匠、種彦翁とつづくこのような江戸前の優しく気のこまやかな老人像はさらに、『腕くらべ』（大正六、一九一七年。当時荷風三十八歳）で、敗者の駒代を気丈にかばい通す呉山老人に受け継がれてゆくわけですよね。

考えてみると荷風の小説には、ヒーローの格にふさわしい男性はほとんど出てこないでしょう、初期小説『野心』や『新梅ごよみ』に描かれる、理想に殉ずる男達は別として。荷風の筆はもっぱら、ヒロインの放つ蜜のまわりに群がる強欲な男、ずるい男、卑怯な男、小心で惰弱な男……の種々相をこっくりとした油彩で諷刺的に描き、飽きることない。

代りにヒロインをかばい、毅然と面《おもて》を起こすのは荷風の場合多く、老人なのですね。蘿月宗匠は長吉とお糸、若い二人をかばい、種彦翁は恋人を追い吉原から脱した若い遊女をかくまって守る。後年の作品『つゆのあとさき』（昭和六、一九三一年）でも、知的で思慮深い熈《あきら》老人こそ、孤独なヒロイン・鶴子《つるこ》と心通う、最もよき理解者なのではありませんか。

脂ぎった壮年の男達にくらべ彼らは、荷風作品の中の清淡な水墨画の風情。凜としてはいるけれど、実際に身を投げかけすがるには、彼らの腕はあまりに細く、その風体は飄々と軽やかすぎる。作品に勧善懲悪をもたらさないそんなバランスの妙も、作者の荷風にとって有難いのでしょう。老いらくの恋、などとはまた異なる、彼らと若い女性の間に流れるほのぼのとした情感も、荷風の小説に微妙なニュアンスをもたらしていると思います。

たとえば私は以前より、種彦翁の書斎の次のようなシーンに感服しておりまして。深夜。まだ執筆をつづける種彦のもとへ、優しい足音をたて遊女のお園がやってくる。かくまわれている彼女はせめて家事に役立とうとけなげな日々、今も気をきかせ茶菓を運んできたのだ。そしてさすが往年のいろごのみ、種彦。自分だけお菓子をパクついたりしません、まずお園にお上り、と声をかけて。

……お園《その》、さ、お前さんも一ツ摘《つま》みなさい。廓《ちやう》にゐて贅沢《ぜいたく》をしたものには、こんな菓子なぞは珍しくもあるまいが、此頃は諸事御倹約《しよじごけんやく》の世の中だ。（中略）この都鳥《みやこどり》の落雁《らくがん》だとて、いつ食《くひ》納《をさ》めにならうも知れぬ。今の中《うち》に遠慮《えんりよ》なく食べて置くがいゝ。

甘いもの好きの女性への、このこまやかなご配慮。きっとお園さんは長い象牙《ぞうげ》の箸で落雁をはさみ、種彦翁にすすめているのですよ。優雅できゃしゃな指先、身につけている仙女香《せんじよこう》もふわぁ、と薫って。女性のやわらかな風情にお菓子の甘い匂いが響き合い、何ともいえぬ色ある空気が醸し出されている。それは言うなれば、艶のあるヒューマニティー、という感じでしょうか。

今までしばらく、三十代の荷風の小説の魅力的な老人達を見てきたわけですが、このあたりで少し方向転換します。前掲『腕くらべ』の「はしがき」に注目したいのです。

この「はしがき」は、『文明』連載作品を訂正改作して今新たに私家版を世に送り出す旨のことわりですが、荷風はしきりにこの中で己が病弱と短命をうったえつづけている――「おのれ今年の夏より秋にかけて宿痾俄にあらたまり霜夜の蟲をも待たで露の命のいとゞあやうく思はれければ」とか、「また来ん春まで命保ち得たらんにはやがて書きつぐべき折もやあらん」などと。

で、最後に「大正六年冬至の夜」と記す。後述しますが、〈冬至〉は荷風において老いのシンボルですのでこの場合も。冬の夜にしんしんと筆を運ぶ蒲柳の老作者の姿がそこはかとなく浮かび、艶やかで脂こい男女の仲らいを描く『腕くらべ』一巻はそうか、寒さにかじかむ老いの手から紡ぎ出されたのかという対照もこの作品世界の一つの風味に。

まさにこのあたりからなのです、老いへの荷風の関心が小説の登場人物に投影されるのみならず、自らにはね返ってくるのは。以前から彼に色濃い蒲柳の嘆きがしだいに老いの自覚に合流し、書き手としての自己を老人に定位する。エッセイでも、生活者として老いのライフ・スタイルについて縷々述べ始めますしね。

そうした傾向は、大正二、三年から目立つ。つまり実年齢三十五歳頃の時から。いったい荷風はなぜこんなに急いで、書き手として生活者としての自分を老いの色に染める必要があったのか。そんな興味を抱きつつ、まずこんな生々しい声に耳を傾けてみましょうか。

独酌《どくしやく》、独吟《どくぎん》、独棲《どくせい》、何でも世は源水《げんすゐ》が独楽《こま》の如《ごと》く独《ひと》りで勝手にくる〱廻《まは》るにかぎり申候《まをしそろ》。（中略）寧《むし》ろ独身にて、子供につぎ込むべき学資養育費貯蓄致《いた》し置《お》かば、老後の一身は養育院に行かずとも済《す》み可申候《まをすべくそろ》。成長したる子供が老父の心を慰《なぐさ》むるなぞ申事《まをすこと》は昔の事にて候《そろ》。今の世は親とても金あればこそ親たるべき尊敬も払はるゝなれ、金なければ、子孫も家柄もやくには立ち不申候《まをさずそろ》。どうせ年老ゆれば子供があつてもなくても心細さは一ツ故《ゆゑ》、先《ま》づ煩《わづら》ひなき身こそ何よりの安心なるべく候《そろ》。

糠雨降りしきり、どんより曇る暗い昼すぎ――『大窪だより』大正二年九月二十五日の項。荷風三十四歳最初の離婚後、ですね（同年二月に妻ヨネを離別する）。

ひとり物憂く荷風は三味線を取り出し、つまびく。三味線、読書、浮世絵鑑賞は自身の「何よりの楽《たの》しみ」であり、これらはみな家の中でひとりで出来るもの。つまり自分は孤独の老後をおもんぱかって、周到にこうした趣味を始めたのだと開陳し、後は前掲のように親子の縁も金が肝要、と毒づく。

今よりおよそ百年前、ですから。このように結婚し子供を持つ人の安泰の境涯に不安と皮肉のメスを入れることさらの口調は、まことに無法の毒舌と多くの人々に受け取られたのでは。しかし現代の私たち読者にとっては、荷風らしいトゲはあるものの、子に頼らずせめての煩いを除くために貯蓄自衛せよと説くあたり、至極の正論と思われる。

結婚するしないにかかわらず、老後の孤立を案じ準備するのは、現在のライフ・スタイルにおいては当然のことでありますが。考えてみれば、老親への敬を第一義とする儒教道徳に覆われて、当時は老後の孤独などという問題は現実にありながら、ほとんど隠蔽されていたテーマに相違ない。それが露出してしまったら、家父長制にヒビが入りますものね。

ですから大げさに言えば荷風は、近代の老人問題を先駆的にとり上げた批評家なのだ。それに荷風の側においても、孤独の身を老いに近づけ、個としての新しい生き方を説くのは得策であったかと。だって考えてみて下さい、自分のわがままで妻を離別した財産家のお坊ちゃま独身者（これも偏りのある切り取り方ですが、世間はえてしてこう受け取る……）の人生指南なんて、誰が耳を傾けます？　それよりも、江戸前の苦労人、痩せて細々とした老人の口から説かれる方がはるかにグッと来る。だからこのあたりの荷風の急激な老化、かなり戦略的だと思います。

しかも三十七歳で荷風は慶応義塾大学教授を辞す。書くいとなみは入魂ゆえに彼は職業とみなすことを拒んでおり、つまり無職独身の境涯に入るのです。特に彼は家に籠居し私的生活を充実させることによって、軍国全体主義への抵抗のスタイルとするので。このような生活様式は当時としてまことに少数、異端。似よりの境涯はまさに、隠退した老人しかあり得なかったでしょう。

以前からの老いへの関心という受け皿もあり、荷風は巧みにこの枠内にすべり込み、個と孤を説く自身の言説にポピュラリティーを与える。老人という存在は荷風において一面、己が言葉を世間にわかりやすく通用させるための、翻訳装置ととらえることもできましょう。

あ、失礼しました、先走って荷風の裏側にまわり、その言説のからくりをまじまじと見つめすぎました。もっとゆっくり、自らを老いに染めての彼の言葉を味わうべきで。本当にそれは色々な表情をはらんでいますもの、泣き言繰り言恨み言、余裕優しさ鷹揚円満、偏屈意固地意地悪辛気、侠気で粋でしなやかな……。

でも、原点は一つこれですね。その負の面も承知しながら、生来蒲柳になじむ荷風には、精力や勢い衰えゆく老年を、それゆえに懐かしく慕わしい美しいものと惹《ひ》かれる資質がある。前述の『あの人達』などにもその資質は露呈している。四十二歳の時のエッセイ『写況雑記　冬至』（大正十、一九二一年）より。

> 年《とし》の中《うち》で日の最も短いのが冬至《とうじ》である。日が短ければ夜が最も長い。
> 今日は冬至だといふとわたしは何《なに》がなしに老《おい》たる人の平穏静安《へいおんせいあん》な生涯を想像する。苦労があつても顔には出さず悠然《いうぜん》として天命《てんめい》を待つ老人の姿を想像する。それ等《ら》の事から年中時令《ねんぢゆうじれい》の中《うち》でわたしは冬至の節《せつ》をば正月や七夕や仲秋彼岸なぞよりも遥《はるか》に忘れがたく思ふ事が多い。

冬至の柚子《ゆず》いろの日ざしを想わせるこのような老いのイメージを要《かなめ》とし、後はゆっくり綺麗な扇を広げるように十二月の東京風物詩――小鳥の楽しげに鳴く山の手の庭、そこに生える八手の花、南天の実、縁先で蕾ふくらむ水仙。しだいに旨味《うまみ》増す大根や蕪、葱のよろしさ等が謳《うた》われる。大正版・東京スロー・ライフの歌ですね。

荷風独特の都会の季節の歌にはこのようにしばしば老いのイメージがからめられ、そこに切ない哀愁と俳諧味を添える。たとえば同年発表のエッセイ『写況雑記　目黒』にも、そんなトーンは色濃くて。

こちらは初秋、二百十日過ぎの雨の晴れ間。知人の弔問で実に久しぶりに目黒行人坂《ぎょうにんざか》近くを歩いていた「わたし」は忽然、幼時父母に手を引かれこのあたりに来た記憶に襲われ、「人生五十年中秋の月を望み見る事も数《かぞ》へたら幾回か」の老いの感慨とともに、あらためて、いかにも東京の郊外らしい垣根道や雨に濡れた夏の咲き残りの花々をしみじみ目に灼きつけるのだ。

そんな意味で荷風らしいなあ、と思うのはもう一つ、『隠居のこごと』（大正十一、一九二二年。当時、荷風四十三歳）の中に点描される或る冬の夜の情景。冬の暖い日の心地よさ、そんな一日が穏やかに暮れ、青い靄《もや》の中にくっきりと冴えわたる弦月《げんげつ》を賞していわく、

冬の月の趣夏秋とはおのづから異る所あるが中にわけて冬らしく覚ゆるは、日は電車の中にてとくに暮れ人通り少き山の手の坂道または寺の塀に沿ひて一人とぼ〳〵月下にわが痩せたる影を踏みつゝ歩み行く折から一声二声空のはづれに雁の鳴く音を聞くさびしさなり。

『隠居のこごと』とは題名通り、「老羸《ろうるい》の身」の隠居が、一歩離れて世相にツッコむ、全体的に辛口のエッセイなのです。なのに、いつもは強気でとんがった塩辛ジイサンの隠居が、月下にふと見せるしょぼくれた小さなシルエットが何だかかわいそうだし、可笑《おか》しいし。電車の遠い響き、寺の古塀、雁の音とまことに似合っていますね。こんなのも、荷風の東京。

そもそも坪内逍遙ですか、日本近代小説の口火を切るその『当世書生気質』（明治十八、一八八五年）の冒頭近くで、新都市・東京の旺盛な活気を象徴する馬車や人力車の勢いに杖をとられ、よろ

めく老人を描いたのは――「ぎやうぐ〲しき人力車のごつさい。稚児《をさなご》の足元あぶなく、騒々しき辻《つじ》馬車《ばしや》の喇叭《らつぱ》、老人は杖や失なはん」。

ここでは、明らかに。新しい事物に適応できない老人は、衰え滅びる旧世代の象徴「純たる天保度の人間」として軽視されている。「天保老人」と「新日本之青年」をキーワードとし、旧習に執着する老人を非、進取に富む青年を是として前進進化の重要を説く徳富蘇峰『新日本之青年』（明治二十、一八八七年）も、同じ趣旨。

以降、小栗風葉『青春』や森鷗外『青年』『雁』、夏目漱石『三四郎』『虞美人草』などにも看取されるように、近代都市東京の風景には若々しい青年男女こそ似合うものと描かれてきたけれど、老人は、ねえ……。老人文学の先駆者・国木田独歩も老人を主に描く時は、懐かしい故郷の山河の中で、ですし。

しかしこの流れに抗い、荷風が起ったわけだ、東京の中に前代江戸の都会人のライフ・スタイルを汲む老人の姿を描き、趣ある絵とすることに。しかも閑居のひまある老人ですから、おのずとその姿の出没するのは、若い人がめざす新都のシンボル――上野の音楽堂や博覧会、帝国大学等とは別種の場所。――まず家の中や丹精する庭、そして散歩の途次の路地横町、不動尊やお稲荷、百花園などのんびりと時間が流れる庶民の信仰と娯楽のトポス。

そう、荷風が早々と自らを老人に擬するのは、老人の視点によってこのような東京の仕切り直し、ディスカバー・東京を行うためでもあったのでしょう。まさに老いは荷風にとって、さまざまな発見と創意を湛える、宝の鉱脈であったのに相違ない。

さて、自身にとって老いが有するそうした文学上の利点と価値を、正面から開陳する荷風の小論もあります、のぞいてみましょうか。己が西欧崇拝時代の終焉を告げ、故国日本の風土にかなった文学創造への志を述べる『矢立のちび筆』（大正五、一九一六年）の後半部分です。「われ身常に健ならず。寒暑共に苦しみ多し」という例によって蒲柳を嘆く言葉から始まりまして、このように説く。

我は今、わが体質とわが境遇とわが感情とに最も親密なるべき芸術を求めんとしつゝあり。現代日本の政治並びに社会一般の事象を度外視したる世界に遊ばん事を欲せり。社会の表面に活動せざる無業の人、または公人としての義務を終へて隠退せる老人等の生活に興味を移さんとす。（中略）人生は常に二面を有すること天に日月あり時に昼夜あるが如し。活動と進歩の外に静安と休息もまた人生の一面たらずや。われは主張の芸術を捨てゝ玩味の芸術に赴かんとす。

荷風三十七歳、にして堂々たる老人文芸の宣言。病弱の吐露に始まりまして、この猛然たる闘争社会の水面下に潜む、ごく少数の遊民、あるいは隠退し清閑を享受する老人のライフ・スタイルへの親和を示す（再三ですが。遊民より老人の方が、対世間的ポピュラリティーがありますものね）。して、ここに意気盛んで豪壮な西欧文学に背を向けるゆえんも求められる。そのような「活動と進歩の文学」に対し自分は、「静安と休息の文学」、いいかえれば「玩味の芸術」を向後追求する所存であると。

どうもこれ、文芸論、のみではないみたい。この文章が執筆された一九一六年といえば、内外の情勢まことに不穏な。前々年に第一次世界大戦勃発し、その余波で世界全土に反乱革命侵略など交戦国が激増中です。

日本国内においては戦争への緊張高まり、国民への警視庁の統制が厳しくなっている。一月には警官が抜剣におよび。はたまた商品取締規則、私娼取締規則なども強化されて。私的領域にまで、公的管理が目を光らせ喰い込む様相をいちじるしく示しはじめるのです。ですから、「静安と休息」「玩味」への荷風の執着は、人間の私生活、すなわちリベルテの一つの基地を死守せんとする意図を強く持つ。

そう思ってあらためて『矢立のちび筆』をながめると、老人へのこんなまなざしは、荷風流の一種の非戦主義の表出なのかな、とも読める。


われは戦場に功名の死をなす勇者の覚悟よりも、家に残りて孤児を保育する老母と淋しき暖炉の火を焚く老爺の心をば、更に哀れと思へばなり。

文学論の恰好だからよいようなものの、兵士の勇猛をある意味けなすこのあたり、ドキドキしてしまいますね、検閲大丈夫かしら、と。ともかく終始、弱々しく老いた存在にことさらの共振を示す懦弱スタイルを取りながら、荷風の説くところは弱々しいどころかとんでもない、まことに圭角《けいかく》とがっているのです。

荷風における老人ぶりが、先鋭の戦略であることがよくうかがえる。その圭角、凜然たる漢文調のフィニッシュの言葉に味わってみましょう、こういう老人性ダンディで知的なタンカの切り方、荷風のカッコよさの一つの極みと思います。

われは今自ら退きて進取の気運に遠ざからんとす。幸ひにわが戯作者気質をして所謂《いはゆる》現代文壇の急進者より排斥嫌悪せらるゝ事を得ば本懐の至りなり。因《よ》つて茲《こゝ》にこの文を草す。

おお、目に見えるようです、品の良い痩せた老人が端然と羽織袴をひるがえし、畳を蹴ってあざやかに立つようすが。

さて、まじめな荷風は主張するのみでなく、きちんと同年に己が言を実践する小説をも発表している、『うぐひす』です。

一言でいえばこの短篇小説のテーマは、老後の趣味。五十歳の語り手「私」はすでに一人の孫もいる平凡な男。無事退官し、子育ての深刻な責務も終え、「今更のやうに額の皺が深くなつた」自らにため息づきつつ、小鳥を飼う楽しさを味わい始めたところ。

妙に苦いような、楽しいような日々なのだ。スローな時間のなにげない歓びを提唱するのが、荷風はさすがに巧みです。ゆっくり吸う煙草のよい匂い、気晴らしのお茶やお菓子、可憐な鶯の声――「いざそれから寝るまでの間好きな書物を読まうか又は習字でもしやうかと、ゆつくりした心持で先づ煙草を呑む。妻も仕事の中休みに次の間から新しく茶を入れ菓子を添へて出す。かゝる時籠の鶯は突然床の間の隅から躊躇《ためら》ひがちにほうほけきよの一声」。

この趣味にからんで「私」は同い年の「小林さん」と知り合い、後半は独身生活を守る小林さんのちょっとした艶話とその偏屈の心境が表わされるのだけれど。老後の趣味や友人について「私」が述べる見識は、この作品の中でひときわ光っている。たとえば「鶯の鳴合会」をきっかけに小林さんと親しくなったことについて、このように。

> 友達は年と共に減つて行くのが尋常《あたりまへ》であるのを私は老境に及んで而《しか》も職業に関係のない事から新に不思議な友を得たのである。誠に稀な出来事だと心 窃《ひそか》に誇らざるを得ぬのである。

正当な誇りです、まことに現代の私たちにも通ずる見識。しかし――おそらく今よりもっと仕事人間の多かった時代でしょう。当時の読者のどれくらいが、仕事を離れた老後の友達づくりのことなんて考えていたかしら。同様に。老後の趣味の本旨について説く「私」の次のような言葉も、現代の私たちの胸により深く響くのでは。

壮者は壮健の身心に適すべき遊戯娯楽を求める如《ごと》く老人は又老軀《ろうく》に適すべき相応の慰藉《いしや》を採らねばならない。私は亡《なくな》つた父が食後に謡をうたひ寝る前に習字をして居られたのを、窃《ひそか》につまらない事をして悦《よろこ》んで居られるものだと思つた事がある。然《しか》し今に至つて始めて思知《おもひし》ることが出来た。老人の娯楽は進んで物の興味を究《きは》めやうといふのではない。僅《わずか》に其《そ》の時だけ気を他に転ずる事が出来ればよいのだ。心中平素の労苦を一寸《ちょっと》その時だけ忘れさせる何事かを得れば結構なのである。

まだ三十代なのに、練れているなぁ、荷風。人間むやみにがんばるだけが、よいこととも限らない。むしろ老いての趣味は、あくまで軽やかに楽しんで。そう、あまり熱くなってはいけないんですね、生臭い。囲碁でウルトラ級の技を案出しようとか、書道の展覧会入賞をねらうとか、鶯の鳴《なき》合《あわ》せで小林さんをしのごうとか鋭意努力してはいけない。そんなガンバリズムがかえって、老い独特のよろしさ――茫洋《ぼうよう》と霞がかった感じや﨟《ろう》たけた風情を損なってしまうかもしれない、もって銘すべし。

人生における趣味の重要を説く小説には、早く『松葉巴《まつばともえ》』（明治四十五、一九一二年。『新橋夜話』所収）などがある。ここでは荷風の分身的存在「勇吉《ゆうきち》」が、「昔ながらの緩漫《くわんまん》な習慣に従つて昔ながらの呑気な月日を送つてゐる」老人連と知り合い、中でも「毎日遊ぶ事ばかりしか考へてゐない」

贅沢で親切なある隠居の手びきで歌沢《うたざわ》の趣味にハマり、それにからんで芸妓と恋仲になり……。親をはばかり泣く泣く彼女と別れおざなりの結婚をした後も勇吉は、歌沢だけは手放さない。

職場の学閥争いの陰湿なイジメに涼しい顔していられたのもこの趣味の別天地あるため、妻との不仲にヤケになって遊ばなかったのもこの趣味のおかげ――「勇吉は年に従つて、銀行員としての地位が進めば進むだけ、職務上の心配と共に生活の労苦も次第に重く身に積るにつけ、夢のつぶやきかとも思はれるやうな果敢《はかな》い哥沢《うたざは》の一節《ふし》をば、浮世《うきよ》にあらん限りの慰藉《なぐさめ》と頼んだ」のである。

趣味とは荷風においてまず老人のもの、しかも前代江戸のスローな文化の所産と考えられていたことがわかる。そして注目すべきは、老人から前代の叡知を受け継ぐ形で勇吉が趣味を得、そのおかげでせちがらい競争社会をどうにか無事に泳ぎ渡る点である。いわば趣味は、勇吉の人生を守る護符なのだ。

明治日本を覆い尽した立身出世シンドロームが一段落した頃、荷風にこうした所説が出てきたことは面白い。今まではとにかく、男子一生の仕事への全身全霊的努力の重要が説かれてきたわけでしょう、啓蒙期の福沢諭吉『学問のすゝめ』や中村正直『西国立志編』を嚆矢《こうし》とし、「大志を立てて、之を持続する」「向上の一路」、そして職業への渾身の「働き」を人生の第一義とする幸田露伴『努力論』にいたるまで。

そしてそれらは必ずしも、弱肉強食的競争社会の象徴のみでなく。人間は身分境遇にかかわらず、努力すれば必ずや理想の人生にたどりつくという、封建制瓦解後の平等思想の明るい向日的な面の象徴であったわけだけれど。しかしそれにしても、人間そう上手くゆかないことも多い。単線的必死の努力が報われず、ポッキリ折れそうな時はどうしたらいいんでしょう？　ああ、もう行く手がふさがれ息苦しい、みたいな時は？

立身を説き努力を賞揚する明治の啓蒙諸論は、そんな場合のリラックス術なぞまるで眼中にない——ここに、アソビ人・荷風の起って説く面目がある。大丈夫、仕事は人生の全てでなく、あくまでその一部。それに仕事のストレスに潰されない奥の手があって、それは趣味という別の引き出しを持つこと。手軽に庭いじりなどもよいし、絵の鑑賞、小動物の飼育、謡曲三味線もよろしいもの、新しい友だちの輪もできるし——。

ところで、しばし老人のテーマを離れ、〈趣味〉というテーマについて考えますと。厳密に言えば荷風は「趣味」という語は使っていない、「娯楽」「慰藉」と記しているので。それを稿者の私が、わかりやすく「趣味」と翻訳しているのです。いわば。

当時そろそろ『趣味』（明治三十九、一九〇六年創刊、彩雲閣）や、『趣味之友』（大正六、一九一七年創刊、趣味之友社）と題する雑誌なども現われ、現在私たちがこの語にイメージする〝余暇の楽しみ〟〝おけいこごと〟の意も市民権を得はじめているけれど。しかし夏目漱石を敬愛する荷風にとってこの語はやはり、漱石が説きおこす文学理論あるいは近代社会における自己存在論としての〈趣味〉に他ならないはず。それを蕪雑な日常語として使いまわす気にはなれないのでしょう。にしても、漱石の説く〈趣味〉とは、荷風がその作品で提唱する人生の「慰藉」「娯楽」に大いにつながってもいるのだ。

早くは『趣味の遺伝』（明治三十九、一九〇六年）で漱石は、「男女相愛するといふ」意で〈趣味〉のテーマを推進しているけれど。俗にいえば、男女を電流のように貫く一目惚れ、のことで。日露戦争勝利に湧く「万歳」の声の怒濤の中にことさら、祖父の想いを遺伝的に受け継ぐ戦没兵士「浩さん」の恋の哀婉を描くこの小説においてそうした〈趣味〉とは、国家に「大和魂を鋳固めた製作品」として均一化される一人一人をかろうじて、本然の個的存在に立ち返らせる原動力に他ならない。自身の内なる〈趣味〉にしたがって或る少女に恋をした「浩さん」は、命のきわにせめても、純白の小菊のごとき個性を輝かせるのだ。

このモチーフは、「自分の好き」を主にし得る〃道楽〃と、他人の意を迎え成り立つ〃職業〃とをいったん対立するものととらえる「道楽と職業」（明治四十四、一九一一年、講演）に受け継がれ、さらには「私の個人主義」（大正三、一九一四年、講演）の中で、理想の個人主義の要《かなめ》として大きく展開される。

ここで漱石は、「自分が好いと思つた事、好きな事、自分と性の合ふ事」（稿者注。つまり、〈趣味〉ですね）に出逢い、この鉱脈に自身の個性を伸ばし仕事と合致させうる人こそ幸福であると説き。自身の個性と同じく他者の個性を尊重する徳義と義務を負ってこそ、個人主義は国家主義ひいては世界主義とも共存し、近代社会の華となるのだとうったえる。

やや話柄が大きくなりましたけれど。世界戦争勃発し、軍国主義高まる世相に鋭く反応し漱石の展開するこのような個人と社会の関係性をめぐるダイナミックな論中に、〈趣味〉はいわば〈自然本意〉〈自己本位〉の一つのシンボルとして、枢要の位置を占めること、注目しておきたい。荷風のしきりに説く趣味のモチーフも、同時代の個人主義の問題に他ならないわけで。

けれどこの件に関しては荷風、かなり肩の力を抜きつつ書いています、もちろん芯には、国家に侵《おか》されようとする私的個的領野を死守せんとする意気を張っているけれど。それに表面的には彼がここで相手とするのは国家よりも、ひたすら勤勉を説く仕事社会で。だからそのガムシャラ、マジメ、ガンバリに対し、ことさらのんびり、愉しくゆるゆると趣味のよろしさを語ってみせる。

その意味では漱石よりむしろ、「天《そら》の色、雲の光、全くもう夏景色の真相を顕はして来て、人をしてそゞろに水辺を思はしむるやうな時節になりました。蘆《あし》の葉を渡る風の姿だの、船舷《ふなべり》を拍《う》つ漣《なみ》の微語《さゝやき》だのは、思ひ遣つてさへ恋しく懐かしくなつて来るぢや有りませんか」（明治四十二、一九〇九年「鉤《はり》の談」）などと気持ちよく酔ったように、釣《つり》の快楽を謳う幸田露伴に、筆致的には似ているかしら。

露伴はそれこそ、博識と滋味あふれる語り口で読者を別天地へ誘ってくれる、趣味の大家でございますものね。露伴の場合は、市民主義のシンボルとしての趣味、だと思いますけれど。よき公民がその労働の報酬として当然受けるべき、権利の一つとしての。ちなみに露伴は前掲『趣味』創刊号で、「本来の職業に対する気力」を高め、リフレッシュするところに「遊戯娯楽」の真の価値があると力説している。つまり「本来の職業」あってこその趣味を、重視している。

ともあれ個人的楽しみへの注目は、首都の形の整いはじめたわが国二十世紀初頭の一つのトピックなのです、いくつかの理由から。そしてその中における荷風の特色は、老人をその領野の主人公にした点だろうし、たとえば露伴のようには凝らないこと。この分野では荷風はいっさい蘊蓄《うんちく》を傾けず、まことに平淡に腰軽く、今すぐ身辺で出来る小さな楽しみたちを見つけてゆく。実践的。私たちもまねできそうな生きるコツが色々、そんな気持ちで荷風のスロー・ライフを見てみますと——。

材料は、三十代なかばの荷風が大久保余丁町の邸より発信する生活誌『大窪だより』、邸での八重との新婚生活を謳《うた》う『矢はずぐさ』および、離婚後ひとりで築地に暮らす下町住いの記『築地草』『築地がよひ』などです。

まず荷風はですねぇ、老人の風姿というものが好きなのだし、早くから老人友だちを作り、老いのシミュレーションを行っていた形跡がある。

『大窪だより』(大正二〜三、一九一三〜一四年)で荷風はしきりに父亡き後の自らの蒲柳と早衰をうったえつづけ、その「無用なる廃人」の雰囲気で老人に近づいてゆくのだけれど。新月を愛《め》でての散歩の途次、四谷伝馬町《よつやてんまちょう》近くの貧寒な古本屋でこんな老いの姿に感じ入っている。

物問ふに須臾《しばし》ありて破れ障子の彼方なる蚊帳《かや》の中より手足もきかぬやうなる老翁《ろうをう》苦し気に匍出《はひい》

で、これは白河侯《しらかはこう》のお書きになつた花月草紙《くわげつざうし》と云《い》ひつゝ塵打払《ちりうち》ひて見せ申候《まをしそろ》。その言葉《ことば》使《つかひ》その顔立《かほだち》むかしは由《よし》ある人と思はれ申候《まをしそろ》。

（大正二年九月六日の項）

染《し》みの浮き出た骨ばった手を震わせつつ、本の埃を払う老人のしぐさが目に見えるよう。で、この主人から荷風は黄表紙などを買う。散歩して、こういう買い物をするのも荷風の大切な趣味。特にこの頃は書物浮世絵のみならず、アンティークの文具小間物人形蒐集にも夢中で、あちこちの骨董商めぐりをしていたのだ。そこにはモノの発掘のみならず、時代遅れの品々を守る一徹の老主人に逢える楽しみもあったのでは。

また、そんな場で同じように昔を懐かしみアンティークを集める老人と知り合う機会も多かったらしい、そして自分では翁ぶっているけれどまだ若い荷風は、その尚古の癖殊勝なりと、彼らに可愛がられたらしい――一気にひろがる貴重な老人友だちの輪、なのです。

その中には当時の親友・籾山仁三郎と市川左団次に紹介された江戸音曲の老芸人や老家元。あるいは江戸時代の衣装図案の偉大なコレクターにして荷風がその「趣味の生活より来る人格の力」を讃える「その名も橘町《たちばなちやう》に知らぬ人なき大彦翁《だいひこをう》」なども いるけれど。特に荷風と親しげな、この粋な老人は誰かしら。

『大窪だより』大正三年一月四日の項。荷風は晴天の正月にぶらりと家を出、「根岸に住めるさる隠居」を訪ねる。その古雅な閑居のようすも、まことに荷風には慕わしく。

……古池の水濁《にご》りて石燈龍《いしどうろう》の傾きたる、さては此処彼処《ここかしこ》に立つ老木《おいき》の梅の蕾猶《なほ》堅くして、幹《みき》の苔《こけ》のみ色濃き有様《ありさま》、いかにも世をのがれし人の住家《すみか》と存申候《ぞんじまをしそろ》、隠居は心易《こゝろやす》く立ち出で、当年は七十八歳になりし由《よし》長寿のほど自慢らしく語り候《さふろ》ふて、小生《せうせい》の問掛《とひか》くるがまゝに昔の話いろ〱と親切に聞かしくれ候後《そろのち》、昨夜眠られぬまゝに、慶応の末頃柳橋《やなぎばし》に流行致せし小唄二つ三つ思出したり。又もや忘れぬ先にとて、手づから三味線《しやみせん》とり出し小声に唄ひ呉《く》れ申候《まをしそろ》。小生いつもこの隠居に逢へば教を受けたき事山ほどありて夏の日も短く秋の夜も長からざる事を恨むのみに御座候《ござそろ》。

こうした趣味豊かな洒脱な老人像は、前述『松葉巴』で若い勇吉を可愛がり、芸者・小玉との恋のきっかけを作る「気楽らしい多町《たちやう》の隠居」や、『腕くらべ』でのん気に篆刻《てんこく》などして「根岸の閑居」に暮らす倉山南巣の父・秀斎に溶かし込まれているのでしょうね。

しかしそれにしても、この七十八歳の「隠居」とは……八重との結婚を荷風にすすめ、八重の仮親となり婚儀を仕切ってくれた「向島の隠居金子翁」なのではありませんかね。『矢はずぐさ』（大正五、一九一六年）によれば「金子翁」は、江戸和蘭陀《オランダ》屋敷御同心の生まれ、三絃にすぐれ、幕府瓦解の後は横浜商人となって成功、財を得て悠々と隠棲する老体なのです。

ともあれ荷風の江戸音曲習得ひいては江戸芸術への傾斜には、こうした「隠居」「翁」たちの手助けや後押しが深く関わっていることを忘れてはならない。史家としての荷風の語り口にも、こうした「故老」からの聞き書きがそうとう活用されているに相違ないのです、フィールドワークの一環として。

したがって当然。荷風のシンプル・シングルライフも、ある程度の経済的基盤を持つこのような、悠々自適型隠居スタイルに学ぶ面が大きいのだ。それを一つの軸とし、そこにウィリアム・モリス提唱する〝生活の芸術〟思想や荷風独特の詩情をからませて。だから「鏡に照して白髪に驚くさまや「背も円く前にかゞみ頭に霜置く翁となりけるやうの心地」を強調しつつ、山の手の古い家の生活を目いっぱい楽しんでみせる『矢はずぐさ』は、荷風版「家居《かきょ》の楽《たのしみ》」「老いの楽《たのしみ》」のガイド・ブックとして読むのがふさわしいのかもしれない、八重さんとの新婚生活ののろ気もさりながら。

朝起きたらまず、庭の樹や花に目をやり季節の色や香をぞんぶんに愛《め》でたまえ、裏の井戸にはそら、栗の実が落ち縁先には南天が紅くかがやく。箒《ほうき》を手に落葉を掃くのも、面白い。完璧に掃いた後ヒラリと葉っぱが落ちて来てムッとすることもあるけれど――視点を変え、綺麗な土の掃き目に落葉留まる風情を味わうべし。

わが家の二階は見晴しよく夕栄《ゆうばえ》があざやか、欄干にもたれて物思いにふけるのもよろしく。そう思って見まわせば、古い家のそこここが愛《いと》おしい。疵《きず》だらけの柱も拭いてやろう、障子紙も替えようか、ついでに妻と押入れや襖の破れを紙張りするのも興が乗る。疲れたら香りよくお茶を淹れて、甘いものと。純白の障子紙におだやかな夕日が染まって——一日が終る、by『矢はずぐさ』。

個的生活のシンボルとしての老後への、詩情あふれる礼讃といえましょう。こんなあたりから、より平凡で淡泊な老人夫婦の日常を描く『春雨の夜』（大正十一、一九二二年）などの作品も生まれてくる。

そしてさて、偏奇館《へんきかん》に移り真の単身生活を始める大正九、十年頃より荷風の老化はますます激しくなる、四十代に入ったばかりですのにね。

この期の荷風の老相には、大別して二種の表情が看取される。一つは『矢はずぐさ』の流れを受け継いで、身辺の楽しみを知り生活者としての円熟を漂わせる穏やかな老相、理想的個人主義のシンボルでもある。

たとえば、秋の夜偏奇館に帰宅した時の嬉しさ歓びを色々列挙し、最後に本や文具の気ままに散らばる己が書斎をしみじみと懐かしく「わたしといふ一個の老書生の生活は、わたしの痩せた手先《てさき》に点じられる燈火《ともしび》の光を得て、いかにも寂しくいかにも静かにわたしの目の前に照《てら》し出される」と見つめる、『写況雑記　夜帰る』（大正十、一九二一年）などはその代表であろう。あるいは、「わたしは唯年と共に落葉を愛する情のいよいよ痛切になつて来た」と、ガーデニングの至福を吐露する『落葉』（同年）も。

いま一つは、こんな角のとれた老人ではありません。前述『隠居のこごと』の系列、塩辛ジイサン系。退隠する自由の境涯と、世間に通る敬老精神をいいことに言いたい放題、ツッコミ放題、しかもさすがは年の功で屈曲した自己韜晦《とうかい》の弁舌も、意地の悪い毒舌当てこすり、猥談艶話笑話も自由自在のお手なみなのです。

私は好きだなぁ、こういうの。溢れるように豊かなこんなおしゃべりスタイルしかし本格的な批評って、今はほとんど見あたらないのではないでしょうか、相変わらず大上段四角四面スタイルは繁茂するものの……。この際しっかり隠居の伎倆《ぎりょう》に学び、私もいつか老女スタイルで書いてみたい。孤高の意地悪バアサン系にするか、おとぼけグランマ系はたまた蕭条《しょうじょう》たる山姥系にするかは、まだ思案中ですが。

この流れには早く、実年齢三十七歳の荷風が数人の孫もいる五十八歳の某「隠居」に身を擬し、私的アソビの領域にまで侵入する公的管理の横暴と理不尽に鋭く切り込む『客子暴言』（大正五、一九一六年）があり。兼好法師ばりの美意識と皮肉を駆使しつつ近代都市の衣食住の流行を評し、「老羸《ろうるい》の身」の清貧閑適の生活の価値を唱える『隠居のこごと』（大正十一～十二、一九二二～二三年）もあるけれど。

この各々についてはすでに触れたこともあるので、未見の『偏奇館漫録《へんきかんまんろく》』（大正九～十、一九二〇～二一年。当時、荷風四十二歳）をかいま見することに。

偏奇館に独棲し「老来《ろうらい》の嘆《たん》」をなす「余《よ》」を主体とするこのエッセイは、全体的にポキポキとした、まさに老骨を想わせる漢文調で。○○は△△なりという箇条書きも重ねられ、老人の短気を模すこのリズムに乗り「余」は老眼鏡を鼻にひっかけ、東京市中の世相百般を強気で横断する。彼の武器は年の功ゆえの経験と雑学博識で、二十世紀の政治経済風俗のもろもろのトピックを相対化できることだ。

たとえば――、第一次大戦後利権をめぐって対日感情を悪化させる米国の変節をののしる世間の風潮に対し、「余」はこのような歴史的冷水をかけ、たしなめる。これは気魄を込めた、長い一節です。

日本はその昔永《なが》く支那《しな》を手本としけるが維新《ゐしん》の際仏蘭西《フランス》を師とし忽《たちま》ち変返《へんがへ》つて英米《えいべい》に親しみ又いつとなく独逸《ドイツ》に学び陸軍の軍服なぞ初めは仏蘭西《フランス》風のものなりしを独逸《ドイツ》風に改め仏蘭西《フランス》とさへ云《い》へば危険思想の本場にあらざれば背倫不徳《はいりんふとく》の淫国《いんこく》の如《ごと》く言ひなせしが独逸《ドイツ》敗北と見て取るや俄《にわか》に飛行機の師匠を仏蘭西《フランス》から呼迎《よびむか》えてドイツのドの字も言はず景気《けいき》のいゝ処につく事宛《さなが》ら娼妓《しやうぎ》の如《ごと》しと言はれても吾等《われら》辯解《べんかい》の辞《じ》なきを如何《いか》にせん。

そう、「余」には、維新前夜、幕府陸軍教官として渡日したフランス第二帝国士官の、その後を描く小説『父の恩』もありますものね。維新以来の開国の変遷を知る「夙《つと》に老」いたこの人の史観にかかれば、大日本帝国の盾とする義になんら根拠なく。帝国はたちまち、国際間を節操なく泳ぎわたる浮《う》かれ女《め》に見立てられてしまう。まさに、批評の一つの真髄。

そしてこうしたダイナミックな論のみならず、日常のあれこれの来歴を評する生活者としての眼力もさすがです。通りを歩いて「余」は、時にこんなアイデアをつぶやく。近代が第一の利として誇る〈スピード〉への、おちょくりですね。

余《よ》の考案する処《ところ》は自働車を以《もつ》て車と茶室とを兼用せしめんとするなり。自働車の大きさ官制の許す限りを以《もつ》てすれば畳《たゝみ》二畳《でふ》を敷き悠《いう》に起臥《きぐわ》飲食するに足るべき車体を製し得《う》べし。（中略）窓に簾《すだれ》を掛《か》け芸者と膝《ひざ》を交《まぢ》へて美酒《びしゆ》を酌《く》みつゝ疾走せんか、その快《くわい》おそらくは江戸時代の屋根《やね》舟《ぶね》にまさるものあらん歟《か》。

荷風自身は自動車嫌い、女性を深夜、家まで送りとどける時などは例外とし、だんこ電車を使っているけれど。しかし風俗小説家としては新時代の花形としての自動車に大いに注目、『つゆのあとさき』でタクシーから車外に放り出されるヒロイン・君江の泥まみれの姿を描いているし。『東雲《しののめ》』『おもかげ』の主人公はそれこそ、タクシーの運転手ではありませんか。加えてどうも小説の素材を、深夜の都会を知悉するタクシー運転手より聞き出していた形跡もある。このような思弁の開閉自在のしなやかさ、荷風の強みでしょう。

そして批評や諷刺のあいまにほっと一息、みずみずしい季節の情趣で読者をなごませる手法も健在なれど、この漫録ではそこにやや変調が。俳諧的スカトロジー趣味が加わって時に抒情を壊している、一例を。

初冬の候、数寄屋橋の橋下に砂利《じやり》舟数艘停泊し、岸におむつなど干してあるようすを見て蕪村「冬されやきたなき川の夕烏《ゆふがらす》」の一句を彷彿、しかしその直後——「忽《たちま》ち看《み》る一人《にん》の船頭《せんどう》悠然《いうぜん》舷《ふなべり》に立出で橋上の行人《かうじん》を眺《なが》めやりつゝ前をまくつて放尿す」。

次もそんな例です、冬の口福——「支那《しな》水仙の花開き海鼠《なまこ》は安く鰤鰆《ぶりさはら》に油乗つて八百屋《やほや》の店に蕪《かぶら》大根色白く、牡蠣《かき》フライ出来ますの張紙《はりがみ》洋食屋の壁に現はるゝ冬は来れり」を美味しそうに謳った後、こうですもの——「待てども来《きた》らず来れども乗れぬ電車を見送つて四辻《つじ》の風に睾丸《きんたま》も縮《ちぢ》み上《あが》る冬は来れり」。

この伝で、荷風の本領とする自虐にも従来といささか異なる趣が添えられる、品が下がったような？　会の通知の返信用葉書を「猫婆《ねこばゞ》」し、「春本《しゆんぽん》の類を購《あがな》ふの資」とする習慣を明かしたり。「国辱」が口癖の好戦的政論家をさし「厠《かわや》に入つて其《その》臭きを憤るものに異ならず」とやっつけた後、「余輩《よはい》の如《ごと》きは夙《つと》に臭きに慣れて鼻も掩《おほ》はず静《しづか》に尻ツぺたを搔いて蚊を追ふのみ」と自嘲したり。

たとえば三十代の『紅茶の後』や『妾宅』などに散見される自虐には、いくらなんでもこんな自画像は出てこなかったと思う。これは、すでに若い羞《は》じらいを捨てた下世話な老人特有の——。そして、漫録の荷風は実にいきいきと楽しそうだ、そんな老人を演じるのが。

とっぷりと老いた身に自らをすべり込ませ世相を評する四十代の荷風の諸エッセイを見て一つつくづく思うのは、若い頃落語家や座付き作者をめざしたこの人はやはり、演劇畑の作家なのだなぁ、ということだ。

もちろん初老の四十代として老いを実感する折々もあろうけれど、そこに川柳俳諧で習得した老人の身ぶり口跡の庶民的テイスト、あるいは徒然草の隠者モードなど付け加え、老人を演じている感じが濃厚だ。その虚実皮膜の間にあそぶ感じが荷風を解放し、豊かな饒舌を紡ぎえているのだろう。

『客子暴言』や『偏奇館漫録』、ひとり芝居として舞台に乗せても面目そう。荷風における戦略としての老いにはこのように、演劇系の生かされていることも、忘れてはなりませんね。

さて。ここまで見てきて、しかしまだ四十代初めにおける老いの作品に触れ得たていどであることに、ため息をつかざるをえない。この後まだ陸続と、作家・荷風における老いはつづく。手近ですとたとえば、零落した老人とその娘の淡い邂逅を雪どけの情景の中に描く小説『雪解』(大正十一、一九二二年)があるのだし、子供たちを独立させ静かで無味な日々を送る老夫婦のある一夜を春雨の音でやわらかく包む『春雨の夜』(同年)がある。

そしてしばらくの休止の後五十代には、荷風の老人文学の精華ともいうべき、玲瓏《れいろう》たる雪の結晶のような『濹東綺譚』(昭和十二、一九三七年。当時、荷風五十八歳)が屹立《きつりつ》する。

「老境に至つて」はかない痴夢を語るという体で、寺島町の溝《どぶ》ぎわの家での娼婦との時間を書く「わたくし」、その「わたくし」が作中でもう一つ筆を進める『失踪《しつそう》』なる小説の主人公である、老人「種田《たねだ》」。作品の後記「作後贅言」の中に繰り広げられる、明治人として奇骨の一生を貫いた「神《かう》代帚葉翁《じろさうえふをう》」とその「老愁」への想い。最後はこの老人の名にちなみ、彼の墓に舞い散る落花落葉のイメージがクローズ・アップされて『濹東綺譚』は閉じられる。

残余の孤独をいだき東京の街を漂流するこれら老人たちの想いが幾重にもかさなって「お雪さん」なる優しい女性の幻像を現出させ、しかし透明な雪の結晶のように彼女も儚く溶け消え……という趣きなのだ。いえ、無理、簡単には言えません。しかしこの複雑玄妙に織り上げられた老愁のタペストリーが一つの着火点となり、以降の荷風に新たな老いの文学が深沈と展開するのは明らかだ、自らに進行する真の老いと共鳴しつつ。

その中ではたとえば、ドガの油絵を想わせる舞台裏の踊子たちの群れの中に、或る「爺さん」の残余の生を暗く強いタッチでえぐる小説『勲章』(昭和十七、一九四二年)も忘れがたく。戦前の浅草を回想するエッセイ『草紅葉』(昭和二十一、一九四六年)中。深夜の店でおしるこや雑煮をお代りする踊子たちの若い食欲を楽しそうにながめ、「わたくし」と微笑を通ずる「老幇間《ろうほうかん》」の姿も印象的だけれど。

五十代以降の荷風の老人文学において一つ特徴的なのはこのように、老人の孤独と、都会で肩はり働く若いシングル・ウーマンの孤独との間に一すじの、共鳴する糸がつながれる点といえましょう。家々のあたたかい灯をよそに見ながら、あてなく漂う都会の夜に彼らはたまさか出逢い、また離れる。個と孤の生活者のシンボルとして、老人のかたわらに都市で働くシングル・ウーマンが加わるわけだ。

それは真に老いゆく荷風の文学に、艶を添え。また、情事というのとも異なる、淋しい人間どうしの微妙な触れあいという新しい関係性にも着手していると思うのですけれど、今の段階では見通しにすぎない。

『濹東綺譚』以降の老いの作品については、拙稿の提唱する〈戦略としての老い〉では読みとけないことをともあれ申し上げ、筆をおきたいと思います。

荷風蓮花曼陀羅

草は、山吹・藤・杜若・撫子。
池には、蓮《はちす》。
――徒然草一三九段

明治の作家達は、深々とフローラルである。エッセイに花のことをつづり、その小説世界にもあでやかに花々を咲き乱れさせる。

たとえば泉鏡花など、その最たる人であろう。彼は時に偏執的に作品世界を友禅模様にも似た細密な花々で埋め、時にテーマの生命そのものを花に、宿らせたりもする。山中の神秘を侵《おか》し黒百合の花を摘んだ人間の罪ゆえに、大洪水があふれ幕を閉じる小説『黒百合』(明治三十一、一八九八年)や、病床の母のために幼い少年が医王山へ、真紅の霊妙な花を探しにゆく『薬草取』(明治三十六、一九〇三年)などはその顕著な例。

鏡花の花尽しは、登場人物の背景の余白を恐れるように、華麗な花群をそこに描き込まずにいられない少女漫画の世界にも、匹敵するのではないかしら。そういえば彼の師匠の尾崎紅葉も、その『金色夜叉』(続篇、明治三十五、一九〇二年)において。貫一に許しを乞い、せめての身のあかしに水流に自死する悲傷の宮さんに、谷川の気高い白百合の花をまき散らし、オマージュとしていましたものね。師弟相伝の、花の系譜なのかもしれない。

ともかく、現代の男性作家諸氏がその作品世界にこんなに花々をあふれ咲かせるなんて、ありませんから。ここに明治文学の一つの鍵があるのかもしれない。などと、そんな方面もしきりに気になるけれど。

四民平等の近代社会における努力の価値を賞揚し、さらなる向上へと身命《しんめい》を賭《と》す明治の熱き男ごころを骨太にうたい上げる幸田露伴も意外なことに、可憐な花々への愛を打ち明けることが少なくない。彼の場合はもちろん、心に染《そ》まぬ時代世相への鬱積を、清雅な花木への想いでまぎらわせるという中国文人の閑居スタイルの影響が大きいわけで。

その露伴に――四季の花の趣を穏やかに鑑賞する、綺麗な花束のようなエッセイ『花のいろ〳〵』(明治三十一、一八九八年)があります。それぞれの季節の花に優劣をつけるわけではないけれど、彼の心の特に留まる花は、おのずと知れる。たとえば夏の蓮の花、などは露伴の鍾愛《しょうあい》する花で、気韻高いものとして特に賞美されている。

「芙蕖《はなはちす》は花の中の王ともいふべくや」という愛《め》で言葉ではじまり、遠くまで伝わるその香気の品位、花弁の自然の開閉の神秘、「漣漪《さざなみ》に身をまかせて動く」面白さを述べた後。露伴はこんな不思議な言葉で、「芙蕖《はなはちす》」の小文を結んでいる。

此花《このはな》のすゞしげに咲き出でたるに長く打対《むか》ひ居れば、我《われ》が花を観《み》る心地はせで、我《われ》が花に観《み》らるゝ心地し、かへりみてさまぐ〳〵の汚れを帯びたる、我が身甲斐無く口惜きをおぼゆ。

水や木立ちなどまわりの風景がすうっと消え、大輪の蓮の花と自分だけがそこに向き合う感じ。この蓮は絶対、純白のイメージですね。

「我《われ》が花に観《み》らるゝ心地」とはまことに神秘的な口跡で、たしかに水に咲くこの花にはそんな幽遠な、あやしい気配が漂う。花を見ているのではなく、花に見つめられているような。仏教的にはこの花が、死の花でもあるからか。

露伴のエッセイを深く愛する荷風は、この文章も早く読んでいたのかなぁ。偶然、かもしれませんけれど、荷風が蓮にちなむそのペンネームを使いはじめるのはこの翌年、明治三十二年からなのだ。

二十歳のこの時から、実に生涯にわたり彼が名のりつづける〈荷風〉というペンネームについては、今まであまり真剣に注目されてこなかった気がする。荷風自身の言としては、中学生の時に下谷《したや》の病院に入院し、付添い看護婦さんに初恋をした。その人の名が「お蓮」であり、それに近い名を工夫したということで（「文芸諸名家雅号の由来」明治四十一、一九〇八年）。

蓮はその大輪の花もさりながら、特徴ある巻き葉広葉や冬枯れて折れる茎も鑑賞される植物。なので、〈荷風〉がその花と葉、茎のいずれに由来するのか。あるいは〈風〉とは何を意味するのか、そんなあたりをあらためて考える必要があるのではないかしら。

一つの結論をいえば私は、お蓮さんのエピソードが事実かどうかはわからないけれど、このペンネームは女性に深く関わるフローラル系のものだと思っています。さらに言えば、女物語の書き手としての荷風の自覚をまず表わすものだと思う。

そのあたりのことを荷風自身がつねに語らず、韜晦《とうかい》しているところも何だかあやしい。荷風はこの筆名を、綺麗な蓮の花なんてとんでもない、どちらかというと老人くさい〈敗荷《はいか》〉のイメージであると、以降は語りつづけるのだ。

たとえば〈荷風〉の由来を問われ、三十四歳の彼はこんな風に答えている——「此頃《このころ》詞藻《しさう》漸く枯れんとするが故に敗荷《はいか》に改むるも遠きに非《あら》ざるべし」(「雅号の由来」大正二、一九一三年)。

実際この言葉どおり、中年以降の彼は時々、冬枯れて哀れに折れ曲がる破れ蓮に己が老いを託し〈敗荷〉とサインすることもある。実は元よりかなり好きでもあるので、そんな枯れ蓮の趣が。

エッセイ『草箒』(大正六、一九一七年)においても、池に降り積る落葉の風情、「敗荷残柳《はいかざんりゅう》と相《あい》俟《ま》つて蕭条たる池辺の廃興いよ〳〵深し」と格調高く推しており。何よりも若い頃より、森鷗外の小説『雁』(大正二、一九一三年)における上野、不忍池《しのばずのいけ》の場面。青年が石で雁を打つ、その池面にひろがる「枯蓮の襤褸《らんる》のやうな葉、海綿のやうな房」と種々鋭角に折れる蓮の茎の無惨な光景、エッチングのような荒涼たる感覚美を激賞しておりますゆえ。

自身でも小説『曇天《どんてん》』(明治四十二、一九〇九年)において、日本の風土文化の特質を、不忍の池の満面に哀れに枯れゆく「敗荷《はいか》」の落莫に託している。

〈荷風〉にはもちろん一つこのような、「廃興」と「蕭条」を愛する隠遁《いんとん》的心情の文脈があるわけだ。

しかしそれにしても、石川淳が荷風の作家としての老醜を評する上で、「敗荷落日」とたとえた効果も大きすぎ、私たちはこの文脈にあまりに強く気を取られて来たのではないか。彼の筆名は元来もう一つ、あでやかに開く蓮の花のイメージを蔵している。そしてこの花が水とともに漂い動く水性の花であることも当然、彼にとっては肝要なのだ。なぜなら水流こそ、彼の文学をつねに貫くテーマなのだから。

具体的に何を見さだめよう、という確固たる目標もないのだけれどしばし、水に浮く蓮の花を追って〈荷風〉に近づきたいと思っていて。そのうちには水流豊かな彼の終焉《しゅうえん》の地・市川に拙稿を漕《こ》ぎ寄せたいとは決めているのだけれど、つたない漕ぎ手に可能かどうか。

まあ少しの間、蓮の花に見とれ、露伴のようなつつましい気持ちになれれば、御《おん》の字でしょうか……。

❀

ペンネームについてはあまり思い入れず単なる記号と割りきる人もいれば、書き手としての本懐や理想的イメージを、内々深く託す人もいる。荷風は、あきらかに後者だ。

江戸前の含羞を重んずる彼ゆえ、この名への執着は正面きって披瀝はされない、しかし何気ない言葉のはしばしに。〈荷風〉を、己が霊魂宿るトーテムとして大切にしていることがわかる。だって、ご存知でした？　彼はかなり熱心な、ロータス・ハンターなのだ。
文人のたしなみとして、かつ身辺の文具を愛したアンリ・ド・レニエにならい、机上の文具に関しその造作や由来を縷々《るる》述べるエッセイ『几辺《きへん》の記《き》』（大正十三、一九二四年）に、このようにある。日本橋大通の裏。好事家の間ではひそかに「青天の博物館」などとたとえられていた骨董店林立する、アンティーク街に足繁く通っていた頃を回想するくだり――。

十年前われ戯《たはむれ》に三味線弾ぜし頃、紙入、たばこ入、また矢立《やたて》のたぐひを好み、わが雅号にちなみて蓮の意匠あるものを択み蒐めむとて、いづこの往きにも還りにもこの町を過ぎざる日とては罕なりしかば、（中略）こゝにこの机辺の記をしるすに臨みて、吾が筆を洗ふ荷葉の筆洗、藕花の水盂も、秋晴のあした、春雨の昼下りに皆かの町を歩みし形見と思ひ起して、かくはこゝに書添へたり。

『断腸亭日乗』の愛読者の方はここで、おお、そういえばあのスケッチが……と想い起こされるはず。そう、日記昭和七年三月の項に荷風自筆の文具一式の絵があって、そこにちゃんとこの筆洗と水盂が描かれてある。特に蓮の花びらをかたどる水盂、可愛い、中央にチョンと蕊《しべ》が立てられていて。
十年前といえば、ちょうど荷風が『日和下駄《ひよりげた》』を書き『江戸藝術論』諸論を発表していた頃で。

浮世絵や人形、服飾品などの江戸の生活芸術品を収集するかたわら、ロータス・ハンティングもしていたのですね。しかも文具のみならず、身のまわり品を蓮の意匠で固める勢いだったのだ。そんな好みを知って、親友・市川左団次の奥さまがわざわざ「蓮の模様中形浴衣」を仕立てて贈ってくれた一幕もあったほど（市川左団次追憶記『杏花余香《きょうかよこう》』参照）。

そんなに、荷風は蓮が大切。だから私たちはどうしても。トーテムとしての蓮がそもそも彼の心にともり初《そ》めた由来を知り、閉じたその花びらをほぐすように〈荷風〉としての彼の本懐の初発を知らねばならない。で、ここで大きく櫓《ろ》を押します、明治三十、一八九七年の上海へ向けて。ちなみに当時彼は十八歳。同年四月日本郵船会社上海支店長となった父上に連れられ、母上・弟とともに汽船で上海の秋の埠頭《ふとう》に降り立ったのだ。チャイニーズ・ロータス咲き満ちるこの初めての異国こそ、〈荷風〉が誕生した地だと私はにらんでいて。

馬車が迎えに来た……！　まずそのことに、彼はいたく驚いたらしい。東京では貴顕富豪の乗る二頭立の馬車、しかも制服の馭者《ぎょしゃ》と馬丁が計四人。綺麗な箱馬車はすぐに家族を、埠頭から近い社宅へ連れてゆく。これからお城へ行くシンデレラのように、あるいは初めてパリを訪れる少女のように彼はわくわくして。権力には興味がないけれど、こんなおしゃれな贅沢は大好きな荷風なのだ。

着いた先の仏蘭西《フランス》風の石造りの邸も、大いに青年の気に入った。満々たる黄浦江《こうほこう》を見晴すベランダ、応接間、広い舞踏室。愛読するフランス文学の中のワン・シーンのような気がしたのではありませんかね。
後年五十五歳の折にこの時の経験を回想し、荷風は『十九の秋』という文章を書いている。そこで己が幼い感覚を刺激し覚醒させた音と色彩の地として、上海をこのようにあざやかに位置づけている。

日に日に経験する異様なる感激は、やがて朧《おぼろ》ながらにも、海外の風物とその色彩とから呼起《よびおこ》されてゐることを知るやうになつた。支那人の生活には強烈なる色彩の美がある。（中略）之《これ》に加ふるに種々なる不可解《ふかかい》の語声《ごせい》。これ等《ら》の色と音とはまだ西洋の文学芸術を知らなかつたにも係《かゝは》らず、わたくしの官覚に強い刺戟《しげき》を与へずにはゐなかつたのである。

いかにもボードレリアンらしいこの文脈をすなおに信ずるならば、西欧社会の支配下に清王朝の風俗伝統も守られる、異文化うずまく上海こそ彼の官能のめざめの地、生涯を貫くその異郷憧憬の発足地ということになる。
上海滞在は記憶に薄い、などとうそぶく文章も一方にはあるけれど、『十九の秋』、信じてよいと思います。若い荷風はそうとう、上海に傾倒していた。この地で自ら中国服をまとい撮ったポートレートもあるし、十一月に帰国後すぐ、神田外国語学校清語科に入学している。二年後には、上海租界を舞台とする小説『烟鬼《エンコイ》』も書いているので。

清語も学ぶなんて、もしかしたら父上の反対を押しきり、再度上海へ遊学するつもりでもあったのかしら。そうとするなら、『あめりか物語』『ふらんす物語』の前にもう一つ、『上海物語』が書かれていた可能性もありますね。『上海物語』……これも、荷風によく似合う。

さて、この時の上海滞在に関してはもう一つ、重要な材料がある。若い彼がほぼリアルタイムでつづった旅行記『上海紀行』（明治三十一、一八九八年）――こちらは『十九の秋』のこなれた文章とは異なり、いかにも漢文少年らしいマジメで硬い漢文調で書かれています。

まず彼は、租界地のモダンな道路建築の美と清潔を「東京の比にあらず」とたたえ、黄浦江のきらめく夜景を賞美もしているけれど。滞在中もっとも印象的だったのは、黄浦江近くの旧王城「上海県城」の内奥に秘められる古風な庭園を訪れたことだったらしい。

この庭はふだん鎖され、三節にのみ開放される。といっても、外国人でここに入る者はほとんどいない。彼は折よく九月九日重陽《ちょうよう》の節、中国人の知己の案内で宏壮な庭の中を逍遙しえた。そしてここで、チャイニーズ・ロータスの艶な花群とそのめざましい香気に出会っている。ただし、一種の夢想の中で。

時は秋、なのですでに庭園の水に咲く多くの蓮は枯れているのだ――「内園の前一大池あり夏天多く蓮花ありと云ふ今や香痩せ秋風敗荷残柳と共に哀れを詩句に止むるの状を呈す」。しかし著名な湖心亭に入りそこから池面を見わたせば、夏の幻の花香はあざやかにエトランジェの青年に感じられて――「夏天欄干に倚て低亜せんか満湖の荷風香漠漠として涼気羅衣に満つと」。

ほら、〈荷風〉が出てまいりましたぞ。気をつけて。青年の夢想の中のこの〈荷風〉とは、敗荷を揺らす寂しい秋風、冬風ではありませぬ。広い広い池いっぱいに咲きみちる蓮の花の涼しく華やかな香気を、私たちに運び伝える風なのだ。

湖心亭を離れた青年はさらに、もう一つの池ある庭へさまよい出て。時刻はたそがれ、ここでも〈荷風〉のイメージが再出する――「水あり石あり花を栽し竹を種ゆ六七月荷花香風の時節観最好しと称す」。

なんだか悩ましい、チャイニーズ・シークレットガーデンを逍遙するこの時の荷風。目の前にあるのは秋枯れの蓮池、しかし青年は満面の花群の強い香気を感じている。おそらく、蓮をゆらす夏風にひるがえるあでやかな官女の「羅衣」をも思い描きながら。

秋庭太郎氏は先鋭に『上海紀行』のここに注目、〈荷風〉の一つのイメージの成立を、中国庭園の秋の敗荷に求めておられる（『新考　永井荷風』春陽堂）。場所については同感、しかし私は現実の敗荷でなく、青年の夢想の中のあでやかな夏の蓮花とその官能的な香りを伝える風こそが、〈荷風〉の根源だと考えておりまして。

十八歳の紅顔の青年の脳裏にこの時あったのは、当然。『金瓶梅』や『紅楼夢』など中国の官能文学に登場する艶麗なヒロインたちのイメージでしょう。男性の欲望に従属し翻弄される哀しげな日本近代小説のヒロインとは異なり、彼女たちの少なからずが立派な女性好色者、事によっては自分から仕掛け、肉体の無限の可能性を大いに愉しむ。まぁ、これも読み方によりますが。男性の欲望のはめ絵として、都合のよい女性像が書かれていると言われれば、そのとおりでもある。

しかしあまり気をまわさず無防備に読めば、両性が気を合わせ創意をこらす数々の好色シーンは余裕綽々の大人の貫禄、こっくりと脂濃い中華料理の趣が。とても現代的に見えてしまう。そして中華料理の具材や調理技術が奥深いように、こちらも……。

たとえば、若い荷風が抱きしめている〈蓮〉のイメージに、この種の蓮まで連想するのは、深読みにすぎるでしょうか。アソビの達人にして北京通の中国文学者・奥野信太郎氏によれば――かの悪名高き中国婦人の纏足《てんそく》は、その人工的畸形《きけい》が蓮の花びらに似るところからこれを「金蓮」と美称し、纏足を性的に愛好することを「蓮癖」と称す。

「金蓮」の鑑賞法は「繊・鋭・痩《そう》・彎《わん》・平・正・円・直・短・窄《さく》・薄・翹《ぎょう》・称」の方面よりなすを正統とし、蓮とのひそかな戯《たわむ》れ方は何と五十二通り。「挟」あり「擁」「弄」さらに「咬《こう》」「嚙《ごう》」「呑《どん》」に極まり、その仔細は……むにゃにゃ。硬い漢字の羅列にかえって想念を刺激された方は、『奥野信太郎随想全集』第一巻（福武書店）所収の名文『神仙にかわいがられた女』をご参照下さい。

とにかく私はこの文章に明をひらかれ、『金瓶梅』を読んでいて不審だった数々の言葉やシーンの意味が、次々と。その名も「金蓮」という好色的なヒロインと、そのお相手の西門慶との閨房に関わる数箇所、挙げておきます（岩波文庫、小野忍・千田九一訳による）。

○褌腿《こたい》をつけたその足は、ちんまり尖った金の蓮。（中略）これなん器量が売り物の、男たらしのこの女。
○西門慶、ほめそやすだけでは足りず、ふところに抱きしめ、もすそをめくって、あの二つの小さな足を見れば、黒緞子の靴をはいて、それは三寸ばかり、嬉しくてたまりません。
○ふたりは雨をよび雲をおこし、しばらくいちゃつき合い、ふざけ合っておりましたが、こんどは西門慶、女の足からぬいとりの靴をぬがせて手に取ると、それに杯の酒をうつして、靴杯《くつさかずき》としゃれて飲みほしてしまった。
○すがた可愛いその足に、はくは紅鞋《べにぐつ》恋うらない、芽の出た藕《はす》か花散った蓮《はす》か、なぜに締めたかこの大きさに、柳の枝なら三寸ばかり。

漢文少年の荷風はもちろん。中国の官能文学にまき散らされるこうした〈蓮〉の色香に、刺激されなかったわけはない。しかも十八歳のこの時、そんな春情はいたく濃かったのでは。なぜなら上海へ渡航する直前の春夏、彼は吉原に初登楼しアソビの味を覚えはじめているからだ。そしてそこに、蓮の花がなやましく香っていた……。

後年の回想記『里の今昔』（昭和十、一九三五年）などによれば、荷風は『たけくらべ』や『今戸心中』にあこがれて明治三十年春に「初めて吉原の遊里を見に行つた」という。お年頃ゆえこの折「見に行つた」だけではないのだろうし、実際以降、上海へ行く九月初旬まで、遊廓に通うのに夢中となっている。とするなら、吉原体験にも蓮の花の記憶が色濃くからみついているはずなのだ。

ふたたび『里の今昔』によれば、若き荷風は、吉原遊廓の周辺のいかにも昔の郊外らしい水田風景を深く印象している。「裏田圃《たんぼ》」「浅草田圃《たんぼ》」と称されるそこは、蓮の花の名所でもあった。夏ともなれば多数の蓮の花が咲き、その稲田の中を遊客の朝帰りするようすが、吉原の夏の風物詩だったらしい。

その情景はたとえば、後年の小説『散柳窓夕栄《ちるやなぎまどのゆうばえ》』（大正二、一九一三年）に活写されている。戯作禁令にさいなまれる老主人公の種彦をせめて慰める懐かしい好景として、吉原の水田に蓮花咲く情趣が――遊廓はまるで青い稲の海に浮かぶ船のよう、波の合間には紅白の蓮がゆらゆらと。

> 彼方此方《かなたこなた》に浮んだ蓮田《はすだ》の蓮の花は、青田《あをた》の天鵞絨《びろうど》に紅白の刺繍《ぬひとり》をなし、打戦《うちそよ》ぐ稲葉《いなば》の風につれて、得《え》も云《い》はれぬ香気を送つて来る。（中略）稲葉《いなば》に埋《うづも》れた畦《あぜ》道からは駕籠《かご》を急がす往来《ゆきき》の人の姿が現れて来る。それは田圃《たんぼ》の近道《ちかみち》をば、田面《たのも》の風と蓮の花の薫りとに、見残した昨夜《ゆうべ》の夢を托《たく》しつゝ、曲輪《くるわ》からの帰途《かへり》を急ぐ人達であらう。

蓮の花の香気に包まれて遊廓から帰る人々の感慨は、そのまま若き荷風の実感なのに相違ない。そういえば『断腸亭日乗』には時おり、水田に蓮咲くのどかな風景への賞美が記されているけれど、ははん、吉原の遊里への想いも一抹《いちまつ》こもっているのだ。

ともあれ異国の廃園で青年が結晶させる蓮の花は以上のようにあきらかに、中国官能文学のヒロインに吉原の遊女のイメージも重なって——十八歳の春のめざめに呼応し、あでやかに濡れ豊かに花ひらく官能的な女性の象徴である。ここに、〈荷風〉の誕生がある。

それにしても、そうした女性像にこのペンネームはどう関わるのか。蓮花の姿形よりもその香気に、彼がしきりにこだわるのはなぜなのか——「荷風香漠漠」「荷花香風」「蓮の花の薫り」。そんなあたり、さらに考えてみなければならない。

❀

上海より帰国後ほどなく、彼は猛然と、一貫して〈荷風〉を名のり書きはじめる。管見の限り、〈荷風〉の署名の初見は明治三十二、一八九九年二十歳の時に師の広津柳浪との合作の形で十月発表された小説『薄衣』ならびに『夕せみ』である。ちなみに、同年六月発表の小説『花籠《はなかご》』の署名は〈小ゆめ〉、同じく八月発表『かたわれ月』の署名は〈雨笛〉。

そして注目されるのは。一八九九年十月の『薄衣』『夕せみ』以降彼のペンネームはもう動かず〈荷風〉に決まるわけだが、〈荷風〉として書きはじめられた当座の小説の多くがこの二作を含め、少女のような儚い薄幸の女性をヒロインとする女物語であることだ。簡略の一覧を、次に掲げておく。主に一九〇〇年の作である。

○『薄衣』 夕月のようなヒロインのお袖は妾。妹に旦那を奪われる。自分どうよう、男にもてあそばれる妹を案じつつ淋しく死ぬ。

○『夕せみ』 入院中のお園は治れば、いやな男の想い者となる身。看護婦「自分」は、この少女の可憐と哀れな運命に惹《ひ》かれる。女性どうしの連帯感が、微妙にレズビアンな空気を湛える。

○『烟鬼《エンコイ》』 上海租界が舞台。〝烟鬼〟とはアヘン狂のことで、烟鬼の元夫を捨て身でかばう纏足《てんそく》の美女「香娘《シャンラン》」が痛々しい。

○『うら庭』 十五歳の女学生「妾《わたし》」のある夏の一日を追い、その青春開眼を淡くスケッチする。

○『濁りそめ』 題名どおり、無邪気な少女の芸者修業の一頁としての無惨な破瓜《はか》がテーマ。

○『四畳半』 親に従属する身として、ともに不本意な結婚を命ぜられた二人の少女が、いっそ心中しようとする。桜散る夜、頬ずり抱きあう二人の姿にはやはり、そこはかとなくレズビアンな薫りが……。

○『をさめ髪』 義理の父の欲深さ、恋人の不実にさんざんいじめられた少女義太夫《ぎだゆう》の梅之助は、ばっさりと髪を切り男姿となっての芸道修業を宣言する。凛々《りり》しく潔い少女に比し、男たちのダメさがめだつ。

○『隣の座敷』 隣の幼なじみの澄ちゃんは、好きな男を聟《むこ》に迎えて、今日が嬉しい結婚式。なのに私はあまりがんばらず、親の選んだ適当な男と適当な結婚を……今さらくよくよ悩む若妻

「自分」なのだった。

あらためてよく了解できる、〈荷風〉とはまず。女性の涙や悔《くや》しいつぶやきを通し、そのような不幸な弱者を作ってしまう明治の男性原理社会へ批判の矢を放つ、女物語の書き手としての名のりであることが。

志は明確なのだけれど、でもなかなか難しいなぁ……と荷風は悩んでいたのでは。どんどん出来てしまうのは、自分の生来の好みそのままのような儚《はかな》い美少女ばかり。男性社会の強権に虐待され、淋しく倒れる女性ばかり、つまりサディスティックな構図ばかり。しかも女性の居る場所は主に家の中、なので舞台の視野がどうしても小さく狭い、これでは先細りになってしまう。

で、おそらく悩んだ荷風はしばらく、男物語の可能性をも大いに試す。己が小説理論と実作を強く連動させる荷風はその意味で、実にわかりやすい一期一傾向型の作家だ。

〈荷風〉を名のりはじめた一九〇〇年が彼の女物語集中エポックとすれば、つづく一九〇一、二年は男物語の集中期。『新梅ごよみ』『野心』『闇の叫び』『新任知事』など、野望に燃え近代の競争社会を疾駆する男性の争闘と蹉跌《さてつ》を描く作品がせり出す。一九〇一年春に新聞記者となりジャーナリズムの世界に出入りしたこと、ゾライズムへの没入も大きく影響していましょう。

そしてそんな社会研究の成果もありこの期に一点、華麗で自立的なヒロインを描く『地獄の花』(明治三十五、一九〇二年)が成立していることに、注目したい。

学校長による、若い女性教師の強姦事件――そんな題材は、社会的権威の暗部を告発する好個のスキャンダルとして、若きジャーナリストならいかにも飛びつきそう。しかし女物語の作者・荷風の真骨頂はそれからなのだ。校長を批難するより彼の視野はもっと広く、犯されたヒロインを冷たく無視する世間の因習、ひいては女性の身心の自由をはばむ日本近代の結婚制の功利と冷酷をえぐり出す。処女神話の、不条理を撃つ。

この作品でヒロインの園子は、泣き崩れ倒れたままではいない。女性の友人・富子の支援もあり彼女は、男性社会の強権に抗《あらが》い己が内なる欲望に忠実に――百合咲く庭に籠り、美しく孤独に生きることを決意するのだ。

荷風の嗜虐的性向と、知見としてのフェミニズムがいい感じのバランスを保っている作品でもあるのですけれど、おそらく彼が読者へのサーヴィスとして最も心をくだいているのは、海岸での著名な強姦シーンと、園子のういういしい初めてのKissシーン。

そしてさて、このKissシーンを見るならば、あれほど彼が蓮の花の香りにこだわったのはなぜなのか、わかって来る。そして〈荷風〉の〈風〉とは何の意なのか、も。もしかして本人も自覚していないかもしれないけれど、微妙に……。

おそらく明治のこの頃の小説にまだ、接吻シーンは稀有でしょう？　ゆえに荷風は腕によりをかけ、園子が二十六歳にして初めて恋した男性とのそれを描くのですが、徹底的に白百合の花の薫りをキーとする。園子の内なる官能は終始、花の香気に呼びさまされ、熱くゆらめく。

まず、こんな風に――「驚いて顔を其方《そのはう》に振向《ふりむ》けると笹村が切迫した呼吸と、その胸に挿《さ》した白《しろ》百合《ゆり》の花だけが暗い中に際立《きはだ》つて白く、颯《さつ》とばかり揺《ゆらめ》く一陣の香気は面《おもて》の上に吹付《ふきつ》けて来た」。そして男に抱き寄せられて――「園子は唯《た》だ強い花の香気《かをり》が再び激しく寂然《ひつそり》とした夜の空気の中に動揺するのを覚えたばかりで、もう殆《ほとん》ど明瞭《あきらか》な凡《すべ》ての感覚を失ふ程になつた」。最後にはもちろんKiss――「園子は先《ま》づ男の胸に挿《さ》した百合の花の香しく柔かなる花瓣《はなびら》が、軽く自分の頤《おとがひ》に触れたのを覚えた刹那《せつな》、もう其《そ》の後《のち》は殆《ほとん》ど何事も辨《わきま》へなかつたのである」――まるで、真白なお花と口づけしているみたい。

実はこのシーンには伏線があって。前の場面は、富子のあざやかな夏の庭。そこに咲きみちる白百合の香り「芬々《ふんぷん》たる強い香気《かをり》」「颯《さつ》と動いた風に従つて強い花の香気《かをり》」が二人の女性の官能をそそり、恋や結婚への若々しい夢を語らせていたのだ。いつになく柔らかな女教師のそんな雰囲気を察知し、男はアプローチして来たと言えるわけで。

それにしても荷風、園子の内奥のエロスの恍惚を、「人を酔はしめる」とか、「明瞭《あきらか》な凡《すべ》ての感覚を失ふ」「何事《なにごと》も辨《わきま》へなかつた」などと苦労し表現している。いささかぎごちないけれど、男の抱きしめや口づけをただ受動する綺麗なお人形さんでなく。こんなに感じているヒロインって、先駆的なのではないでしょうか。

そんな、能動的に感じる女性こそ、荷風の描きたかったヒロイン。そして花の香気は、彼女のエロスのめざめの誘因であり、象徴なのだ。この傾向は、前掲の『うら庭』にもあざやかに看取される。夏の庭に充満する「強い花の香」が十五歳の少女を「唯《たゞ》陶然《うつとり》と」させ、春のめざめへと誘う。だから別に、百合の香りでなくても、いいのです。元のイメージ・ソースは、蓮の花なんですから。でも蓮じゃちょっと。新しい絵にならない、ゆえに当時大流行のハイカラな白百合に変換しているだけで。そして園子さんの顔へ、一陣の風がさっと花の香を吹きつけて来たように……書き手としての荷風は、そんな風《かぜ》になりたかったのではないかなぁ。男性社会の掟《おきて》にしばられ、身体と心を冷たく受動的に固まらせる女性達に、かぐわしくエロスの目ざめを運ぶ風《かぜ》——運び手に。荷風香漠漠、とつぶやいたあの時から。きっとそう想っていたのに相違ない。

この件に関して、もう一例だけ。こちらは薔薇の香りが、因習にとざされた女性を解放する『わくら葉《は》（社会劇三幕）』（明治四十五、一九一二年）より。権力志向の父に抗い詩人をこころざす薄命の青年・恭次をめぐって色々あるのだけれど、この社会劇の一つのクライマックスは、南イタリアに見立てられた晴朗な鎌倉の海辺で。

恋をあきらめ因循に生きてきた父の妾のお民が、海光と薔薇の香に生の歓びを呼びさまされ、——「静かなお庭と云《い》ひ、逆上《のぼ》せるやうな強い薔薇の花の匂ひと云ひ、私は何だか気が遠くなるやうな……（後略）」

そのお民を恭次が激励し、愛と自由の地平へ脱出するよう説く場面である——「それが牢屋を出て自由の空気に触れた心持《こころもち》なんです。幸福と云《い》ふ大きな翼にゆすられて、青空を翔《か》けて行く時の眩暈《めまひ》なんです。（中略）しつかりなさい、しつかりなさい」。

これが、〈荷風〉の一つの本質。「幸福な自由な誠《まこと》の人生をお迎へなさい」と、真摯《しんし》にお民に説得する恭次の姿勢こそ、〈荷風〉そのもの。欧米でしなやかな女性のライフ・スタイルを見聞して帰朝後の荷風は特に熱心に女性に向け、評論や小説においてこう説くけれど。

そのうち女性自身の頑固頑迷、女性の高等教育の効果にも失望し……この熱き声はしだいに屈折しねじくれ、時には意地悪辛辣にかき消されたかにも思え――いややはり終始、荷風は心の底から女性に語りかけつづけた作家なのだ。自ら感じ、生きる歓びを味わう女性を。そんな女性がごく自然に闊歩《かつぽ》しうるフラットで活気ある社会を、追い求めつづけた人なのだ。

老獪《ろうかい》、ですからこのテーマに関し以降はそうとうの変化球を繰り出して来るわけですが、それはもちろん大歓迎。まじめで熱心な恭次さん的荷風は可愛いけれど、ずっとストレートな説得では芸がない。時に豊潤に滴《したた》るように、時にズッコけ面白く、時に脂光りするようないやらしさも……そう来なくっちゃあ、読みでが無い。

❀

で、脂光りするいやらしさ……が出てきたところでシメた、とばかりに一気に拙稿を荷風終焉《しゆうえん》の地・市川に漕《こ》ぎ寄せてもよろしいでしょうか。他にもさまざまな水流があり、蓮の花多数浮かんでおりますのに、なんと性急な。

他の蓮の花といえば、たとえば。彼がパリに遊んだ二十世紀初頭は、モネやルノワールなどの印象派が新鮮に台頭し、円熟したエポックに当る。かつて画家をもこころざした荷風はさぞ熱心に、パリの美術館や画廊でそうした新しい話題の絵画を鑑賞したであろうし、とりわけモネの絵が好きですから。当時評判のその睡蓮の連作群、輝く光のような水や花びらの色、池一面にひろがる神秘的な花群の構図などを、〈荷風〉としての自分の心の中に深く折りたたんでいたでしょうね。

蓮の花こそ直接は出てこないものの、帰朝後の水流を主題とする二作――『すみだ川』や『牡丹《ぼたん》の客』には、そんなモネ的雰囲気も託されているかもしれない。

そしてまた。荷風の父上の深く愛した大久保余丁町《よちようまち》の庭にも、父上好みの中国種の蓮の花がいくつもの大鉢に育てられていたのだ。フランスから帰国した夏、荷風は初めてイタリアの作家・ダヌンツィオの詩や小説を知り耽読した、その時も余丁町の庭には綺麗に蓮が咲いていた――「余初てダヌンチオの諸作及詩集を耽読せしは帰朝当時の事にして大久保の庭に蓮の花の咲きたるを記憶せり」(『断腸亭日乗』昭和十九年九月九日)。

では荷風にとって、南欧のたわわな果実や花々の色香の中に噎《む》せるような恋愛を描くダヌンツィオは、あでやかな蓮の花のイメージなのだ。しかし南欧のその小説の鮮明な色や光、豊かな肉感に荷風は圧倒され。かく華やかな色情は、陰湿な日本の風土においては描けない、といったん絶望している。このあたりからしきりに蓮の花でなく、蕭条とわびしい〈敗荷〉を強調しはじめるのも、このことにいささか関わっているかしら。

あるいは、昭和十一年二月二十二日の『断腸亭日乗』に、「余が旧作脚本の中に在りし浄瑠璃」として『荷風薫色波《はすのかぜかをるいろなみ》』なる道行き振りの創作詞章が披露されているのも、気になる。

「行く水にくらべし人の身の上も、蓮の浮葉の浮沈み、こゝに思案の溜池や、」と、水流に揉まれ動く儚い蓮の浮葉のゆくえをじっと見つめるほの暗い言葉ではじまり、最後もまた「浮寐《うきね》の夢も破《やれ》蓮《はす》の、あはれを風につたへけり」という水の上の蓮のイメージで結ばれる。柳吉とお辰は添われぬ運を悲観し、溜池・氷川明神・清水谷・汐見坂・麻布の各所を雨や滝、沼、堰《せき》などひたすら水の縁をたぐりつつ入水死するので。

ちなみにこの脚本の草稿は、荷風が川に流し捨てたという。徹底的に、幻の水の劇詩なのだ。それにしてもここでの蓮は「一蓮托生」とも唄われるとおり、仏教的な死の色調が強い。と同時に心中の若い二人は「花の盛」や「蕾のまゝ」にもたとえられ、まるで綺麗な花が水に沈んでゆくかのよう。その可憐こそ、「薫色波《かをるいろなみ》」の題の色気に響きあうのでしょうね。

そういえば、太平洋戦下の荷風に『浮沈《うきしずみ》』という小説があったっけ。あのタイトルの本縁はこの、「蓮の浮葉の浮沈」にあるのだろうか？　いままで漠然とあれは、ヒロインのかつては立派な家の若奥様、今はしがないカフェーの女給という境遇の上り下りをさすものと受け取ってきたのだけれど。

『浮沈』とは、東京をよるべなく漂流するヒロインをひそかに、水に浮きつ沈みつ流される儚い蓮の葉あるいは可憐な花にたとえたタイトルなのかもしれない。すぐ涙ぐむヒロインのさだ子さんはそう、私にとって荷風文学の女性の中でもっともモネの描く淡い水景に似合う人。小さな虹色の睡蓮のような、女性なのだ。

……などと色々想われるのですが、水光に翳《かげ》りが射してきたような気もする。昏《く》れてしまえば水上はまことに剣呑《けんのん》、やはり急ぎましょう。しかも市川は敗荷落日《はいからくじつ》のとなえられる地ゆえ、ほらこのように。カサカサと乾いた破れ蓮が水の中に折れまがり、櫓が取られやすい。しかし目を凝らせば、乾き切った茎や葉の陰に時おり……ああ、濡れて紅い大輪の花が。

太平洋戦下に偏奇館が焼亡、その後も空襲に追われ各地を転々した荷風がさいごに縁あって漂着した市川は、気候温暖の水の里。ここは〝水の女〟である真間《まま》の手古奈《てこな》の斎《いつ》かれる地であることも、考えてみれば象徴的だ、もしかして荷風は彼女に誘われたのかもしれない。何しろ、小説『来訪者』(昭和十九、一九四四年)で贋作の快楽にとり憑かれた二人の男の秘密工房は、市川真間の手古奈堂境内に設定されておりましたものね。

この霊堂に鎮《しず》まる真間の手古奈は、まだこの一帯が海辺であった頃。多くの男に言いよられ入水死した薄幸の美少女であり、また。折口信夫門下の民俗学者・鈴木恒男氏によれば彼女は、水の神に仕える巫女ひいてはその信仰を布教しつつ各地をさすらう漂泊の遊女なのだ(『さまよえる手児名』たくみぼり工房)。

戦後の荷風がしきりに、橋のたもとや欄干に佇《た》ち水流に影落とす娼婦を描くのも、いささかこの

〝水の女〟の影響があるかしら。

ともあれ市川は古代においては入江、その名ごりで湿地広がり水田や池沼が多い。真間川はじめ名もなき細流が蜘蛛手《くもで》にわたり、蘆《あし》や真菰《まこも》の繁茂する。水を深く愛する荷風はそんな水景にいやされ、かつての懐かしい風景をしきりにそこに重ねている。たとえば少年の日の夏を過した逗子別荘に、春のめざめに恍惚し朝帰りした吉原の遊里に。

時に白鷺《しらさぎ》一二羽貯水池の蘆間より空高く飛去れり、余《よ》の水田に白鷺を見、水流に翡翠《かはせみ》の飛ぶを見たりしは逗子の別墅《べつしよ》に在りし時、また早朝吉原田圃を歩みし比《ころ》の事にして、共にこれ五十年に近きむかしなり、今年齢《よはひ》七十に垂《なんな》んとして偶然白鷺のとぶを見て年少のむかしを憶《おも》ふ、市川の寓居《ぐうきよ》遂に忘るべからざるものあり、

（『断腸亭日乗』昭和二十一年五月十九日）

そして夏ともなればまさにかつての吉原遊里のように、菅野の荷風の借家からは広々とした稲田にあまたの蓮の花咲き風に揺らぐようすが、見渡せたはずなのだ。

戦下に避難した岡山の夏においては、「稲田の間に蓮花の開くを見る」「藕花雑草の間に開けるを見る」（『断腸亭日乗』）などと水田に蓮咲く風情を気に留めていた荷風が、なぜかここ市川では口をつぐんでいるけれど。

この水郷は、すばらしい蓮の花の名所である。稲田や水辺の草の中、荷風の散策スポットである手古奈霊堂の古池に蓮花咲き薫る情趣は、市川にあそぶ多くの文人の歌うところであって。そんな蓮花の里の雰囲気を、手古奈霊堂近くに仮寓していた頃の北原白秋の吟詠にうかがっておきましょう。荷風も愛誦していた、第三歌集『雀の卵』（大正十、一九二一年）より。

空は晴れて水遥かなり蓮の花風間《かざま》に澄みて初雁の声
足の泥すすぎゐにけり蓮の花はすず風の早稲の穂にあづけつつ
葛飾の真間の手古奈が跡どころそのしののめの白蓮の花
水のべに蓮花《れんげ》声する夜明け方睡眠《ねぶり》めざめつ吾《わ》れもふしどに

あるいは山の手の麻布よりも〈荷風〉の綴《と》じ目にふさわしい、この蓮花の里で。艶めく花の香や水流に原初のエロスを誘われるように、流寓《るぐう》の老荷風はふたたび女物語を書くこころみに挑む。そのような彼のさいごの女物語の中に、ひときわ大胆な『ぬれずろ草紙』のあることにも注目しておきたい。

つねに都市史家である荷風は、市川ののどかな水景に浸るのみでなく、この東京近郊のリトルシティが都市の欲望と連携し生きている現実をも、見のがさない。戦後の新風俗の中で一つ荷風の注視するのは、「米兵」と娼婦との新奇なアソビのスタイルである。そうした欲望は、近郊の町へも流出し。

たとえば市川での荷風は真間川沿いの桜の爛漫をかつての隅田川に重ね賞美する一方、その近所に「米兵」相手のあいまい宿の林立する状況にも鋭く目をやる――「米兵今猶《なほ》東京よりムスメを連れ市川の宿屋に来るもの尠《すくな》からさる」（『断腸亭日乗』昭和二十二年三月二十二日）。

また或る月の夜、そんな人々が国鉄市川駅前で「米軍憲兵」に牽引される騒動も――「米人向私娼の検挙この両三日頗《すこぶる》手きびしき由《よし》。女達は大抵東京より米客を案内し来りて市川真間辺に散在する日本の連込宿に泊る。毎夜十時頃より十二時頃まで一列車に少くとも四五人ツヾ《（ママ）》は乗込み居れりと云」（同五月二十八日）。

水の里にも確実に、戦後の性風俗のあられなき一端は伝わる。その心臓部を見きわめんと、昭和二十二年から二十四年にかけ荷風は自らの身を都会と田園のはざまに往還させるような、しきりの浅草出遊を開始する。浅草新橋上野銀座辺で、街娼の行動やカフェーの繁盛、新興の種々の「エロレヴュー」を実見する当時の『断腸亭日乗』には「視察」というやや異様な語が目立つ。

肉体的には疲労感も深かったであろう（当時ふたたび、不眠症や頭痛に悩んでいる）荷風の、これは風俗小説家ひいては史家としての気概をあらわす語であろう。そして都会のあらたなる生成を視察するこうしたレッスンの渦中に、『ぬれずろ草紙』は書かれている。

『断腸亭日乗』によれば「老後の一興」として、この小説が起筆されたのは昭和二十三年一月三日。お正月なので、ヒメハジメ的な縁起にちなみ老身のお守りとして着手したのかとも思わせられるけれど。

全容いまだ明されないこの秘匿《ひとく》の小説は「米兵」を相手とする「女達」の一人を描くもので、一部を公開し永井永光氏の解説を附す『永井荷風　ひとり暮らしの贅沢』（新潮社）によれば――ヒロインの絹子は若い戦争未亡人、昭和二十年終戦の夏に「米兵」とふと出来たのを契機に、なかば娼婦のような生活にはまり込む。

過激です、絹子の最初のその経験はわざと皇居近く「桜田門の橋の欄干」よりはじまり、他にもそっと愉しむ人々の息づかい聞える「楠公の銅像」近くの見附の土手の夏草の中で……指や舌のアソビに足りなくなった彼女は更にふらふら歩くうち馬場先門で若い米兵に声をかけられ。

皇居周辺の桜田門、馬場先門、そして楠公銅像。戦時においては最たる聖地であり、ヤマトダマシヒに殉ずる〈忠君愛国〉の軍神でしょう。そこを終戦の夏のフリーセックスの場に設定し物語をはじめるとは、軍国主義下のもろもろのアホらしさを嘲笑するあいかわらずの荷風の諷刺の毒、たっぷりです。

そして性愛の妙味に開眼した絹子が、幾多の冒険に自ら飛び込む勇猛にも、驚いてしまう。『裸体』『夏の夜』『腕時計』『吾妻橋』『日曜日』『心がはり』など荷風が戦後執筆する小さな（ほとんど短く、断片的。こまやかに屈曲し書く体力が、あきらかに無い）女物語のヒロインはみな、己が身体の快感を最優先する女性快楽者としての特徴を持つけれど、さすがにここまでは。

あまりにはしたないと自分をおさえても、あちらの木蔭で「わたしと同じやうな薄地のワンピースを着た女が米兵の膝の上に抱き上げられ日本風で言へば居茶臼の形で」歓びの声をあげるのを聞けば、大きな損をした気持ちになり。もっと快い花園を求めたくなる、ある時は空爆跡の新橋演舞場に連れ込まれ同性と絡むさまを写真に撮られる被虐的ゲームの快を嘗《な》め。ある時は男女まじえて三、四人。はじめ笑って戯れつつしだいに皆の瞳の色深く光り、かたや蓮の蕾《つぼみ》のようにとがって固くかたや濡れてひらく花びらのように入りみだれ。

絹子は身体中が鳴って白く爆《はじ》けるような間だけ、戦争でむなしく失った若い時間を回収できる気がしている。つねに損をしているみたいなくやしい気持ち、がおそらく彼女の過剰な欲望の根源であり。ゆえにその性的欲望はお腹をすかせて食べものをむさぼるみたい、当時の日本人のかかえる飢餓感と強く共振するのだ。もしこの小説が発表されていたら、そのあたりに共感する読者は少なくなかったと思われる。

しかし一方情感は稀薄、絹子の嘗《な》める肉体の快楽はかなり即物的スポーツ的。かつてヒロインの睫毛《まつげ》に結ばれる涙の露、可憐な巻毛、夏衣に透くきゃしゃな肩、儚いうしろ姿を心こめ描いた荷風は、絹子さんや道子さん左喜子さんなど戦後のヒロインには実にぶっきらぼうで投げ出すように――「仰向きざまに両足を開いて夜具の上に転がつた」「平気で着てゐるものをぬいだ」(『裸体』)、「裸体《はだか》のまゝ窓に腰をかけて煙草をのむ女の様子」「露呈症《ろていしやう》ツて何よ」(『吾妻橋』)。

この無惨な乾いた感じは、放恣なヒロインの内奥の涙や優しさをのぞき込み手にすくう、枯蓮系の蕭条たる男性が登場せず。彼女たちの欲望の道具としての精力系か、面白半分薄情の男性しか現われない点も、大きな要因だと思うけれど。

ともあれこのような点が「敗荷落日」と指弾され、日乗の言葉どおり『ぬれずろ草紙』は荷風の老いの手慰みあるいは戦後のエロ・ブームに安易に乗じた即物的ポルノと片づけられるゆえんでしょう、一面無理もない。

しかしこんな可能性も考えておきたい。もしやそんな無惨があるていど、意図的なものだとしたら？　それまでの自己の本質の陰翳ある情感をいったん切り捨て。荒涼たる焦土に己が身体の支配者となる新しい女性の勃興を描こうとするこころみの、これらはブレス続かず飛び散ったカケラだとしたら？

特に『ぬれずろ草紙』がサドの革命的女物語『悪徳の栄え』の影響をこうむりつつ書かれたことを考え合わせる時、この感はそう浅くもない。


二〇〇八年春世田谷文学館で催された永井荷風展にいささかのお手伝いをした。その際思っていたよりずっと小さく、また蠟《ろう》で作った花びらのように透きとおる『断腸亭日乗』の儚い紙質、しかしそれ自体が生きものであるかのように発光される不思議な磁力に圧倒されたのだけれど。もう一つ感じ入ったのは、市川に棲《す》みはじめた晩年の荷風の蔵書の中にひときわ艶やかなフランス原書や西欧裸体名画集などがあったことで。

特にその中の一冊の小説は、古雅な多くの挿絵に彩られ、きわだって美しい。おそらく絵本のようにも愉しむ書物で、頁を繰れば、多く同性どうし手や足を絡《から》め性愛の歓びの蜜を吸う女性たちの艶麗な肢体が、目に入る。

そんな彼女達のまわりには、ロココ風のみやびな花のリボンがふんわりと懸けられて。けれどよく見ればかわゆい花束のそこここには、男根の装飾模様が潜んでいるのですね。

こんな毒あるエスプリが仕掛けられるのも道理、この美麗な書物は、マルキ・ド・サドの小説 *Les Amis du Crime*『犯罪友の会』なのだ。サドの著名な長篇『ジュリエット物語あるいは悪徳の栄え』から、もっとも過激で華やかな〈犯罪友の会〉の章のみを、一つの物語として抄出したもの。奥付に出版社名、出版年無記の二七〇部の限定版。挿絵については、Celio〈セリオ〉とのみ。

サドと荷風、これは絵になる似合う、と目のさめる思いでした。もちろん若い頃から荷風はサドを読んでいたかもしれないけれど。

しかし敗戦国で残余の生を送らざるをえない老作家の指が、こんな綺麗で豊潤な書物の頁にふたたび触れていたのかと思うと。そして敬愛する為永春水《ためながしゆんすい》にならい、やはりこの人は終生、好色文学に熾烈《しれつ》な情熱をいだきつづけていたのだと思うと、僭越《せんえつ》ですが嬉しかった。しかもそれが、革命間近のフランス社会を鋭い刃のようにひらめき、結婚制や身分制の因循を思いきり嘲笑するサドの先鋭な女物語であったことも、いっそう。その過激なしぶきの幾粒かが、水の里での晩年の荷風の女物語に飛び散っていないはずも、ない。

荷風の紡ぐ女物語のすぐれた近代性は、女性がその内奥に充溢させる欲望に、いち早く注目した点にある。美味しく食べたい、快く眠りたい、綺麗になりたい、楽しみたい、感じたい、もっと、もっと……。

水を吸った花のようにひろがる女性の欲望を荷風はめざましく眺め、娯楽と消費を大きな翼として飛翔する都市化に共振するエネルギーとして、それをとらえてきた。ゆえに荷風の女物語は多くの場合、スケールの大きな都市物語でもあるのだ。

そのような本格的な女物語としては、たとえば。カフェーやレストラン、バーなど個的楽しみの場の興隆する大震災後のモダン都市・東京を背景とし。たちまちその渦中に巻き込まれ、好みの男性を自ら物色することも含め都会を楽しむ術をなめらかに身に着けてゆく奔放なヒロインを描く『つゆのあとさき』(昭和六、一九三一年)がまず、思い浮かぶ。

あるいはやはり震災後のダンスの大流行に注目、「映画よりも、何よりも、ダンスが好きで」「御飯をたべなくつてもいゝから、踊りたい」という若い女性の刹那的熱狂を寸描する『女中のはなし』(昭和十三、一九三八年)も、小品ながら印象的だ。都会の熱気に浮かされて〈赤い靴〉の少女のように、いつも足で拍子をとるような恵美子の夢中な様子がなんとも可愛い。こうした女性のわがまま軽薄を描かせたら、荷風はほんとうに天下一品。しかもそうした様相に巧妙に、自身の個人主義思想の一端を反映させてもいるのだし。
あ、都市物語としてはもちろん。新しいレヴューのスポットとして台頭する浅草娯楽街の脂粉の中で。宝塚歌劇などに夢中だった田舎の少女がしだいに男女の機微を知り、都会を要領よく泳ぐ術をわきまえてゆく艶と哀愁を描く『踊子』（昭和十九、一九四四年）なども忘れてはなるまい。

そしてこうした特徴ある女物語は、やはり——花の香に官能誘われ、生きる歓びを能動的に味わう決意をする『地獄の花』（明治三十五、一九〇二年）のヒロインから。あるいは同じく初期小説『燈《とう》火《か》の巷《ちまた》』（明治三十六、一九〇三年）の。女性を一種の奴隷としてイエに閉じ込める道徳や因習に反抗心を燃やし、銀座の街の華やかな灯の下で「笑ったり話したり為《し》ながら歩」く人々の様子を見て蘇生するような感激を覚えるヒロインから、始まっているのだと思う。

特に『燈火の巷』では、明治の家父長制に窒息しそうな女性がようやく感じた若々しい幸福感と、都会の発展とが強く結びつけられている点に注目したい。

考えてみれば日本近代小説は、坪内逍遙『当世書生気質』（明治十八、一八八五年）を嚆矢《こうし》とし、二葉亭四迷『浮雲』、森鷗外『舞姫』『青年』、夏目漱石『坊っちゃん』『三四郎』などにいたるまで、旧習に抗い悩む青年の成長譚を核とする男物語を起源とし、発進してきた。

もちろん一方で女物語もさかんに書かれている。しかしそこには、微妙な棲み分けがあり。近代の先端の知見や精神をあらわし述べる本格的小説としては男物語が尊重され、楽しく面白い娯楽小説としては華やかな女物語が迎えられるという構図が、看取される。

ゆえに若き荷風が、異国における青年の成長譚もしくはそのヴァリエーションとしての挫折・破滅譚を『あめりか物語』『ふらんす物語』（明治四十一〜二、一九〇八〜九年）の軸とし、これにより大きく文壇におどり出たのも、もっともなのである。

しかし荷風の大きな特色は、帰朝後のある段階でこうした男物語の系譜からはずれ、自らの身は透徹した自己客観化の末の自虐と笑いのスパイスにまぶしつつ、女物語の書き手にほぼ定着した点にある。男物語を優とし女物語を劣とする近代文学の二項対立的図式からも、早い時期に脱出してしまうのだ。

彼にとって始めからそうであったように。競争原理と富国強兵の唱えられる日本近代社会において異端の存在として軽視される女性とは、そのような社会における〝革命〟そのものである。根源的に〝革命〟である女性に注目し、その身体性や生活思想を通して既存の男性原理社会を相対化し批評し、そして。彼女の中に未来のしなやかでフラットな社会像の予感を探ることこそが、書き手として一貫して荷風のとる戦略である。

そんな〈荷風〉の始まりから読む身にとってはだから、女性のウィタ・セクスアリスをつづる『ぬれずろ草紙』および一連の戦後の断簡的女物語も。書き手としての息切れは明らかとはいえ、当時のエロ・ブームに乗じた俄《にわか》出来の作品とのみは思えない、思いたくない。

荷風の取り上げてきた女性の内奥の官能、の一面を窮極化するとつまり、性的欲望というテーマになるのかな、とも思うので。というところでようやく、サドの『犯罪友の会』の話に戻りましょうか。

実はこの本のことは、『断腸亭日乗』昭和二十二年十一月二十二日の項に出てくる。ちなみに『ぬれずろ草紙』の起筆はこの約一ヶ月半後。「或人より仏蘭西版春本数巻を借る」として挙げられる四冊のうちの、一冊。他の三冊は、次のとおりである（日本語題名は稿者の付記）。

○*Un été à la Campagne*　『田園の夏』
○*Gamiani ou Deux nuits d'excès*　『ガミアーニ、あるいは放蕩の二夜』
○*Le Keepsake Galant ou les Délassements du Boudoir*　『艶本あるいは閨房の休息』

これらの「春本」には女性どうしのレズビアンな仲らいが重要なモティーフとなっている。それは少女の成長譚のパロディでもあるらしく。『ぬれずろ草紙』はじめ『日曜日』『腕時計』『夏の夜』『問はずがたり』など荷風の戦後の小説もしきりに女性の同性愛関係を取り上げることを考えると、気脈通ずることが察せられる。

『閨房の休息』は不明だけれど、『田園の夏』は。田舎の伯母さまの館に遊びに行った少女がそこで女中とのアソビを知り、青春開眼する。『放蕩の二夜』は、大いなる女性快楽者・ガミアーニ伯夫人の物語。彼女は無垢な少女を濃密に愛し彼女をも快楽者に仕立て上げ。かたや獣姦などあらゆる快楽の可能性を追求した末に、くだんの少女を抱き自死する（後平澪子氏の教示による）。そして『犯罪友の会』。ヒロインのジュリエットは女友だちに導かれ、無神をとなえ肉体の快楽の前の万人の平等を誓う秘密倶楽部に入会する（この会則を滔々と述べるのが、サドの目的。そこには、既成の制度や宗教へのあらゆる嘲笑と侮蔑が詰めこまれている）。

サドの筆は次に、パリのある館での会員による無法の肉体の饗宴の描写に移るけれど、とりわけジュリエットと女ともだちが互いを充たし合う特異な様相がしんしんと照らし出される（澁澤龍彦訳『新・サド選集』桃源社、参照）。

すなおな女性がしだいに目ざめ女性快楽者へと変身する成長譚の恰好において、これらの「仏蘭西版春本」と『ぬれずろ草紙』は似るのだし、特にジュリエット物語と絹子物語は、伝統や既成概念の一気に崩落する過渡期を背景とする点において通底する。

たとえば女性どうしの仲らいへのサドの熾烈《しれつ》な関心は、もちろんまず面白半分、好奇の視線に支えられているのだけれど。しかしもう一つ、女性の自立的な欲望をきわだたせる装置でもあるのだろう。男性無用、薔薇の花どうし充たし合う構図は煽情的な春画であると同時に、性愛における男性主導原理を無化し、女性の官能の自立を謳《うた》う諷刺画でもありうる。

そういえば荷風の女物語にはその始まりから時おり、レスボス風の構図が示されていた。たとえばまず、『地獄の花』で満開の白百合の中にならび立つ、女王のような気位高い富子と彼女にあこがれる園子の姿に。あるいは薄幸の少女患者に同情し、力の限り守ろうと決意する『夕せみ』の白衣の看護婦にも。『四畳半』においては、ともに圧制的な親にいやな結婚を強いられる二人の少女が、抱きあい頬ずりし接吻し、入水するのだった……!

初期小説のこうした薄幸の少女どうしの連帯感は、男性原理社会と対極的な小世界を作り、そこから社会の強権を批判する荷風の仕掛けに、他ならない。されば戦後の赤裸なレズビアン描写もあながち、この仕掛けと断絶するものではなく。

状況が許せば、以前よりやってみたかったのではないでしょうか、荷風は。愛読するバルザックのようにあるいは「仏蘭西版春本」のようにひいては江戸春本のように——男性と肩をならべ能動的に快楽をもとめる女性好色者を描くことを。そのような官能にすぐれた女性が存在してこそ、性愛の絵合わせは多様に豊かになる。社会全体が、面白く活気づく。

特に戦後はその好機、と感じられていたに相違ない。男性社会の秩序を乱すものとして厳しく隠蔽されてきた女性の欲望を描出し。男=能動/女=受動という日本近代の提示しつづけてきた痩せて貧相な性愛の構図を、今こそ粉砕するチャンス、と。

『ぬれずろ草紙』は老いた荷風が力おとろえ、まことの慰みとして書いた即物的ポルノに過ぎないのかもしれない。しかしもしやしてそれは、押しつけられた受動性から立ち上がり、自身の身体の支配者となる新しい女性の勃興を、戦後の東京に描こうとする試みだったのかもしれない、そう想像してみるのも悪くない。

それにつけても戦後のスピーディな都市の再生を目前にし、荷風はレズビアンも含めて色々。あれも描いてみたい、これも描きたいとあせることが多かったのでは。何しろ、『つゆのあとさき』の頃から荷風が先見し予感していた消費社会のいちじるしい興隆と娯楽産業の種々相が、次々実現してゆくのだから。

たとえば『ぬれずろ草紙』にかなり恰好の似る同時期の小説『裸体』(昭和二十四、一九四九年)を読むと、そのような荷風の焦慮や未発のモティーフがよく伝わってくる。

小品ながらこれはなかなか華やか、身体の綺麗な(ここが、肝要)左喜子が乞われて秘密の乱交パーティに出席し、それを契機として己が肉体の支配力を知り、自信に充ちた新しい人生を歩み出すという物語。ちなみにある退役軍人の邸で同好の士により秘密裡に催されるパーティは、仮面のみ許され後は裸体となる淫蕩な条件も含め。規模も意味もかなり異なるけれど、ジュリエットの参加する肉体の饗宴を思い出させる。

〈肉体〉こそ新しい時代のテーマであると嗅ぎつける荷風の勘は、徹底的に左喜子を肉体の勝利者、新しい女性として位置づける。けれどやはりこの女性快楽者とて、荷風文学のそれまでのヒロインの系譜にどこかしら、繋《つな》がっている。人生をリセットし、「ラヂオと燈火と人影とが」にぎわう街の灯の中を楽しく無邪気に浮遊する左喜子は、暗く因習的なイエを出、銀座の街の電気灯に感動する『燈火の巷』のういういしいヒロインの面影をやどすのだ。

そしてこの『裸体』は、少し後の三島由紀夫の世界をも彷彿させる。都会の色々な窪《くぼ》みに奇蹟のように結晶するこうした背徳的な会員制の秘密倶楽部を渉猟《しょうりょう》する視線は、三島由紀夫が戦後の昭和二十年代後半から『禁色』『純白の夜』『鏡子の家』などにおいて、しきりに駆使するものでしょう？　三島は、表参道、六本木、銀座といった時代の旬のランドマークにその視線を走らせ、既成の道徳や常識にスノッブにひびを入れる貴族的な小さな集まりから、新しい東京物語を紡いでゆくわけで。

『裸体』についでは、『袖子《そでこ》』（昭和三十、一九五五年）なる小品も、断片的だけれどむげには見すごせない。ある平凡な中年サラリーマンが、嫁いだ娘の行状に不審をいだきいささか調べてみると。その新婚家庭では、夫の友人をまじえた三人での不穏なアソビの行われているらしいことが発覚する。

生活の場としてのイエと、非日常的なアソビの場をこれまでは潔癖に分けてきた荷風が、ここにいたり中流家庭の内部にアソビの世界を引き込む異風を示すのかと、驚かされる。谷崎潤一郎の〈鍵〉的な世界が、もしや荷風文学においても展開していたのかしら。

不眠症を逆利用し、夜ごと銀座を探索していた『つゆのあとさき』の頃の若さと体力があったら。『千一夜物語』の王のように、街娼からあまたの物語を聞き出し。玉の井の或るあいまい宿を買って、そこの主人になることまで考えたあの頃の行動力と元気があれば。まぁどんな面白く新しい東京物語が書けることかと、荷風自身歯がみする想いだったのに相違ない。

しかしめざましい蓮の花も、昏《くら》くなれば静かにその花びらを閉じるのですし。

そして今——櫓《ろ》を漕《こ》ぐ手を休め、昏《くら》い水面を見つめながら私の考えていることは。蓮とはまことによく選ばれたもの、書き手としての彼の特徴と本質をあますところなく、しかもすっきりと表わす巧緻鮮明《こうちせんめい》なエンブレムに他ならぬということだ。

なぜならそれは敗荷の男性性と花冠の女性性とをそなえる、融通無碍《ゆうづうむげ》の合わせ身。荷風とはまさにそのような合わせ身を生き、自身の内なるマスキュランとフェミナンを自在に使いこなし書いた人なのではないか。

時に内なるマスキュランに、ぐっと強いエンジンをかけ。「男子は須《すべか》らく圭角あるべし」と若者に説き、そのように見事な圭角《けいかく》立てて国家の功利主義や蕪雑な都市計画にもの申し、好戦的世間の風潮をたしなめ。

時にフェミナンにギアを入れ、男言葉ではあらわし得ない身の細るような切なさ孤独、母郷を離れてひとりで死ななければならない人間の根源的な淋しさを、女性のため息や涙・ささやくような湿り気ある女言葉に託し。

とするなら読む側も、こんな風に読んでいいのかしら。たとえば豊潤なエロス香る彼の小説をこんな風に。

時に私は『つゆのあとさき』の、生きる日々の蹉跌《さてつ》に疲れ果てた「川島のおじさん」に共振し、薄紅い花びらを水に揉まれ流れてゆく女性たちに呼びかける。富子さん園子さんさだ子さん花枝さん千代さんたみ子さん露子さん雪さん、とりわけ高慢であざやかな君江さんよ、

君江さん、貴方《あなた》の膝に疲れきって重いこの頭をあずける。Touch me tender, 思いきり優しくして。貴方の膝がまるで儚い残り雪と想えるように。貴方がくれるお酒も気まぐれの優しさも、天から伝わってくる最後の甘露だと、今は真にそう思う。

だらしないね、年とると皆こうかしら。この人はほんとうに女が好きだ。もしかして今、私の顔を白い花のようだ、なんて見ているのかもしれない、甘いね。でもいいよ、おじさん。つまんないウィスキーか何かで酔ッ払って、町はずれの川明りを見に行こう、なんだか子供みたいだね。

このように男となり女となって読むことを荷風は許してくれるのだし、そのうちに。自分をきめつけていた枷《かせ》はしだいに外れ、胸の中から何かが溢れ出す、温かくやわらかく。

それこそ文学の万華、妙《たえ》なるよろしさ。

永井荷風略年譜

一八七九（明治十二）年　十二月三日、東京府小石川金富町に、父・久一郎27歳、母・恆《つね》18歳の長男として生まれる。その折の〈へその緒書〉も保存されている。午後二時三十分出生。小石川丘陵の広い生家は、荷風の小説『狐』や随筆『冬の夜がたり』にくわしく描かれる。

〈文化・世相〉八月、のちの大正天皇誕生。

一八八九（明治二十二）年　10歳　黒田小学校を卒業する。この年の二月、大日本帝国憲法発布。後年荷風は憲法発布の二十二年までを、古きよき江戸のおもかげを残し、はつらつと開化の花咲いた「明治初年」として深く愛する。

一八九五（明治二十八）年　16歳　この頃身体が弱く、リンパ腫で入院、転地療養などする。学校生活にはつまずくが、読書の快楽にめざめる。

〈文化・世相〉樋口一葉（当時23歳）が死を翌年にひかえ、『たけくらべ』『にごりえ』『十三夜』などの力作を発表する。広津柳浪（当時34歳）『変目伝《へめでん》』『黒蜴蜓《くろとかげ》』。

一八九七（明治三十）年　18歳　父の不在を機に、春頃から吉原遊廓に通い始める（『たけくらべ』へのあこがれもあった）。九～十一月、父の赴任先の上海に滞在。エキゾティックでおしゃれなこの国際都市が気に入り、帰国後すぐ、高等商業学校附属外国語学校清語科に入学する。

〈文化・世相〉各県で遊廓増設・公娼許可の是非をめぐり、議案の提出さかんとなる。

足尾銅山鉱毒被害八百名にのぼる。

一八九九（明治三十二）年　20歳　前年弟子入りした広

津柳浪との合作の形で、小説『薄衣』『夕せみ』を発表。作家として初めて〈荷風〉を名のる。また、落語家六代目朝寝坊むらくにも弟子入りし、親に隠れ師匠の前座などつとめる（約半年）。巌谷小波主催の青年文芸会〈木曜会〉のメンバーにもなる。

この頃、清語やフランス語の学習に加え、小説家、落語家、画家、ジャーナリスト、狂言作者など色々の道を手探りする。

〈文化・世相〉改正条約実施、治外法権撤廃。東京市の水道工事完成。


一九〇二（明治三十五）年　23歳　父が牛込区大久保余《よ》丁町《ちょうまち》に土地家屋を購入し、転居。父好みの中国種の植物で埋まる一千坪余のこの邸の庭は、荷風が生涯もっとも深く愛した庭として多くの作品に描かれる。

四月『野心』、九月『地獄の花』刊行。

〈文化・世相〉森鷗外訳『即興詩人』、田山花袋『重右衛門の最後』、国木田独歩『空知川の岸辺』。

日英同盟調印。労働組合運動が興る。


一九〇三（明治三十六）年　24歳　森鷗外（当時42歳）と出会い、『地獄の花』を読んだと告げられ、夢心地となる。『女優ナナ』を翻訳、刊行。

九月、父の命によりアメリカへ留学する。約四年間の滞米中、前半は大学などの学生として、後半は横浜正金銀行ニューヨーク支店員としてすごす。滞米中、人種差別などによるストレスで、神経衰弱を自覚する。

〈文化・世相〉東京の市内電車、上野まで開通。幸徳秋水・堺利彦らが平民社を結成、社会主義と非戦論を展開する。

夏目漱石、イギリスより帰国。有島武郎、アメリカへ留学。


一九〇四（明治三十七）年　25歳　ミシガン州カラマズ大学で学ぶ。

〈文化・世相〉二月、日露戦争始まる。


一九〇五（明治三十八）年　26歳　横浜正金銀行ニューヨーク支店に勤務する。

〈文化・世相〉九月、日露講和条約調印。


一九〇七（明治四十）年　28歳　七月、父の配慮で正金銀行リヨン支店に転勤。ようやく憧れのフランスの地を踏む。しかし狭い日本人社会の中で銀行員としての社交生活を続けることに、限界を感ずる。

〈文化・世相〉日本国内では、各地で労働者のストが起きる。青鞜社の前身、閨秀文学会設立。


一九〇八（明治四十一）年　29歳　三月、リヨン支店を辞職し、パリに遊ぶ。滞在中の上田敏と会う。五月パリを出発、七月に帰国する。八月、『あめりか物語』刊行。

帰朝後のこの頃か、京橋畳町の骨董商・諏訪商店でイタリア大使館書記官のガスコ氏と知り合い、同氏へ日本語教授のため、一年ほど大使館へ通う。ガスコ氏は日本通で、浮世絵蒐集などよくした。ガスコ氏は、小説『帰朝者の日記』（一九〇九年）に登場するイタリア大使館書記官ガルビアニ氏のモデルであろう。

〈文化・世相〉七月、日比谷公園における男女の夏の夜のデートを「醜行」として取締るため、毎夜秘密巡査十数人が出動する。


一九〇九（明治四十二）年　30歳　三月、刊行直前に『ふらんす物語』が発売禁止となる。九月、『歓楽』も発売禁止。しかしめげず、『冷笑』『すみだ川』『牡丹の客』他、最新の西欧芸術の動向に関する評論を多数発表する。

〈文化・世相〉五月、新聞紙法が公布され、発売禁止権が復活。文芸作品などの発売禁止がしきりとなる。


一九一〇（明治四十三）年　31歳　慶応義塾大学文学科教授および『三田文学』主幹に就任する。発行元の書店主・籾山仁三郎と名コンビを組み、『三田文学』の創刊に尽力した。

〈文化・世相〉五、六月より幸徳秋水、大石誠之助らが逮捕され、大逆事件の検挙がはじまる。七月、韓国併合に関する日韓条約調印。十二月、フランスの社会主義者が大逆事件に抗議、パリの日本大使館にデモを行う。柳田国男『遠野物語』、谷崎潤一郎『刺青』、宮武外骨が日本初の浮世絵研究雑誌『此花』を創刊する。


一九一一（明治四十四）年　32歳　十一月、随筆集『紅茶の後』刊行。『三田文学』七月号、十月号が発売禁止となる。

〈文化・世相〉一月、大審院により、幸徳秋水ら大逆事件被告二十四人に死刑判決が下される。

四月、吉原遊廓が大火でほぼ焼亡。

九月、『青鞜』創刊。

この年、銀座・京橋で、カフェ・プランタン、ライオン、パウリスタが続いて開店する。

宮武外骨『猥褻風俗史』『筆禍史』。


一九一二（明治四十五、大正元）年　33歳　湯島の材木商の娘・斎藤ヨネと見合い結婚する。翌年一月の父の急逝後すぐ、離婚。

先駆的にウィリアム・モリスの〈生活芸術〉思想を紹介するエッセイ『妾宅』を発表する。

〈文化・世相〉森鷗外『かのやうに』、夏目漱石『行人』。


一九一四（大正三）年　35歳　かねてなじみの新橋名妓・八重次と結婚し、余丁町の邸に住む。理想のシンプル・ライフを開始するが、翌年二月離婚。

三月『散柳窓夕栄』刊行。

〈文化・世相〉七月、第一次世界大戦始まる。

夏目漱石『私の個人主義』（講演）。


一九一六（大正五）年　37歳　慶応義塾大学教授および『三田文学』主幹を辞す。籾山仁三郎や井上啞々と、趣味の小雑誌『文明』を創刊する。ここを母艦とし、シモネタエロネタを駆使しつつ芸術の自由や人権のベースとしての個人生活の遵守を説き、世相を批判するお笑いエッセイの新境地をひらく。

ここに発表された『猥褻独問答』や『客子暴言』は、以降の荷風文学の一つの柱となる。

〈文化・世相〉五月、警視庁が私娼取締規則を改正強化、私娼窟の摘発にのり出す。

七月、上田敏死去（43歳）。森鷗外とともに、終生荷風の敬愛する詩人学者であった。中條（宮本）百合子『貧しき人々の群』。


一九一七（大正六）年　38歳　九月十六日より、『断腸亭日乗』を書きはじめる。以降、一九五九年まで四十二年間つづく長大な日記である。十二月『腕くらべ』私家版刊行。


一九一八（大正七）年　39歳　小雑誌『花月』を創刊する。色々の理由から、余丁町の邸を売却する。愛する庭と別れる哀しみは、『断腸亭日乗』にしきりに綴られる。

〈文化・世相〉九月、中條百合子、アメリカへ留学する（19歳）。

十一月、第一次世界大戦が終わる。

一九一九（大正八）年　40歳　一九一一年の大逆事件の一端に触れるエッセイ『花火』を発表する。

〈文化・世相〉六月、ベルサイユ講和条約調印。マイ・ホームの楽しさを提唱する、西村伊作の近代住宅論『楽しき住家』がヒットする。一方、社会主義運動に対する警告が強化される。

一九二〇（大正九）年　41歳　麻布市兵衛町に建てた〈偏奇館〉に転居する。ひとり暮しに便利な、英国風のペンキ塗りの小さな洋館である。これを機に、衣食住を単身生活に合うシンプルな洋風にあらためる。

宮本百合子をヒロインのモデルとする（らしい）小説『黄昏』を書きはじめる。三月、『江戸藝術論』、四月、『おかめ笹』刊行。

〈文化・世相〉三月、平塚らいてう・市川房枝らにより新婦人協会発足、森鷗外が賛助者となる。

一九二一（大正十）年　42歳

〈文化・世相〉四月、西村伊作が、自由で個性的な教育をめざす文化学院を創立する。

一九二二（大正十一）年　43歳　七月、『雨瀟瀟』刊行。自らを老人に擬すエッセイ『隠居のこごと』を発表。

〈文化・世相〉七月、森鷗外死去（63歳）。

一九二三（大正十二）年　44歳　九月、関東大震災を経験する。

一九二六（大正十五、昭和元）年　47歳　三月、鷗外の史伝にならう『下谷叢話』刊行。夏ごろより銀座に通い、レストランやカフェーの林立する震災後のモダン都市・東京のウォッチングを行う。その成果は『つゆのあとさき』『女中のはなし』などに活かされる。

〈文化・世相〉モガ（モダンガール）の断髪が流行する。

一九二七（昭和二）年　48歳　十二月、深く愛する弟・鷲津貞二郎が死去、連日の式に列する。

〈文化・世相〉この年、小田急（東京─小田原間）一挙開通。沿線の世田谷が高級住宅地として開発される。荷風もこの前後、のどかな〈郊外〉の世田谷に注目する。

一九三一（昭和六）年　52歳　十一月、『つゆのあとさき』刊行。

この頃、荒川放水路付近の風景に惹《ひ》かれる。

〈文化・世相〉満州事変勃発。

十二月、浅草オペラ館、新宿ムーラン・ルージュ開館。

一九三三（昭和八）年　54歳　前年にひきつづき銀座の喫茶店などに通う。そこでさまざまな職業の人と知り合い、作品の素材とした。
〈文化・世相〉一月、ヒトラー、ドイツ首相に就任。二月、小林多喜二検挙され、築地署で殺される（31歳）。
谷崎潤一郎『陰翳礼讃』、堀辰雄『美しい村』
堺利彦、巌谷小波死去。

一九三六（昭和十一）年　57歳　一生の色懺悔を意識してか、一月三十日の『日乗』に十六人の愛人が回顧される。春頃より、玉の井探索をはじめる。

〈文化・世相〉二月、二・二六事件起こる。

四月、国号を大日本帝国とする。


一九三七（昭和十二）年　58歳　四月、『濹東綺譚』私家版刊行。九月、母の恆が死去——「泣きあかす夜は来にけり秋の雨」と詠む。知的で優しい母の理想のおもかげは、のちに小説『浮沈《うきしずみ》』に映し出される。

〈文化・世相〉七月、盧溝橋事件。

十二月、日本軍が南京を占領。


一九三八（昭和十三）年　59歳　都会ウォッチングの主眼を銀座から浅草へと移し、庶民の消費文化に注目する。オペラ館の芸人たちと交流し、歌劇『葛飾情話』の台本を書きおろす。若い頃からの演劇熱が、このような形でみのる（オペラ館は昭和十九年、閉鎖）。七月、『おもかげ』刊行。

〈文化・世相〉四月、国家総動員法公布。

七月、オリンピックの東京大会中止決定。


一九四一（昭和十六）年　62歳　一月一日の『日乗』において日々高まる軍国主義を批判し、「人の命のあるかぎり自由は滅びざるなり」と謳う。十二月、日米開戦の日に、『浮沈』を起稿する。この他、戦争中ひそかに書きつづけた小説には『勲章』『踊子』『来訪者』などがある。

〈文化・世相〉一月、食糧管理局官制公布(勅)、臨時農地等管理令公布(勅)。出版物の規制もいっそう強まる。

一九四五（昭和二十）年　66歳　三月十日未明、東京大空襲により偏奇館が焼亡する。「わが偏奇館」「二十六年住馴れし偏奇館」炎上の様子を冷静に見とどけて荷風は、日記と草稿を入れたカバンを手に避難。以降、知己を頼って目黒・岡山・熱海を転々とし、さらに数度の空襲に遭う。〈文化・世相〉八月、広島・長崎に原爆が投下され、終戦。

一九四六（昭和二十一）年　67歳　千葉県市川市菅野の借家に移居する。戦争中書きためた『浮沈』『踊子』『罹災日録』などを一気に発表、注目される。
〈文化・世相〉一月、天皇の人間宣言。十一月、日本国憲法公布。宮本百合子『播州平野』、石川淳『黄金伝説』。

一九四八（昭和二十三）年　69歳　一月、戦後の女性の性愛開眼を大胆に描く小説『ぬれずろ草紙』を起稿する（現在、一部を除き未公開）。この頃より浅草通いを再開。またたく間にこの街に繁茂する「エロ・レヴュー」などの新しい肉体文化に注目する。

〈文化・世相〉太宰治『人間失格』。

一九五〇（昭和二十五）年　71歳　一月、父の露伴が晩年を市川ですごした縁で、幸田文が訪れる。荷風は優しく、彼女が文章で生計を立てることを励ましたという。市川の荷風を訪問した女性文学者は他に、林芙美子、森茉莉、小堀杏奴などがいる。二月、『葛飾土産』刊行。

一九五七（昭和三十二）年　78歳　三月、市川市八幡町に購入した家へ移居する。
〈文化・世相〉三島由紀夫『美徳のよろめき』、円地文子『女坂』。

一九五八（昭和三十三）年　79歳　四月、かつての盟友であり、帰朝後の若き荷風を多彩にプロデュースした籾山仁三郎が死去（79歳）。
〈文化・世相〉十二月、東京タワー完成。

一九五九（昭和三十四）年　79歳　四月三十日、自宅での死去を見出される。その前日も市川のなじみの食堂・大黒屋に現われ、カツ丼を食す。当時給仕した女性（現在の女主人）によれば、「荷風先生の胸はふいごのようにヒューヒュー鳴っていた」という。心配する彼女を不機嫌にかわし、荷風はひとり家へ帰った。
〈文化・世相〉四月、皇太子成婚。テレビが大幅に普及する。

◇本年表を作るに際し、左記の文献を参照いたしました。

『荷風全集』(全三十巻、一九九二〜一九九五年、岩波書店)
『永井荷風と東京』展図録(一九九九年、東京都江戸東京博物館)
『永井荷風のシングル・シンプルライフ』展図録(二〇〇八年、世田谷文学館)
『近代日本総合年表　第二版』(一九八四年、岩波書店)
『近代文学年表』(一九八四年、双文社)
『日本女性文学史(近現代編)』(二〇〇五年、ミネルヴァ書房)
『性風俗史年表　明治編』(二〇〇八年、河出書房新社)

主要参考文献（単行本は『　』、作品名・論文名は「　」とする）

一、永井荷風関係

赤瀬雅子『永井荷風とフランス文学』（荒竹出版、一九七六年）
秋庭太郎『永井荷風伝』（春陽堂書店、一九七六年）
秋庭太郎『荷風外伝』（春陽堂書店、一九七九年）
秋庭太郎『新考　永井荷風』（春陽堂書店、一九八三年）
江藤淳『荷風散策――紅茶のあとさき』（新潮社、一九九六年）
川本三郎『荷風と東京――「断腸亭日乗」私註』（都市出版社、一九九六年）
川本三郎『荷風好日』（岩波書店、二〇〇二年）
加太宏邦『荷風のリヨン――「ふらんす物語」を歩く』（白水社、二〇〇五年）
菅野昭正『永井荷風巡歴』（岩波書店、一九九六年）
草森紳一『荷風の永代橋』（青土社、二〇〇四年）
末延芳晴『永井荷風の見たあめりか』（中央公論社、一九九七年）
杉本秀太郎「荷風断腸」（『杉本秀太郎文粋』第五巻、筑摩書房、一九九六年）
高橋俊夫『永井荷風と江戸文苑』（明治書院、一九八三年）
日夏耿之助『荷風文学』（平凡社ライブラリー、二〇〇五年）

古屋健三『永井荷風　冬との出会い』（朝日新聞社、一九九九年）
松田良一『永井荷風　ミューズの使徒』（勉誠社、一九九五年）
持田叙子『朝寝の荷風』（人文書院、二〇〇五年）
『日本文学研究資料叢書　永井荷風』（有精堂、一九七一年）
『日本文学研究大成　永井荷風』（国書刊行会、一九八八年）
『永井荷風と東京』展図録（東京都江戸博物館、一九九九年）
川本三郎・湯川説子『図説　永井荷風』（河出書房新社、二〇〇五年）
永井永光・水野恵美子・坂本真典『永井荷風　ひとり暮らしの贅沢』（新潮社、二〇〇六年）
『永井荷風のシングル・シンプルライフ』展図録（世田谷文学館、二〇〇八年）

二、関連文献

アーネスト・フェノロサ／山口静一編『フェノロサ美術論集』（中央公論美術出版社、一九八八年）
今泉みね『名ごりの夢――蘭医桂川家に生れて』（東洋文庫9、平凡社、一九六三年）
岩田なつ『文学としての「青鞜」』（不二出版、二〇〇三年）
巌谷大四『波の跫音――巌谷小波小伝』（新潮選書、一九七四年）
上田敏『定本　上田敏全集』第一、三、十巻（教育出版センター、一九七八～八一年）
奥野信太郎「神仙にかわいがられた女」（『奥野信太郎随想全集』第一巻、福武書店、一九八四年）
小倉孝誠『パリとセーヌ川――橋と水辺の物語』（中公新書、二〇〇八年）
小野二郎『装飾芸術　ウィリアム・モリスとその周辺』（青土社、一九七九年）
金子幸代『鷗外と〈女性〉――森鷗外論究』（大東出版社、一九九二年）

幸田文「こんなこと」(『幸田文全集』第一巻、岩波書店、一九九四年)
幸田露伴「努力論」「花のいろ〳〵」「鉤の談」(『露伴全集』第二十七巻、岩波書店、一九五四年)
小堀杏奴『晩年の父』(岩波文庫、一九八一年)
堺利彦『堺利彦全集』第二巻、「婦人・家庭論」篇(法律文化社、一九七一年)
鈴木恒男『さまよえる手児名』(たくみぼり工房、一九九六年)
田中修司『西村伊作の楽しき住家——大正デモクラシーの住い』(はる書房、二〇〇一年)
田山花袋「生」(『花袋全集』第一巻、花袋全集刊行会、一九三六年)
谷崎潤一郎「陰翳礼讃」(『谷崎潤一郎全集』第十二巻、中央公論社、一九六七年)
辻本勇『近代の陶工・富本憲吉』(双葉社、一九九九年)
『富本憲吉展』図録(朝日新聞社、二〇〇六年)
中村隆英『昭和史Ⅰ』(東洋経済新聞社、一九九三年)
夏目漱石「二百十日」「草枕」(『漱石全集』第三巻、岩波書店、一九九四年)
夏目漱石「私の個人主義」「道楽と職業」(『漱石全集』第十一巻、岩波書店、一九九四年)
夏目漱石「文鳥」「硝子戸の中」(『漱石全集』第十二巻、岩波書店、一九九四年)
西村クワ『光のなかの少女たち——西村伊作の娘が語る昭和史』(中央公論社、一九九五年)
平田禿木『平田禿木選集』第二巻(南雲堂、一九八一年)
平塚らいてう『元始、女性は太陽であった——平塚らいてう自伝』(大月書店、一九七一〜七三年)
広津柳浪「変目伝」「黒蜴蜓」「今戸心中」「門下生と私と」(『定本 広津柳浪作品集』上・下巻、冬夏書房、一九八二年)
福原麟太郎『チャールズ・ラム伝』(講談社文庫、一九九二年)

宮武外骨『宮武外骨著作集』（全八巻、河出書房新社、一九八六〜九二年）
籾山仁三郎『遅日』（籾山書店、一九一三年）
籾山庭後『江戸庵句集』（籾山書店、一九一六年）
森鷗外「半日」（『鷗外全集』著作篇三、岩波書店、一九五一年）
森鷗外『鷗外の遺産Ⅰ　林太郎と杏奴』（幻戯書房、二〇〇四年）
矢代幸雄『日本美術の恩人たち』（文藝春秋新社、一九六一年）
柳田国男「美しき村」（『定本　柳田国男集』第二巻、筑摩書房、一九六八年）
柳田国男「旅と故郷」（『定本　柳田国男集』第三巻、筑摩書房、一九六八年）
柳田国男「野鳥雑記」「信濃柿のことなど」（『定本　柳田国男集』第二十二巻、筑摩書房、一九七〇年）
『柳田国男・南方熊楠往復書簡（上）』（飯倉照平編、平凡社ライブラリー、一九九四年）
山形政昭『ヴォーリズの西洋館　日本近代住宅の先駆』（淡交社、二〇〇二年）
与謝野晶子「一隅より」（『定本　与謝野晶子全集』第十四巻、講談社、一九八〇年）
吉野孝雄『宮武外骨』（河出書房新社、一九八〇年）

三、関連翻訳文献

アナトール・フランス／伊吹武彦訳『シルヴェストル・ボナールの罪』（岩波文庫、一九七五年）
アンリ・ド・レニエ／後藤末雄訳「肖像」「たのしき日」（『古都情話』春陽堂、一九一四年）
アンリ・ド・レニエ／草野貞之訳『ヴェニス物語』（山本書店、一九三六年）
アンリ・ド・レニエ／川口篤訳『深夜の結婚』（三笠書房、一九五一年）
アンリ・ド・レニエ／堀口大學訳「燃え上る青春」（『堀口大學全集』補巻一、小沢書店、一九八四年）

アンリ・ド・レニエ／窪田般彌訳『生きている過去』（岩波文庫、一九八九年）
アンリ・ド・レニエ／矢野目源一訳『ド・ブレオ氏の恋愛行状記』（ゆまに書房、二〇〇七年）
ウィリアム・モリス／川端康雄訳『理想の書物』（晶文社、一九九二年）
ウィリアム・モリス／五島茂・飯塚一郎訳『ユートピアだより』（中公クラシックス、二〇〇四年）
エドワード・シルヴェスタ・モース／斎藤正二・藤本周一訳『日本人の住まい』（八坂書房、一九七九年）
エミール・ゾラ／古賀照一訳『居酒屋』（新潮文庫、一九九一年）
エミール・ゾラ／清水正和訳『制作』（岩波文庫、一九九九年）
エミール・ゾラ／川口篤・古賀照一訳『ナナ』（新潮文庫、二〇〇〇年）
エミール・ゾラ／伊藤桂子訳『ボヌール・デ・ダム百貨店』（論創社、二〇〇二年）
エミール・ゾラ／朝日奈弘治訳『パリの胃袋』（藤原書店、二〇〇三年）
エミール・ゾラ／伊藤桂子訳『獲物の分け前』（論創社、二〇〇四年）
オノレ・ド・バルザック／沢崎浩平訳『セラフィタ』（国書刊行会、一九七六年）
オノレ・ド・バルザック／岡部正孝訳「ランジェ公爵夫人」、田辺貞之助・古田幸男訳「金色の眼の娘」（『バルザック全集』第七巻、東京創元社、一九七四年）
オノレ・ド・バルザック／小西茂也訳「ゴリオ爺さん」（『バルザック全集』第八巻、東京創元社、一九七四年）
オノレ・ド・バルザック／市原豊太訳「ベアトリックス」（『バルザック全集』第十五巻、東京創元社、一九七四年）
オノレ・ド・バルザック／鈴木力衛訳「二人の若妻の手記」（『バルザック全集』第十五巻、東京創元社、一九七四年）

カーラ・ラックマン／高階絵理加訳『モネ』（岩波書店、二〇〇三年）
ガブリエレ・ダヌンツィオ／生田長江訳「死の勝利」（『世界文学全集30』新潮社、一九二八年）
ギー・ド・モーパッサン／高山鉄男編訳『モーパッサン短篇選』（岩波文庫、二〇〇二年）
クリスチーン・ポールソン／小野悦子訳『ウィリアム・モリス』（美術出版社、一九九二年）
サラ・M・エヴァンズ／小桧山ルイほか訳『アメリカの女性の歴史――自由のために生まれて』（明石書店、一九九七年）
ジャン・ポール・クレスペル／高階絵理加訳『世界の巨匠　モネ』（岩波書店、一九九二年）
チャールズ・ラム／平田禿木訳『エリア随筆集』（国民文庫刊行会、一九二七～二九年）
チャールズ・ラム／山内義雄訳『エリア随筆抄』（みすず書房、二〇〇二年）
マルキ・ド・サド／澁澤龍彦訳『悪徳の栄え』（桃源社、新サド選集二、一九六五年）
レイ・タナヒル／栗山節子訳『美食のギャラリー』（八坂書房、二〇〇八年）

四、その他

Claire Joyes, *Monet's Table: The Cooking Journals of Claude Monet*, Simon & Schuster, 1990

あとがき

荷風を読み、読み終って頁を閉じる……と、平坦な自分のモノクロの世界がしだいに色づき香り、さまざまの微妙な音も聞えてくる。

たとえば雨の音。軒先を伝い落ちる水滴の音色、勢いよく傘を打つ夕立の響き。時に瀟《しょう》瀟《しょう》と降るそれは、樹々の葉や花びらを濡らし苔を香らせ――そう、雨に湿る苔の香気などというものも、荷風により知ったのだ。

もちろんその他、空に広がる夕映えのなごりの薔薇色、暮れ方にひっそりと降り出す雪の切なさ、枯葉踏む愉しさ、川風にさやぐ草の音なども荷風の手により、あざやかに感じることができて。それまで自分の中に無かった、あるいは眠っていた感性の無数の扉が、少しずつ開かれてゆくのを実感するのだ。

だから私にとって荷風とは、〝革命〟そのもの。深い教養学識をそなえ、近代史の広いスパンの中に自身の生きる時代を位置づけ鋭く批評するこの人の姿勢がしかし、一貫して飄《ひょう》飄《ひょう》としなやか。大上段から神のように裁くことなく、つねに読者に寄り添い、時に笑いや楽しい仕掛けをサーヴィスしつつ軽妙であることにも、大いに驚嘆した。衝撃を受けた。

そのしなやかな姿勢は、日本近代において先駆的に日常生活の充実を提唱し。みずから日々の平凡を楽しく詩的に生きてみせることにより、天皇制国家のゆるぎなき構築を推進する軍国全体主義にあらがい、個的存在の権利を死守しつづけた荷風の根幹の思想に支えられるものだと思う。

そんな人とつきあうには、こちらもぎごちない武装を解かなければ。身構えず、ひたすら感じなければ、荷風の文章とは向き合えない。そのように考え、荷風に似合うやわらかい文体で書くことをこころみました。果してこれが、荷風にフィットするオートクチュールの文体となり得ているかどうかは、私には判断できません……皆さまに伺わなければならない。

さて、本書の装幀についても一言。以前より、水光かがやくモネの睡蓮の絵で荷風を包みたい、と思っていまして。本書でそれが叶ったのは、大きな喜びです。「荷風をモネで……よろしいですよ、思いきり綺麗に荷風を飾りましょう！」と快諾して下さった慶應義塾大学出版会の小室佐絵さん、ありがとうございます。つたない案を入念に具現して下さった、装幀家の中垣信夫氏・西川圭氏にもお礼を申し上げます。では、なぜモネを？

まず水に咲く花、睡蓮は荷風のペンネームの蓮の花に通ずることが一つの理由。もう一つは、荷風が日々の生活に詩情を発見するモネの姿勢に共感し、刻々変化する光と色彩を捉えようとするその絵を愛していたこと。荷風がフランスに滞在した一九〇〇年代初頭は、まさに印象派の円熟期。モネがその美しい庭の池を主題とし、描きつづける《睡蓮》連作が発表され始めた頃だ。画家をこころざしていたこともある荷風は、パリの画廊できっとそれらを目にしていたはず。モネへの関心は、『江戸藝術論』所収の浮世絵考「泰西人の観たる葛飾北斎」にも言及されているけれど。この画家への深い愛着は特に、エッセイ「砂糖」において吐露される。人生の至福として珈琲《コーヒー》やショコラの甘い香りをうっとりと謳《うた》う荷風の語り口は、しだいに絵画の中に描かれるスウィーツの話題へと転じ……「クロードモネーが名画の中に食事の佳人《かじん》は既《すで》に去つて花壇に近き木蔭《こかげ》の食卓には空《むな》しき盞《さかづき》と菓子果物《くだもの》を盛つた鉢との置きすてられた」優しくくつろいだ情趣が絶賛されるのだ。

明記されないけれど、荷風の語り口から察するにこれは、一八七二年モネが制作した《午餐》（オルセー美術館蔵）という一幅のことでしょう。花咲き乱れる初夏の庭の木蔭での楽しいおやつが終り、テーブルの側には愛らしく太った男の子がひとり、積木遊びに余念がない。樹の枝には、どなたか御婦人が掛けたまま忘れていった麦わら帽の黒いリボンがひらひら風にゆれ。卓上には、気まぐれに摘まれた庭の白薔薇、ティーカップ、赤ワインきらめく硝子《ガラス》のコップ、見事な桃が置かれたまま、おしゃべりや笑いの余韻を漂わせている。

セザンヌやモネ、ルノワールなどの印象派が一つ革命的に追求したのは、荷風の作品の主題にも通底する、こうした日常生活の詩情なのだ。それまでの宮廷や貴人御抱《おかかえ》の画家の描く、シャンデリア輝く広間での権力の象徴としての豪華で無表情な正餐の絵などとは、一線を画し。彼らの絵の中には、陽光あふれる自然の下での庶民のピクニックやボート遊び、折々の食事やおやつの風景がいきいきと描かれる。

そのリアルな生活感や歓びをむさぼる人間性の自然の流露を、作家のエミール・ゾラが早くに強く支持したことも、印象派のトピックだ。ですので、ゾライズムへの傾倒から出発した荷風に、モネの絵はますますふさわしい。そして花咲く庭と水流を深く愛し主題とする点においても、この二人のアーティストは不思議に共振するのであって。

――こんな風に思いを廻《めぐ》らせていると、荷風におけるゾライズムの影響なども、根本的に考え直してみたくなる。それは、人間に巣くう遺伝的生理や獣欲という面のみならず。荷風も感応した、ゾラの故郷・南フランスのかぐわしい風土のように……印象派の絵画運動なども巻き込むような、もっともっと多彩で豊かなものかもしれない。透明にかがやく睡蓮の彼方に、新しい研究課題も視えてきそうです。

この装幀をはじめ、心をこめて本書にお力添え下さった慶應義塾大学出版会の小室佐絵氏に、お礼を申し上げます。また、本書本論の内容はすべて『三田文學』に発表したものです。荷風ゆかりの場を与えてくださった、加藤宗哉編集長のご宏量にお礼を申し上げます。折々の温かいお言葉も、嬉しく有難いものでした。

『三田文學』連載中に、世田谷文学館主催の「荷風のシングル・シンプルライフ展」監修のお仕事をいただいたことは、何よりの勉強となりました。お世話いただいた同館の中垣理子氏・瀬川ゆき氏にあらためてお礼を申し上げます。
そして、もちろん。この本を手に取り、いっしょに〈荷風〉へと入って下さった皆さまに深いお礼と感謝を……ありがとうございます。

二〇〇九年三月

持田叙子

初出一覧

荷風へ、ようこそ（書きおろし）

おうちを、楽しく　Kafū's Sweet Home（『三田文学』No. 84［冬季号］、二〇〇六年）

荷風と、ティー・ブレイク（『三田文学』No.89［春季号］、二〇〇七年、掲載時タイトル「知痴《ちぢ》にみだれて、荷風」）

紙よ紙、我は汝を愛す　Papier, papier, comme je vous aime!（『三田文学』No. 92［冬季号］、二〇〇八年）

封印されたヒロイン（『三田文学』No.87［秋季号］、二〇〇六年）

レトリックとしての花柳界（『三田文学』No. 91［秋季号］、二〇〇七年、掲載時タイトル「知痴《ちぢ》にみだれて、荷風　其㈡」）

戦略としての老い（『三田文学』No. 93［春季号］、二〇〇八年）

荷風蓮花曼陀羅（『三田文学』No. 94［夏季号］、二〇〇八年）

【付記】「荷風へ、ようこそ」「おうちを、楽しく」以外は、『三田文学』二〇〇六年秋季号No.87より二〇〇八年夏季号No.94までに〈荷風万華鏡〉として集中連載した八篇の荷風論から、六篇を選んだ。

凡例

一、本書の荷風著作の引用は、稲垣達郎・竹盛天雄・中島国彦編『荷風全集』（全三十巻、岩波書店、一九九二～九五年）に拠り、ルビは適宜省略・追補した。

一、引用文中、不当・不適切と思われる語句や表現があるが、時代背景や作品の文学的価値にかんがみ、そのままとした。

一、荷風の作品名は、随筆や評論も含めすべて『　』、新聞・雑誌名も『　』で示した。読者の便宜を考え、荷風の作品名に適宜、新仮名づかいのルビをふった。

著者紹介

持田叙子　Mochida Nobuko
1959年生まれ。慶應義塾大学大学院修士課程、國學院大學大学院博士課程単位修了。近代文学研究者。1995年より2000年まで『折口信夫全集』（中央公論社）の編集に携わる。全集第24〜28、32巻「解題」を共同執筆。著書に、『折口信夫　独身漂流』（人文書院、1999年）、『朝寝の荷風』（人文書院、2005年）など。2008年2〜4月に世田谷文学館にて開催された「永井荷風のシングル・シンプルライフ」展の監修を務める。

荷風へ、ようこそ

2009年 4 月20日　初版第 1 刷発行
2009年11月10日　初版第 3 刷発行

著　者————持田叙子
発行者————坂上　弘
発行所————慶應義塾大学出版会株式会社
〒108-8346　東京都港区三田2-19-30
TEL〔編集部〕03-3451-0931
〔営業部〕03-3451-3584〈ご注文〉
〔　〃　〕03-3451-6926
FAX〔営業部〕03-3451-3122
振替　00190-8-155497
http://www.keio-up.co.jp/
装　丁————中垣信夫＋西川圭［中垣デザイン事務所］
カバー・扉装画：
クロード・モネ《ジヴェルニーの睡蓮》（1908年、個人蔵）
XIR 159115
Credit: Nympheas at Giverny, 1908（oil on canvas）by Monet, Claude（1840–1926）
Private Collection / The Bridgeman Art Library
Nationality / copyright status: French / out of copyright
印刷・製本——株式会社加藤文明社
カバー印刷——株式会社太平印刷社

Printed in Japan ISBN978-4-7664-1609-1